U0068363

馬來西亞
天狼星詩社創辦人

溫任平作品研究

謝川成

著

序

李瑞騰

　　一九九二年十一月上旬，我到福州參加一場研討會，會後飛深圳，過羅湖到沙田中文大學。當晚，在黃維樑教授府上初見從馬來西亞來港訪問的謝川成兄。爾後的二十年間，偶有會面，常是公開的學術會議場合，難有深談的機會；近歲，他幾度來台蒐輯資料，有一次且經由我的安排住進我的學校的招待所，總算有了比較多的交談。

　　川成寫詩，為馬華重要現代詩社天狼星的成員，是帶頭大哥溫任平的學生，對溫老師執禮甚恭，頗有古風。他也寫現代詩評論，但活動場非學院，而在詩壇；在大學裡，他是應用語言學中文專業，研究《論語》及儒家。

　　初識時，川成以所著《現代詩詮釋》（吉隆坡：天狼星出版社，1981）相贈，讓我驚喜，喜的是得遇說詩人，驚的是我稍後於他一年出版我第一本現代詩評論集《詩的詮釋》（台北：時報文化，1982）。我那時我剛因緣闖入新馬華文文學領域，重點在新加坡（我協助柏楊於1982年編成《新加坡共和國華文文學選集》），尚未深入馬華，所見有限，完全不知道川成已用「詮釋」概念來面對現代詩，還好我是一轉念，沒用「現代」詩，否則難託雷同之嫌。

　　我經由學習，理解「文學批評」理應可區分成「批評理論」和「實際批評」，而「實際批評」應包含二個不同層面，一是「詮釋」，一是「評價」；但真正的作業卻很難分得那麼清楚。1976年，我在華岡讀中文系碩士班，開始詮釋現代詩作，稍後在張默主編的《中華文藝》上寫「詩的詮釋」專欄，在觀念上給我啟發，最直接最重要的正是溫任平老師。

　　1976年10月，瘂弦和梅新主編的《詩學》第二輯刊出溫任平〈致瘂弦書〉（寫於1975年10月），該文的副題即「談詩的詮釋」，內文將詩的詮釋略分四類：（1）逐字逐句詮釋一首詩，（2）從一個獨特的角度詮釋一首詩，（3）抓住一首詩的某個最顯著的特徵，或某種特長加以申論，（4）與另一首風格近似，或完全迥異的詩作一比較。從理論到方法，並舉例以證，對當時的我來說，這樣的「開破」（如老師父對弟子的「開示」）是有用的，讓我清楚知道自己在做什麼，面對不同的詩文本，我該怎麼辦。

　　我看溫老師在為川成的《現代詩詮釋》寫序時，眶勉有加，我確定川成在現代詩詮釋上得溫老師啟示者甚多，但那時他在馬大讀中英文雙修，才大二，真是英雄出少年。他其後穩健發展，一邊創作，一邊評論，同時也和我一樣在高校從事教研，也參與文學公共事務，2004年主編完成《馬華文學大系‧評論》（1965-1996），說明他兼具學術力和文學力。

　　現在，他長期以來陸續撰寫的有關溫老師的論述文字，整編成《馬來西亞天狼星詩社創辦人：溫任平作品研究》，將在台灣出

版，這是多麼令人興奮的事。2004年，我以虔敬之心為溫老師的
詩集《戴著帽子思想》（吉隆坡：大將出版社，2007）寫長篇序
文〈因情立體，即體成勢〉，曾仔細拜讀溫老師偉著，總被他的字
裡行間所流瀉出來的人文輝光深深感動，今川成以一本專書觀其
詩、論其散文、析其序文，然後綜論其「對馬華現代主義文學的貢
獻」及其「文字事功」，有大視野，又能微視其文本之細部構成。
我祝賀川成之書成，也為溫老師感到高興。

作者簡介

李瑞騰，台灣南投人，中央大學中文系教授，曾任中央大學中文系主
任、圖書館館長、文學院院長，於2010-2014年擔任台灣文學館館長。

序

朱文斌

　　謝川成先生的《馬來西亞天狼星詩社創辦人：溫任平作品研究》一書即將付梓，來函囑我作序。說實話，我著實有點誠惶誠恐。作為晚生後學，如果不是川成兄的厚愛和信任，我怎有資格在此說三道四？任平師和川成兄都是我敬仰之人，如果沒記錯的話，我和他們相識已十餘年了，他們兩位曾是馬華文壇影響非常大的詩歌團體——天狼星詩社的先後掌舵人，任平師任創社社長，川成兄則是末代社長，而且二人還是地道的師徒關係，川成兄乃是在任平師的指導和培養下逐步成長起來的。因為這些年來我一直在做東南亞華文詩歌方面的研究，天狼星詩社是我關注的重點之一，所以和他們接觸自然就比較多。2011年9月初，適逢我校和馬來亞大學中文系、馬來亞大學中文系畢業生協會聯合召開「『中國現代文學之旅』暨中馬文學研究國際學術研討會」，他們兩人受邀聯袂而來。於是，我特意在大會之外安排了一場小型學術研討會——「海外華文詩歌研究——以天狼星詩社為例」，邀請十多位浙江省「之江青年社科學者」語言文學組的青年才俊們和他們兩位同台對話，這是一次比較有規模效應的中國青年學者對於天狼星詩社的討論和研究，有關研討內容川成兄在他的〈天狼星詩社研究的回顧與展望〉

（發表於《世界華文文學研究》第八輯，安徽文藝出版社2013年版）一文中有詳細的記載。

　　天狼星詩社正式成立於1973年，很快就在馬來西亞全國各地成立了十個分社，十個分社聯成一個整體，彙成天狼星詩社總社，溫任平任總社社長，團結了大批年輕詩人，非常活躍，但與眾多文學團體一樣，天狼星詩社也經歷從繁榮到低谷的波折，於1989年秒結束所有活動。這個堅持近20年文學活動的詩歌團體一直是馬華現代主義文學的重鎮，在馬華文壇有著非同尋常的意義和地位。可惜的是，正如川成兄所說：「天狼星詩社一開始就向外界擺了一個神話的姿勢，有點神祕，所作所為有時令人費解。主要的原因是天狼星詩社所出版的書籍流通不廣，造成研究工作極其不便。」（見〈天狼星詩社研究的回顧與展望〉一文）確實，至今為止，由於資料流通不暢，研究天狼星詩社的人並不多，現有對天狼星詩社的研究還停留在淺表層次，深入論述較少。作為天狼星詩社的圈內人和曾經的掌舵人，川成兄一直致力於天狼星詩社的研究和推介，我接觸到的最早關於天狼星詩社的研究資料，記得就是川成兄的《現代詩詮釋》一書，珍藏在汕頭大學華文文學研究中心資料室，書頁泛黃，裏面所收的幾篇關於溫任平詩歌解讀的文章讓我大開眼界，從而引發我對天狼星詩社的研究興趣，並開始有意收集天狼星詩社的相關資料。

　　研究天狼星詩社，誰也繞不開詩社的核心和靈魂人物——溫任平，如今川成兄將自己多年來關於溫任平研究的文章集成這部《馬

來西亞天狼星詩社創辦人：溫任平作品研究》隆重推出，必將有力地推進天狼星詩社研究和溫任平研究，為我們樹起一座研究天狼星詩社的里程碑。我們有理由相信，隨著這部《馬來西亞天狼星詩社創辦人：溫任平作品研究》的出版，天狼星詩社的「神話王國」必將解密，總社長溫任平的文學創作特色和成就必將為世人所認知，這對於馬華文壇乃至世界華文文壇都是一件幸事。

　　《馬來西亞天狼星詩社創辦人：溫任平作品研究》一書分成四輯，分別為「溫任平詩歌研究」、「散文／散文觀研究」、「溫任平序文研究」和「綜合評論」，共收錄10篇文章。雖然只有10篇文章，卻基本上將溫任平所有的文學創作，如詩歌、散文、序文和文化評論等，都納入了研究視野，從各個不同的角度對溫任平的創作人生和文學貢獻進行了較為全面的解讀與詮釋。

　　第一輯「溫任平詩歌研究」收錄三篇文章，即〈現代屈原的悲劇——論溫任平詩中的航行意象與流放意識〉、〈溫任平詩中的「屈原情意結」〉和〈文化母體的召喚——論溫任平詩中的中國性〉。這三篇文章雖然不是寫於同一個時期，卻可以相互補充，聯成一個整體，論述的核心問題都集中在溫任平的「屈原情結」上。在川成兄看來，溫任平之所以產生「屈原情結」，乃是因為他的文化認同與本土現實生活發生了衝突，只好如同屈原一樣開始了他的精神流放，企圖航向自己民族文化的源頭，去找尋精神的慰藉，去回溯中華文化豐富的歷史。在這三篇文章裏，川成兄旁徵博引，細緻分析溫任平的〈流放是一種傷〉、〈水鄉之外〉、〈再寫端

午〉、〈我們佇候在險灘〉等詩作,論述了溫任平的時代感與使命感,認為溫氏最大的使命在於他對中華文化歷史的認同,他對屈原的「孺慕之情」不僅超越了時空,同時也超越了對屈原個人的崇拜與愛慕,而是一種對屈原的感懷以及那股不受時空所局限的溝通,源自於詩人對現實的不滿和對國家的失望,反映出一代馬華知識分子在特殊文化背景下的心態。當然,也正是因為溫任平在詩作中經常表現屈原和端午,所以他的詩作呈現出明顯的中國性,加上他組建天狼星詩社、極力推動現代主義文學運動,所以有論者將其詩作謂之為中國性現代主義。不過,川成兄也進一步指出了雖然溫任平詩作中的中國性是刻意經營的,比如以「屈原」、「端午」、「中國文字」、「古典詞語」以及「典故」等作為表達中國性的手段,但不代表他放棄本土性,「研究溫氏作品裏的中國性,務必回頭看他如何在現實環境用心與奮鬥,才能窺出其精神全貌」(見《文化母體的召喚——論溫任平詩中的中國性》一文)。

第二輯「散文／散文觀研究」也收錄了三篇文章。在〈那一方褐色的古印——論溫任平散文〈暗香〉的主題與語言策略〉中,川成兄解析溫任半的散文〈暗香〉之主題,認為並不是表面所寫的婚外情,乃是海外華人對中華文化的孺慕。「暗香」在中國古典詩詞裏特指梅花的芬芳,在這篇散文裏暗示的則是中華文化或中華文化的芬芳。在此,川成兄發揮了在馬來亞大學教授漢語的優勢,較好地歸納了溫氏在這篇散文中所採用的語言策略,如四字語、文化典故詞語、文言詞語、比況短語、比喻、對偶排比等。整體而言,這

些語言策略都是一種「曲寫」的方式，因為當時「作者身處多元文化的馬來西亞，在中華文化的邊陲地帶，不甘願完全投入當地社會，又不想離開祖國，對傳統文化更是眷戀懷想。對國家他有責任感，對文化，他的心靈飄向遠古。這種關係或者感情友誼在70年代不能直接說明，溫氏唯有用迂迴的方式表達主題」，同時也說明〈暗香〉一文很好地實踐了劉勰的「遁辭以隱意，譎譬以指事」的寫作主張。〈溫任平散文觀的研究——以70、80年代為例〉和〈語言與文體：溫任平散文觀窺探〉兩篇文章無疑是姊妹篇，相得益彰，合在一起較為全面地歸納和總結了溫任平的散文觀。前文從溫任平的散文理論和評論出發，談到溫氏對現代散文的發展是極為關注的，嘗試著為散文重新簡化分類，分為寫實與寫意兩種類型，並為現代散文定位，注重提升散文的語言特質，還提出純散文的概念，是一種在現代主義影響下的散文觀。後文則重點抽出溫任平對散文語言和文體的要求來進行論述，認為「溫任平散文觀的核心要求是語言的綜合性，在白話文的架構裏，恰當地融入文言詞句，歐化句法，俚語口語，以形塑文體的多元風貌，以及通過語言的自覺建構文體的特色，進一步塑造作家個人的語言風格。」

　　第三輯「溫任平序文研究」是比較有意思的欄目，專門研究「序言」，收錄了兩篇文章。〈優劣並陳，啟發引路——論溫任平的序文〉一文開篇就指出在馬華文壇常為人寫序的作者相當多，但將這些序文結集出版的則非常少，而溫任平卻是第一位出版序文集，也是序文產量最豐富的馬華作家。川成兄通過對溫任平為

友人文集所寫序文的研究，發現溫氏的每一篇序言都是精彩的文學評論，並始終保持著一貫之風格，即「作家作品的優缺點並陳，同時提出建議讓作者思考、依循改進」，達到了「優劣並陳，啟發引路」的目的。然而，由此也引起了有些人的不滿，甚至出現序文被拒的現象。〈銓序一文為易，彌綸群言為難——論溫任平選集序文的方法〉一文則探討了溫任平為選集、文學選、作品特輯所寫的序文，指出溫氏為詩選、作品合集、文學選所寫的序文雖然風格各殊，但方法則同中有異，並保持了他寫序文的一貫風格：「認真、率直、優劣並陳，提出改善方針」。

第四輯「綜合評論」所收的兩篇文章〈溫任平對馬華現代主義文學的貢獻〉和〈文學越界人——論溫任平的文字事功〉都是宏論，概括性強，一篇是梳理溫任平的文學貢獻，一篇是論述溫任平的越界書寫。在〈溫任平對馬華現代主義文學的貢獻〉一文中，川成兄著重強調的是溫任平維護和推廣馬華現代詩／現代主義文學的貢獻，認為溫氏創立的天狼星詩社就是馬華現代詩／現代主義文學的一個大本營，發掘和培養了諸如林秋月、張樹林、謝川成、殷建波、黃海明、孤秋、沈穿心、鄭榮香等許多詩人新秀。另外，還論述了溫氏為了要讓本地讀者瞭解和欣賞現代詩，寫了不少現代詩理論及單篇現代詩的評論，引導讀者進入現代詩的堂奧；而且，也談到溫氏利用各種條件主辦文學活動，並主編多部選集，在發揚和推動馬華現代主義文學方面不遺餘力。〈文學越界人——論溫任平的文字事功〉一文則是更為全面地梳理了溫任平的文學人生和思想脈

絡，認為在馬華文壇溫任平是一個有爭議性的人物，原因在於他創立天狼星詩社，以推廣現代主義文學為使命，批判現實主義文學，但同是現代派的一些作家也不完全認同他的觀念和做法，所以他似乎兩邊不討好，「然而他還是堅持自己的理念，通過作品來證實現代文學的實力，也通過評論來維護和推廣現代文學」，做馬華文壇的守護者。接著，川成兄還深入論述了溫任平的文化評論，認為他的文化評論涉及面廣，觀察入微，充分顯現了文學越界人的猛態，最後歸納出：「溫任平馳騁文壇逾30年，文字事功多樣繁富又精彩，是個典型的文學越界人。他有四支璀璨的筆。第一支寫詩，第二支寫散文，第三支寫評論，第四支寫文化評論。他有本事越界，而且越界之後戰果斐然。」

孟子曾指出：「頌其詩，讀其書，不知其人，可乎？是以論其世也。」不難看出，川成兄在《馬來西亞天狼星詩社創辦人：溫任平作品研究》這部書中很好地運用了孟子的這種「知人論世」的闡釋方法，他融社會批評、審美批評與主體剖析於一體，結合國族、文化、政治以及時代背景，通過具體的作品分析，理清溫任平的生命旅程和思想發展脈絡，立體地展現作為文學家、教育家、學者於一身的溫氏的精神面貌，並揭示溫氏成立天狼星詩社、推動馬華現代主義文學運動，實質是為馬來西亞華人爭取權益和地位，彰顯了溫氏作為一個有道德良知的知識分子的精神品格。通讀這部書稿，有一點感受很奇妙，那就是這些文章合起來感覺更像是一部「溫任平評傳」，雖然它沒有作家評傳的體系和架構。所以，如果換一個

方式來編排這部書，將第四輯「綜合評論」作為第一輯放在本書的開頭，讓讀者開篇先大致瞭解溫任平的人生經歷和文學主張，必將有利於讀者深入理解後面幾輯有關溫氏的評論文章，竊以為這樣閱讀效果可能會更好。當然，這只是本人的一點陋見，別貽笑大方就好。

　　以上拉拉扯扯說了這麼多，似乎這部書中的每篇文章都有所涉及，但我清楚地知道，我對於天狼星詩社和溫任平的理解還不夠深入，因而難免會誤讀川成兄的這些評論文章，只好期待讀者諸君自己去體會其中三昧了！

　　是為序！

朱文斌

於紹興風則江畔

2014年1月12日

作者簡介

朱文斌，男，江西彭澤縣人，中國浙江越秀外國語大學副校長、教授、文學博士，紹興文理學院碩士生導師，兼任中國世界華文文學學會青年學術委員會副主任，浙江省紹興市文藝評論家協會副主席，浙江省現代文學研究會理事，浙江省當代文學學會理事等。

目 次

第一輯

溫任平詩歌研究

現代屈原的悲劇
——論溫任平詩中的航行意象與流放意識

一

　　每當我們提到流放，或論及放逐，我們會不自禁地想起屈原和蘇東坡。屈原是一位愛國詩人，也是位典型的放逐詩人。他被放逐長沙，遠離京城，在悲憤心境下，完成了他的數篇曠世傑作，尤以《離騷》最能代表他那時的心境。換句話說，放逐對於屈原而言，一方面固然打擊重大，另一方面，放逐卻引起了他寫詩的動機。就以《離騷》為例，這首詩顧名思義寫的是離別情緒，寫被放逐的心情。雖然詩中充滿了悲慟、憤懣和斥責的語言，字裡行間卻流露了他思想積極的一面，他對崇高理想的嚮往之情。

　　蘇東坡的受貶來自他的的政治主張和思想與當權的王安石有所衝突。他們政治思想的格格不入，可從他的〈臨江仙〉詞見出：

　　　　夜飲東坡醒復醉，歸來彷彿三更。

　　　　家僮鼻息已雷鳴，敲門都不應，倚杖聽江聲。

　　　　長恨此身非我有，何時忘卻營營。

　　　　夜闌風靜縠紋平，小舟從此逝，江海寄餘生。

「門」是這首詞的詞眼，有隔絕屋內屋外之意。門把熟睡的「家僮」與詩人隔開了；又因為鼻息如「雷鳴」，敲門都叫他不醒。這裡隱隱意味著「眾人皆醉，唯我獨醒」，足見他們之間的隔絕了。最後兩句「小舟從此逝，江海寄餘生」點出蘇東坡對放逐所持的態度。他的態度是豁達的，這當然與他的的老莊思想有關。因為熟讀老莊，他比較看得開，也比較能夠隨遇而安。

我們似乎可以作這樣的一個申論，從古至今，中國諸多詩人作家，他們的政治命運有一個共通性，就是，他們不是被小人誹謗，就是思想上與當政者相左，最後難逃受貶的劣運。一言以蔽之，他們彷彿與流放或放逐結下了不解之緣。他們對放逐所持的態度雖然不盡相同，他們的作品在放逐後卻顯得更成熟，更充實以及更耐讀，卻是有史可為佐證。屈原與蘇東坡前面已提過，不再贅言。柳宗元被貶永州而作〈江雪〉與〈永州八記〉；白居易受貶後作〈琵琶行〉，以「同是天涯淪落人，相逢何必曾相識」兩句傳誦古今，足見放逐對詩人創作歷程的重要性。

就現代放逐詩人而言，王建元君在他的〈戰勝隔絕〉數萬言的長文裡，以馬博良，葉維廉為例，肯定放逐與文學的密切關係。他並且提出李芬氏（Harry Levin）的〈文學與放逐〉一文，其序言的第一句是：

在放流中的作家一直是人生經驗最深刻的證人。雖然在每一不同境遇中他們的文字或傳記所宣證的都具有其特殊的個別

性，但歷史已經將這些宣證累積起來，數量之大，足以代表我們這時代的呼聲。

王氏認為「對每一位放逐作家或詩人來說，放逐往往是一個洶湧著國家、民族與文化種種問題的漩渦。它逼使他們加強自我意識。他們往往面臨時間，空間及語言種種問題。他們處身煉獄，徘徊在思鄉病（Heimweh）與漂泊樂（Wanderlust）之中，他們要一再肯定內心自我，但又必須企圖認同於外在世界。他們飽嘗失敗，但不會，不肯對以後成功絕望。他們哀傷卻不無輝煌。」

以下本文僅就溫任平的幾首詩作為例，從他詩中的主意象——航行意象嘗試去探討他的流放意識，希望能對溫任平思想的認識有所提供，就個人與社會背景及文化藝術的互相影響與它們之間的衝突作一粗淺的分析。

二

對溫任平流放意識的發現，是寫完〈淺論溫任平詩中的「屈原情意結」〉一文之後的事，個人覺得「屈原情意結」乃探討溫任平思想的重要途徑，可是〈淺〉涉及的包括詩人對中華文化的認同，他的中華意識的抬頭，以及歷史感的驚覺，範圍太廣，未能做到深入的分析，流於淺顯，論點不夠集中。本文所論及的，可以說是「屈原情意結」的一種延續。

　　溫任平與其他流放詩人不同的是，他本身並沒有親身經歷過任何流放國外的生活，有的也只是年輕時候因職業關係而在國內遷移了好幾個城鎮而已。他不像余光中、葉維廉等旅美詩人，身在異國，感覺上如同一粒塵沙，到處漂泊，而故土的芬芳又那麼強烈地呼喚著他們的心靈。因此，他們的詩作難免會流露出濃郁的文化鄉愁。那麼，溫任平的流放意識又從何產生呢？我們認為，溫任平的流放是比較特殊的。他骨髓裡流的肯定是中華文化的血液，而在他的意識裡，中華文化無疑是他精神糧食的源頭。可是他本身卻處於一個低落的文化背景，精神與生活於是產生激烈的衝突。他雖然關心本地的文化，但是他的精神再也禁不住向外流放了。簡言之，溫任平的流放是精神的流放，是一個知識份子對文化的關懷與現實生活的衝突下產生的。

三

　　上面我曾提到，溫任平的精神流放是在文化認同與現實生活的衝突下產生的。因為處身於一個貧瘠的文化環境，詩人只好開始他的流放，企圖航向自己民族文化的源頭，慰藉意識的自我。所以，在溫任平許多詩篇中，經常出現一個重要的意象，那是航行意象。在《流放是一種傷》這一卷詩集裡，航行意象層出不窮，船、舟、水、漂泊等是常見的字眼。

　　意象是詩不可缺乏的藝術特色之一。意象的運用通常有助於主題、思想的呈現。因此，如果瞭解航行意象所肩負的象徵意義，那麼我們便可以進入溫任平的流放境界，從而窺出他詩中的思想性。

　　不錯，航行意象在溫任平詩中含蘊著重要的意義。在〈夜航感覺〉裡面，詩人這樣寫：

> 那就是了，我們的帆檣漂泊
>
> 獵獵作響，其聲凄厲，如一瘦笛
>
> 但又不全似。我們無從猜測
>
> 逆向的馬力與風力。就算在星光下
>
> 也沒有人的眼光能透過三尺以外的
>
> 重霧，以及重霧後面的
>
> 樹影還是身型

我們也許可以說，這是航行或流放的肇端。詩人的感覺悽楚無奈，孤獨加上寂寞。開始航行的時候，難免戰戰兢兢。他看不清楚前面有多遙遠，更無從猜測這航程有無驚險。因為「重霧」的阻礙，他甚至連三尺以外的景物也看不清楚。霧本來就有朦朧不清之意，加上一個「重」字，更加顯得茫茫不可測了。在月光、星光以及浮動的水光的映耀下，人物那種茫然無助的心情以及行程本身的不可測知性就頗為微妙地暗示出來了。

另外，詩句如「隱約有人在星空下／佇立或者獨泣／我們無從猜測／下弦月的寂寞／我們似乎可以肯定／有人／佇立或獨泣」暗示著流放者對伴侶的渴望，希翼有人與他同行，可是我們發覺，航行的只有他自己一人，而他又不過是「一支瘦笛」。每當他傾聽著「拍擊著船舷的每一聲浪」的時候，他總會憶起一些「擾人的往事」，「一些熟悉的臉」。「擾人的往事」、「一些熟悉的臉」所指為何並不明顯。不過要特別強調的是，這些「往事」與「臉」都是在航行之際浮現的，與航行意象不可分隔。這種不直接指陳的效果有助於營造意象的多義性。

從〈夜航感覺〉一詩，我們知道航行者因只有他孤獨一人，肯定是寂寞的。首段的最後一行：「下弦月的寂寞」，給人的印象是，題旨太早宣洩了，無形中削減了詩中的懸疑感以及航行這個象徵的力量；「佇立或者獨泣」出現在首末兩段，也有太「露」之嫌。不過，我個人認為，詩人是有意這樣寫的，因為他要以這種直訴之法給讀者當頭一擊，讓他們直接感覺到航行者的孤單形象以及他的落寞感。

〈河〉與〈岸〉這兩首詩可以說是航行者情緒的流露。在航行的時候，他希望風平浪靜，毫無驚險地抵達水的那一端（岸），去「汲取全圓的月，沒有驚動什麼」。於是他自喻成一條河，而河「是流動而靜的象喻」。那麼，「全圓的月」又是什麼呢？我認為，「全圓的月」是完美的象徵，而這月具有特殊的文化意義，參閱溫任平的散文集《黃皮膚的月亮》相信讀者會同意我的這個看

法。或許我們可以這樣推論，溫任平的航行是航向古遠的中華文明，航向他筆下「熟悉的臉」。

行文至此，我得到這樣的一個印象：航行意象是溫任平詩中的主要意象，其他如：水的意象、月的意象、舟與舟子的意象以及詩人自喻的河與岸的意象也層出不窮。這種種意象並不是孤立的，它們有著內在的聯繫，它們的出現有效地襯出作者沉鬱的、深刻的人生觀以及他因文化藝術與人生的衝突而產生的悲劇感。悲劇感對於任何一位決意成為大作家的詩人是不可缺乏的。葉慈曾說：「僅有當我們把人生看成悲劇時我們方開始生活」。這句話哲學意味甚濃，乍看平淡，蘊意無窮。我覺得，溫任平的放逐感，基本上，是悲觀的。至於他能不能夠在流放中找尋到悲劇所具有的積極性與創造性，我會在後面作一析論。

現在，讓我們繼續探索他流放的心路歷程。在這之前，我們得悉那位航行者希望他的歷程平靜無險，他並以靜靜地流著的河自喻。但是，他卻因近乎被人摒棄的際遇感到憤怒：

所以你要暫時離開

去廣場看巨柱與噴泉，而且必須

試圖越過那條無葦的河

所以你必須孤獨

專注地在火光中煉詩

且拂去一袖的風

> 驚破許多後花園相遇的愛
>
> 憤怒的火，燃燒著
>
> 你知道自己不是陰冷的蒼苔

　　水的意象，火的意象同時出現，使我們聯想到余光中的〈火浴〉：

> 有一種嚮往，要水，也要火
>
> 一種欲望，要洗濯，也需要焚燒
>
> 淨化的過程，兩者都需要
>
> 沉澱的需要沉澱，飄揚的，飄揚

　　余光中的火和水的意象是相對的，暗示著生命的兩種歷程，而他對這兩種歷程存著幾乎相同程度的嚮往（要水／也要火），因而造成了他的矛盾以及躊躇不決的態度。最後他還是選擇了火，去完成他的「淨化的過程」。這首詩對溫任平不無影響，不過，顯然的，就溫任平的詩而言，水的意象遠比火的意象來得重要。這是因為余光中與溫任平處身於不同的文化背景。溫任平的水、火的相對性並不強烈。他的火的意象，正如余光中的，同樣暗示一個「淨化的過程」，他要「專注地在火光中煉詩」，希望「在火光中修成正果」因此，溫任平的處境比余光中的更為困擾；余光中只要選擇其中一個就了事，可是溫任平兩者都要，而且是必要的，無可選擇的。他

一方面要經過「火浴」去追求自己在藝術上的成就，另一面也被逼在水中，在河上流放，去找尋精神的慰籍，去回溯中華文化豐富的歷史。他流放意識的濃厚性可從他在詩中所重複運用的水、船、舟子等的意象窺見；這也使人聯想到汩羅江，聯想到屈原以及隱匿在屈原象徵形象後面的歷史意義。他是一位「現代屈原」，在小舟上「困倦」著，「坐在舷邊」，去聆聽「水族們重複的調子」，而這些調子裡「有一種符號與節奏使你驚訝」，使他感覺到「有一種光茫，比幻覺都要真實」，光芒中不再茫然，不再漫無目的，而只有「肯定／／肯定的洶湧／／它的高音逐漸加強」。從「困倦」到「肯定」，〈舟子詠〉是一首勾勒溫任平人生觀轉變的詩──從自我放逐的消極性到自我肯定的積極性。換言之，溫任平已找到了悲劇的積極性。這是可喜的，因為他流放愈遠，他愈有信心，愈感覺到「暖暖的掌心，讓你感到你的體溫仍在／／你的血液仍在」。從另一個角度來看，他的信心也來自他在火光中修成後的正果，因為他的「高音逐漸加強」，會有更多的人響應他，跟隨他。然而，事實是如此嗎？

我們似乎可推測，〈舟子詠〉時期的溫任平尚年輕，入世未深，又因著年輕的激情所使然，對於將來，對於崇高的理想充滿信心，覺得事情無論如何艱難，只要自己盡力為之，至少會有一番作為的。無疑的，他這時期的生命鬥志與積極的人生觀令人佩服。不過，在他年紀不斷的增長下，他在〈河想〉中回顧過去以及瞻望將來的時候，又是另一番滋味在心頭：

曩昔迄今夕

何其漫長難耐的歲月！

湮遠的記憶，記憶中日夜喧嘩

兇猛而傷殘的，是那一片又一片

接踵而至，不顧一切撲崖的

波浪，浪花開時

也正迅速謝去

其誕生，以洶湧浩蕩的身姿

其逝去，以洶湧浩蕩的聲勢

只一瞬

即完成了自己

在〈河想〉這首詩中，詩人自己已轉化為「河」。河恆久不變地流著，「行過橋的，淹過岸的，越過堤的。」詩中所重複運用的逗點反映出他的情緒的沉重感。這是首節給我們的感覺。第二節的「河」沉溺於回憶，過去的日子，對他而言，是「漫長難耐的歲月」，而記憶又那麼「兇猛而傷殘」，用的是一些令人為之皺眉的字眼。這些形容詞過於抽象，令人捉摸不住。最後四行是新生命的誕生，一種對人生的積極感便產生了。從第一節到第二節，是情緒的起伏，從沉重到再生的樂觀；到了最後一節，詩人似乎悟出了某種哲理：

而如果那漫長難耐的日子

竟是一個個不明不白，不清不楚的漣漪

作為一條河也是很可笑的

行過橋的，淹過岸的

越過堤的，不是等另一條河踩過你

仰天猛擊一記

鈸的鏘然巨響聲中

波濤千起

雖然「河」力的展示一直被強調（行過橋的，淹過橋的，越過堤的——暗示人生的輝煌階段），最後一節的前三行道出詩人對生命過程所體驗到的迷茫感、幻滅感。第三行以後又是一個轉折，這也清楚地顯示出潛意識自我的不甘雌伏，企圖有所作為，以致「波濤千起」。故此，可以斷言的是，〈河想〉是情緒以及生命觀點的起伏轉變，也是溫任平流放中的心境寫照。

接下來，我們看〈水月〉：

有時我想，我只是一艘憤怒的船

等不及啟航

我已碎成一堆破爛

一灘搖搖晃晃的

水月

這是詩人的現身說法。正如前面所述，詩人以「船」自喻，這時候他已是「一艘憤怒的船」。他經歷了不少寶貴的經驗，他曾經積極地創造過，也曾經失望過，這種情緒不停地起伏湧現，他有時會為了一點成績而感到信心十足，覺得大有可為。可是，他又連接地遭受挫折。現在，他開始憤怒了，在理智不算十分清醒的情況之下覺得他這樣獨自去流放只是「搖搖晃晃的水月」而已，沒有具體的成就與價值。他近乎絕望了。可喜的是，衝動之後，他還是理智的：

　　有時我想
　　為什麼要有海，要有洋
　　要把島與半島分開，分隔得
　　長又長

他對流放確實有點灰心了。海和洋是幫助他流放的，可是他卻向海和洋的存在提出質疑。我們知道，是海把陸地分隔，是海洋把他與文化故土隔開了。他的反問，反映出他對海洋存在的埋怨，他在想，如果只有陸地，那該多好。他對放逐感到厭倦，因為他太寂寞孤單了，又沒有能力影響友儕們與他同行。他一直在找尋著方法，希望有那麼一天，他能以行動感動眾人。〈水月〉至最後數行情緒激烈，充滿了動作感：

　　……有時我

　　想狂喊，想奔

　　想把自己揚起，成風

　　成浪，成海洋；把最後的憤怒澆熄

　　把自己擊沉、沉、到又遠又深

　　無以名之的地方。有時我想

　　木塊的用途，正是這樣。

這些動作與前面所說的抉擇不無關係。明顯的，他在寂寞無奈，厭倦絕望之際作出了最後的努力；他要瘋狂地叫喊，瘋狂地奔跑，他更想把自己變成「風」、變成「浪」、變成「海洋」；這種種動作旨在喚醒眾人，希翼他們有所覺醒。最後，他看透了，於是把「最後的憤怒澆熄」，「把自己擊沉，沉，到又遠又深／無以名之的地方」。這是以退為進的方法。「沉」貫穿了全詩水的意象，也暗示了自我犧牲的精神，極富戲劇預知（dramatic foreshadowing）的作用。我們也許會進一步這樣追問，他的流放對自己，對民族一定有其重要性、必要性，不然，他又何必作如斯大的犧牲呢？他是一位「現代屈原」，他的決定是一幕悲劇：

　　有人走來

　　下著雨，他沒有披蓑衣

蹎蹎在黃昏時節的昏蒙中
咳嗽起來

他緩步向前
步入齊膝的浪花裡
在全面的冷沁中，去遺忘
楚地的酷夏
淹過他的五綹長鬚之後
他微笑，帶點不經意的揶揄
他抬頭看天，最後的問句已經結束
就把頭猛然插進海面去
　　——〈水鄉之外〉

就技巧而言，溫任平運用電影技巧清晰地勾勒出一幕「現代屈原投江自溺」的悲劇。鏡頭集中在一個人身上，他以緩慢的步伐走入海中，這種緩慢有助於悲劇氣氛的逐漸增加。〈水鄉之外〉這首詩文字的節奏控馭得極佳，它的節奏遲緩沉重，正配合了詩中人物的緩步入海的外在行動，加強了整首詩的悲劇性。我願意在這裡提出一點作為補充的是，因為電影技巧的運用，這首詩極富戲劇性。這戲劇性卻出乎人意料地加強了字義本身的力量和視覺與聽覺上的真實感。

　　總的來說，溫任平已把握到了悲劇的積極性與創造性，這可從〈水鄉之外〉最後幾行得知：

> 一塊全白的頭巾，如最初的蓮台
>
> 舟舟升起

暗示著新生命的昇華。

　　大抵來說，溫任平的航行意象到了〈水鄉之外〉已是登峰造極，可以說是告一段落了。在討論過的諸詩作中，他的流放意識相當明顯，文化、藝術與生活的正面衝突則有所保留，〈水鄉之外〉例外。我們可以進一步推論，水、河、海、洋等意象皆轉自（transmute）汨羅江這個原始意象。易言之，汨羅江應該是溫任平意識流放的終點：

> 我聽見在河的下游
>
> 有人
>
> 單獨地吹竽

這是〈再寫端午〉的最後三句，說明了航行者不但已到了汨羅江的下游，而且還在那邊單獨地吹起竽來了。溫任平在《流放是一種傷》後記這樣寫：「我常認為現代詩的傳統實可以追溯到楚辭去，如果我看法正確，那麼屈靈均是站在河的上游，而我們是站在河的下游，是一個古老的傳統的承續了。」這句詩人現身說法的話可謂已印證了我前面的論點了。

〈水鄉之外〉及端午組詩以後的詩作中，再也沒有航行意象的出現，取而代之的是一個落拓的江湖歌者。這位流放於江湖的歌者，是溫任平流放意識的具體化。〈流放是一種傷〉是作者流放意識表現得最淋漓盡致的一首詩，他的孤獨感、放逐感，透過一位孤苦無依的江湖歌者表現出來：

> 我只是一個無名的歌者
> 唱著重複過千萬遍的歌
> 那些歌詞，我都熟悉得不能再熟悉
> 那些歌，血液似的川行在我的脈管裡
> 總要經過我底心臟，循環往復
> 跳動，跳動，微弱而親切

這是一首長達三十四行的詩，作者一口氣把它寫完，詩的速度逐漸加快，節奏緊張，予人一種不容換氣的感覺。全詩語調悲涼寥寂，可是我們卻隱隱可以感覺到那位歌者的不甘受辱的執著之情。他唱的永遠是不變的歌，無論在什麼地方，他依然真摯地唱：

> 熟悉得再也不能熟悉
> 我自己沙啞的喉嚨裡流出來的
> 一聲聲悸動

在廉價的客棧裡也唱

在熱鬧的街角也唱

你聽了，也許會覺得不耐煩

然而我只是一個流放於江湖的歌者

因為詩的主題是一些重複又重複的歌，溫任平用到了重複的技巧，以形式配合內容，點出那種無可奈何的情緒。另外，他也使用了頭韻、腳韻以及行內韻以增加詩的節奏感。這種種音韻技巧的交互運用下，那種流浪的愁傷以及難言的哀戚就溢於言外了。

　　〈流放是一種傷〉是溫任平的力作，頗能表現一位知識份子對時代的真實感受。它表現了文化、藝術與現實生活的衝突。詩中的江湖意象確切有力，足見作者之匠心。也許我應該進一步強調的是，溫任平這首詩不僅表現他的時代感，也暗示了他個人的一種使命感。他對於這種使命感是自覺的。他的最大使命在於堅持他對中華文化歷史的認同。假若他意志有所動搖，他會很快地陷入現實的死流裡。對於一些「快樂的、熱烈的、流行的歌」，他是不願也不屑心動的。他的歌詞古老得「像一闋闋失傳了的／唐代的樂府」。他自始至終擁有堅定不移的意志，雖然是辛苦了一點，他依然「歌著、流放著、衰老著……疲倦，而且受傷著」。

四

　　航行意象在溫任平詩中的重要性已略為談過了，它有特殊的象徵意味。不過，我認為，溫任平的成就在於他能夠把自己的流放意識寫進詩中，從自我出發，以小見大，反映出這一代馬華知識份子在特殊文化背景的心態。易言之，他的流放意識頗具普遍性。另外他也表現了藝術與現實的衝突，那種藝術追求者苦澀悲痛的心境，常常能夠激起大家的共鳴。

　　溫任平是寫實的。他的現代精神的懷疑感促使他去揭開現實的面紗，勇敢而真摯地表現了當代社會的風貌。他不無病呻吟，他的感觸也非空穴來風。他的詩為什麼恁般低沉悲憤？這個問題最好由這時代來回答。

　　論者每次讀溫任平的詩，常會有泫然欲淚之感。我並非感情氾濫。我想，令我戚然心動的是他詩中的時代感、使命感，而這種時代感、使命感是，每一位有良知的馬華現代詩人所應具備的。

論溫任平詩中的「屈原情意結」

那年，水聲拽著一把濕髮

沒入天邊

江月是草色的，綠得

令人想起慟哭

風來也好，反正

波外是另一片流動的淚

某年某月

一棵大樹沿岸岩劈碎自己

髮的飄零

自從那年被放逐長沙

他下水去了

且已不想再回來

雖然

我們把他的鬢髮讀成了歷史

　　這首詩是〈髮志〉，副題為〈悼屈原〉，是女詩人藍菱的作品。很明顯的，這首詩旨在感懷和追念屈原。她所處理的是屈原投江自盡那短暫的瞬間。在政治上，屈原是一位忠臣，頗得人民的敬愛。他的死無疑令人痛惜。詩的首段成功地營造了悲劇的氣氛，「濕髮沒入天邊」是他沉下汨羅江的意象。他的死，使大地頓呈黯澹憂傷，令人為之「想起慟哭」。

一

　　屈原這個名字，對於寫詩的作者，以及廣大的讀者，應該不是個陌生的名字。屈原的生平以及他的多篇金玉佳構，並不在本文的討論範圍內。我所要談的是屈原在中國文學史、中國歷史，甚至於整個中華文化裡的象徵形象。

　　屈原是中國文學史上一位偉大的愛國詩人。他的一生。可謂是放逐的化身；滿腔悲憤，昂首問天，蒼天無語，大地亦默默。他被放逐，是因為他不甘於同流合污，苟且偷生，為了堅持自己不變的原則，為了表現他對當時政治黑暗面的沉痛，以及為了點醒當時的臣民，他唯有犧牲自己的血肉之軀，完成大義。這種為原則，為正義而亡的精神，正是中國學者所應有的「士義」。

　　我們發現，中國的許多現代詩人對這位「領風騷」的愛國詩人似乎有一種特殊而又微妙的感情，這種感情溫任平在《流放是一種傷》後記裡，謂之「屈原情意結」。這一種相隔數千年的「孺慕之

情」不僅超越了時空，同時也超越了對屈原個人的崇拜與愛慕。屈原在許多中國現代詩人的意識裡已被提升到了一種象徵的層次。他是詩的象徵，也是堅貞不移的情操的形象化。我前面引用藍菱的詩，用意在於說明屈原的歷史象徵。

「屈原情意結」中的感情與精神通常潛伏於詩行間。我們都知道，詩的語言是濃縮的，深具言外之意或弦外之音。這種情意結的流露可從一些詩作的言外之意得之。藍菱的〈髮志〉便是一例證。

本文的主旨，因為是篇短文，只將注意力集中在探索馬華現代詩人溫任平詩中所流露的「屈原情意結」。

溫任平「屈原情意結」的濫觴大概是在一九七二年當他寫〈水鄉之外〉一詩的時候。這首詩所表現的就是對屈原的感懷以及那股不受時空所局限的精神：

　　　水鄉之外仍有水鄉之外的
　　　水鄉
　　　那是遙遠的古代

　　　有人走來
　　　下著雨，他沒有披蓑衣
　　　踽踽在黃昏時節的昏濛中
　　　咳嗽起來

嘩嘩的浪花向他湧來
他沒有意識到足踝的潮濕
沒有意識到跌倒在車輿旁的沉哀，和
王的侍從的憤怒吆喝，和漁夫
的哲學，和一點都不哲學的
菖蒲啊菖蒲

嘩嘩的浪花向他沖來
他緩步向前
步入齊膝的浪花裡
在全面的冷沁中，去遺忘
楚地酷夏

淹過他的五絡長鬚之後
他微笑，帶點不經意的揶揄
他抬頭看天，最後的問句已經結束
就把頭猛然插進海面去

理想的泡沫一箇一箇升上來
升上來，然後逐漸碎成
一圈圈的漣漪，慢慢泛開去
水的底層蠢動，泛開去，蠢動蠢動

> 　一塊全白的頭巾，如最初的蓮臺
>
> 　冉冉升起[1]

我們發覺，詩中人物的情緒開始時顯得特別低沉：「在全面的冷沁中／去遺忘／楚地酷夏」、「他抬頭看天／最後的問句已經結束」，這種情緒的流露是很自然的，因為一個人受到了重大的打擊與創傷之後，他又怎能有積極的心情呢？人是血肉之軀，縱使你有多堅強，理想有多崇高，受到挫折之後，也難免會有失望與沮喪的時刻。屈原的放逐，使人千古追惜。其實，溫任平在精神上又何嘗不是在放逐呢？〈水鄉之外〉裡的許多字眼如水鄉、漁夫、菖蒲、楚地、最後的問句等，都隱帶著屈原的影子，這也顯示作者與屈原精神的溝通處，詩人對屈原的懷念與愛慕也就不言可喻了。最動人的是最後一段：「一塊全白的頭巾，如最初的蓮臺／冉冉升起」從前面的幾行詩句，我們看到他「把頭猛然插進海面去」，他的理想因此而成了泡沫。泡沫是短暫的，很快就會消逝，用以象徵出屈原短暫的生命，而他所留下才是真正不朽的（全白的頭巾、最初的蓮臺）。「白」字給我們的衝擊力很強烈，因為「白」象徵著皓白無暇和一些高貴的特質。另外，「如最初的蓮臺／冉冉升起」，這種

---

[1]　溫任平：〈水鄉之外〉，《流放是一種傷》，安順：天狼星出版社，1974，頁83-85。

緩慢的動作象徵著新生命的昇華。易言之，屈原的精神是他死後才
變得不朽的。試看余光中的〈漂給屈原〉：

> 千年的水鬼唯你成江神
> 非湘水淨你，是你淨湘水
> 你奮身一躍，所有的波濤
> 汀芷浦蘭流芳到現今
>
> 你流浪的詩族詩裔
> 涉沅濟湘，渡更遠的海峽
> 有水的地方就有人想家
> 有岸的地方楚歌就四起
> 你就在歌裡，風裡，水裡[2]

表現的同樣是那種不死的精神。其實，余光中是藉此抒發他那濃郁
的文化鄉愁。

　　前面我曾提到〈水鄉之外〉是溫任平「屈原情意結」的濫觴。
我想在此補充的是，這種情意結的產生也正闡釋了作者對中華歷史
文化的回溯與認同。換句話說，他的中華意識已開始抬頭了，「歷

---

[2]　余光中：〈漂給屈原〉，《與永恆拔河》，臺北：洪範書店有限公司，
　　1979，頁170-171。

史感」也在這個時候萌芽了。艾略特認為「歷史感」（Historical Sense）對於「任何一位二十五歲以後仍想繼續做詩的人幾乎不可缺乏的」。歷史感之所以重要，因為它能使一位作家「敏銳地意識到自己在時代中的地位以及本身所以具有現代性的理由。」[3]。「歷史感不僅具有過去性（古典傳統的繼承），同時也具有現代性」。也就是說，具有歷史感的作品所處理的並不只局限於古典的或傳統的題材，它也可以處理我們當前社會的人與事。簡言之，歷史感幫助我們認清自己所處的時空背景。

溫任平對「歷史感」的醒覺，可見於他的〈端午組詩〉。〈端午組詩〉共有三首詩，分別完成於三個不同的年份，即乙卯年、丙辰年和戊午年，其中以戊午年的最為突出，全詩如下：

> 讓我們談笑，吃粽
> 讓我們折幾隻繪了龍的紙船
> 推到河裡去競渡
>
> 把蒲艾掛在門上
> 把爛了的銅鑼，敲響
> 燃一堆紙箔去超渡

---

[3] 艾略特著，杜國清譯：《艾略特文學評論選集》，臺北：田園出版社，1969，頁5。

全詩只有六行，當然不能算是什麼偉大的作品了。這首詩之所以
重要，是因為它的時空背景、心理背景闡釋了詩人歷史意識的成長
過程。

二

　　隨著歷史意識的抬頭，溫任平的詩在內容上有了一個新突破
──對中華文化的擁抱。這是因為他對源遠流長的中華文化傳統產
生了自豪感。他所處的貧乏的文化背景，更使他感慨繫之。可以這
麼說，這些都是溫任平詩中歷史意識的延續──對中華文化傳統的
摯愛。摯愛加上悲痛，表現得最沉重有力的是〈流放是一種傷〉這
首詩。

　　就內容而言，詩的題目就已暗示了詩的主題。詩人的「放逐
感」、「孤獨感」透過了一個孤苦無依的江湖歌者而宣洩出來：

　　　　在廉價的客棧裡也唱
　　　　在熱鬧的街角也唱
　　　　你聽了，也許會覺得不耐煩
　　　　然而我只是一個流放於江湖的歌者

　　這位浪跡江湖的歌者，無論他到什麼地方，他依舊唱著同樣的歌，他其實是一個「現代屈原」，至少在溫任平心目中他是。詩中的所謂「歌」，詩人已賦之以徵喻的作用，可供不同層次的詮釋。如果「歌」象徵著文化，那麼詩人與文化可謂融為一體了：

> 我的歌詞是那麼古老
> 像一闋闋失傳了的
> 唐代的樂府
> 我的愁傷，一聲聲陽關
> 我的愛，執著而肯定
> 從來就不曾改變過
> ……
> 胡笳十八拍，有一拍沒一拍地
> ……

詩句如「唐代的樂府」，「一聲聲陽關」，「胡笳十八拍」等使我們聯想到文化輝煌的漢唐。詩人對中華文化的認同感，在這裡不是很明確而肯定了嗎？

三

　　溫任平的詩一向來給我的感覺都是創新的；除了在技巧的勇於多變外[4]，在內容上，他的觸鬚伸向四方八面。基本上，溫任平不失為一位知性頗強的抒情詩人，他感情的流露往往適而可止，不致氾濫無度。表現「屈原情意結」的幾首詩，寫的是知識分子對於自己民族的豐富文化遺產的一份執著，關懷與熱愛。這種情緒，相信每一位有文化良知的讀者都會共鳴於心的。

---

[4]　謝川成：〈詩人靈魂的多面性〉，《馬大中文系一九八零暨八一年度畢業紀念刊》，1980，頁207-215。

文化母體的召喚

——論溫任平詩中的中國性

一、緒論

　　中國性（Chineseness）[1]是個新詞語，是近年來論述馬華文學者常用的術語。到底中國性意義為何，範圍多廣，至今尚無定論。就詞的性質來看，中國性無疑是個抽象名詞，構成的方式是名詞「中國」加上後綴「性」。從構詞法的角度看，「性」可能是英語詞尾「ness」的翻譯，表示性質、狀態。因此，「中國性」這個詞語的意蘊應該與中國特質有關。換言之，當論者提到馬華文學的「中國性」時，所指的不外是：馬華文學與中國文學的關係，馬華文學中的中國意象，中國文字在馬華文學中的示意作用，馬華文學

---

[1]　陳川興把這種特性稱為「中華特性」，並認為是「中華文化傳統的表達，它是華人的獨特思維形態，也是華人所獨有的美感經驗。」在〈談當代馬華現代詩的中華特性——一個文化意識如何陸路的問題〉，陳氏列舉了溫任平、王潤華、溫瑞安以及沈穿心四位馬華詩人的作品論述其中的中華特性。見陳川興：〈談當代馬華現代詩的中華特性〉，《文道》17期（1982.5），吉隆坡：馬來西亞華人文化協會。

作品中的中國圖像[2]、中國情結[3]等等。

　　對中國性討論得最詳細和精彩的是黃錦樹。雖然如此朱崇科卻認為黃的論述引出了不少問題。他說：「除了其『中國性』缺乏系統性和相當的連續性、貫串性以外，他對中國性的處理也存在模糊和含混的一面。」[4]可見，要為中國性下定義實非易事。其實，「中國性」是多義詞，在大陸、臺灣和香港所指不一：中國大陸：闡釋『中國』的焦慮；臺灣：本土的迷思；香港：混雜的邊緣[5]。

　　「中國性」可以說是海外文學與中國文學之間的融匯點。近年來，不少學者努力研究邊陲文學及其產生的場域與中國性的問題。王庚武、周蕾、David Yen-ho Wu、Ien Ang等曾撰文探討。[6]

---

[2] 鍾怡雯的博士論文以亞洲華文散文的中國圖像為研究課題，探討了臺灣、香港、馬來西亞、新加坡、泰國、菲律賓和印尼七個國家的華文散文。馬來西亞部分討論了翠園、游以飄、林金城、辛金順、何國忠、何啟良、陳碟、溫任平、林幸謙等人的作品。詳見鍾怡雯：《亞洲華文散文的中國圖像》，臺灣：萬卷樓圖書有限公司，2001。

[3] 林春美認為「中國情結在馬華作家群中是一種相當普遍的現象，多數表現出作家對中華文化絲絲縷縷切割不斷的牽連。不同的是，有的流露於言談舉止、氣質神采之中，而有的則化成字裡行間的情懷。」她在論文中從四個層面來論述馬華作家的中國情結：文化的鄉愁，對傳統的孺慕、對五千年文化歷史的自豪、對異族文化與宗教的排斥，反感與恐懼及回歸意識。見林春美：〈近十年來馬華文學的中國情結〉，《國文天地》12卷8期，（1997.1）。

[4] 朱崇科：〈臺灣經驗與黃錦樹的馬華文學批評〉，《21世紀臺灣、東南亞的文學與文化》，臺灣：南洋學社，2002，頁235。

[5] 朱耀偉：〈誰的中國性？〉，見《香港社會科學學報》第19期（2001），頁135-158。

[6] 詳見朱崇科：〈「去中國性」：警醒、迷思及其他──以王潤華和黃錦樹的相關論述為中心〉，《亞洲文化》第27期，新加坡：亞洲研究會，

　　馬華文學的中國性與馬華文壇七十年代掀起的現代文學運動息息相關，論者謂之中國性現代主義，「由天狼星詩社諸人鼓吹實踐，形成一股集體的表現風氣。」[7]天狼星詩社由溫任平所創立。溫氏是「中國性現代主義者」[8]，雖然接受了現代主義的洗禮，但從不放棄中國悠久的文學傳統。他不贊成紀弦全盤西化的主張，反對現代詩乃橫的移植而非縱的繼承的看法。[9]如果說溫氏乃七十年代馬華文學中國性現代主義的主要推動者，相信沒有人會反對。

2003），頁164-177。

[7] 張光達：〈建構馬華文學（史）觀：九十年代馬華文學觀念回顧〉，見《人文雜誌》第二期，吉隆坡：華社研究中心，2000，頁110-116。

[8] 這是黃錦樹評論溫任平時所用的詞語。他關心的其實是文化被錯置的憂思與鄉愁。他說：「成果較豐碩的反而是文化被錯置的憂思與鄉愁。我指的成果是藝術的成果，從溫瑞安、方娥真以迄林幸謙、陳大為的中國性書寫，讀者都可以聆聽到血液的聲音。黃錦樹曾撰文指出我是1970年代『中國性現代主義』的始作俑者，我無意為自己辯護。今日的我，站在世紀之交的十字路口，腦子裡想的反而是華族南移的種種歷史記憶，書寫不是為了紀念，而是為了『再現』。……」詳見溫任平：〈文學資源／寫作題材／文體自覺〉，《靜中聽雷》，吉隆坡：大將出版社，2004，頁127。

[9] 詩人紀弦在1956年1月16日假臺北市民眾團體活動中心宣告現代派正式成立。「現代派」以「領導新詩的再革命，推行新詩的現代化」為職志，並以六大信條為努力的方向。這六大信條是：一、我們是有所揚棄並發揚光大地包容了自波特萊爾以降一切新興詩派之精神與要素的現代派之一群；二、我們認為新詩乃是橫的移植，而非縱的繼承。這是一總的看法，一個基本的出發點，無論是理論的建立或創作的實踐；三、詩的新大陸之探險，詩的處女地的開拓。新的內容之表現，新的形式之創造，新的的工具之發現，新的手法之發明；四、知性之強調；五、追求詩的純粹性；六、愛國。反共。擁護自由與民主。詳見蕭蕭：《燈下燈》，臺北：東大圖書公司，1980，頁70-74。

他除了通過出版詩人節紀念特刊[10]來鼓吹中國性現代主義之外，他也在創作上實踐，並撰寫論文將之合理化、學術化。這股影響力在《大馬新銳詩選》可以得到明證。[11]

　　本文論述的旨趣不在提出中國性的定義或定義的分析，而在點出馬華詩人溫任平詩歌中中國性的多種面貌。惟論述從內涵著眼，加上詩歌文本的對比參照，以期中國性的面貌得以突顯。

---

[10] 在溫任平策劃下，天狼星詩社從1976年開始每年在6月6日出版詩人節紀念特刊，目的是慶祝年度國際詩人節和紀念／追思愛國詩人屈原。薄薄的紀念特刊看似平凡，但由於特刊出版目的和時間特殊，社員的作品大多數寫屈原以及和端午相關的題材。還有，特刊常以屈原的畫像作為封面設計，以凝聚社員對屈原的認同，加強端午節慶的文化意義。詩人節紀念特刊出版超過十年，處理中國性的詩作為數可觀，浸假形成中國性現代主義。另外，為了紀念屈原和配合特刊的出版，天狼星詩社每年主辦文學大聚會，廣邀社員及文友參與其盛。聚會的活動包括文學研討會，辯論會，座談會及限時創作。這些活動大多與屈原相關。換言之，通過詩人節紀念特刊，詩人節聚會，專題演講，限時創作，溫任平在潛意識裡似要讓身邊的社員文友強化中國性，引導大家朝向中國文學的長江大河。中國性現代主義就這樣從核心擴散到其他社員文友。

[11] 這本詩選是繼1974年出版的《大馬詩選》之後的一部重要選集。在為這部詩選寫序時，他指出許多作者不約而同地關切「文化的鄉愁」這個中心主題。二十三位作者中，十六位涉及同樣的主題，接近詩選總人數的四分之三，絕非偶然，應該說中國性現代主義已經蔚為風氣。張光達認為，在八十年代，「一般中國性現代主義依然纏繞著詩人作家不放，八十年代後期配合政治局勢的流變有捲土重來之勢，邁進九十年代中國性與馬華文學的影響關係依然方興未艾。」張的看法大抵上是正確的。

二、溫任平屈原情意結的發展脈絡

在溫任平詩作中，中國性最明顯的特徵是屈原情意結，其內容包括屈原和端午。前者乃圍繞屈原的遭遇及其不朽精神作為想像基礎；後者與屈原相關，就節日本義及其今日一般人慶祝此節日的心態與情況抒發情感。溫氏屈原情意結肇始於七十年代，一直延續至今，橫跨三十年，可以說是溫氏創作的資源。

溫任平對屈原的書寫離不開投江自盡、懷才不遇、忠心愛國。文學傳統的反思也是其中一項。這四種內容各在不同的詩作中出現。在總論這些議題之前，我覺得有必要簡述溫氏詩作中屈原情意結的肇始與發展。

現代詩人中，詠寫屈原或端午的不少，但以這種題材寫成多首詩或文章的並不多見。余光中在其四十年的創作生涯中，寫過至少四首專詠三閭大夫的詩。黃維樑因此撰寫〈青葉燦花的水仙——余光中筆下的屈原〉詳加論述[12]。馬來西亞詩人溫任平寫了七首有關屈原或端午的詩及一篇散文，可惜至今尚未有人論及。陳大為的〈謄寫屈原——管窺亞洲中文現代詩的屈原主題〉[13]論述了中國大陸、港澳、臺灣、泰國、菲律賓、馬來西亞及新加坡這八個國家的

---

[12] 黃維樑：此為「湖南省國際屈原學術討論會」提呈的工作論文，1991年6月。
[13] 陳大為：《亞細亞的象形詩維》，臺北：萬卷樓圖書有限公司，2001。

詩人作品中的屈原主題，馬華現代詩人被提及的也有三十二位，頗令人不解的是，溫任平卻被忽略了。

　　溫任平的屈原情意結肇始於一九七二年。那年十一月，溫氏於臺灣的《中外文學》發表了〈近作兩首〉，其中一首是〈水鄉之外〉。詩的重點在描述屈原投江自盡的過程。這是溫任平第一首寫屈原的詩，在其創作生命裡，它應該是極為重要的里程碑。這首詩從屈原的自沉寫到其精神之不死，從消極寫到積極，從哀傷寫到冷靜。溫任平坦然地說：「我覺得我的『屈原情意結』大概就在那時醞釀，蓄勁待發。」[14]

　　到底什麼叫做屈原情意結？溫氏沒有明確交代，我們也從未在其他文章裡讀到相關的資料。「情意結」是個心理學名詞，指一組互相聯繫的觀念。它藏在作家詩人的潛意識裡，受到個體的重視。《流放是一種傷》〈後記〉裡有一句話或許是重要的注腳：「相隔二千三百多年的孺慕之情，別人固然無法理解，我自己又何嘗能夠自析？」[15]溫氏的屈原情意結嚴格來講沒有明確的範圍和意義。詩人本身到底為何孺慕屈原，連他自己也無法明言。既然連他自己也不能自析，我們只能從溫氏的作品中探研，管窺其端倪。

　　溫氏在七五年和七六年先後發表了兩首關於端午的詩。第一首〈端午〉，第二首是〈再寫端午〉。溫氏對屈原的孺慕之情或許可

---

[14] 溫任平：《流放是一種傷》，安順：天狼星出版社，1977，頁163。
[15] 如上注。

以從他給屈原寫的一封公開信中去咀嚼體會。一九七六年六月六日的詩人節，天狼星詩社出版詩人節紀念特刊，內收該詩社成員的51篇作品。51篇作品中，50篇是現代詩，1篇是書信體論文。這篇論文就是溫任平的〈致屈原書──代總社長的話〉[16]。

　　一九七八年，溫氏出版的詩集《流放是一種傷》，除了上述三首詩之外，也收錄了另外兩首與屈原情意結相關的詩作，即〈流放是一種傷〉及〈我們佇候在險灘〉。[17]一九七九年出版的《眾生的神》有一首題為〈端午〉的詩。[18]事隔兩年，即一九八一年，溫氏又發表了一首有關屈原或端午的詩〈一個漁夫的追悔〉。八一年之後，溫氏創作減產，詩歌寫得少，寫屈原或端午的更難見。二十年後的二〇〇一，溫氏又在星洲日報發表了〈辛巳端午〉。[19]

---

[16] 這篇文章通過寫信給古人的方式，以替屈原找發表園地為引起動機，批評當時文壇流行的一些觀念。一是文學必須具有普遍性，不可有地域性；再來文學不可強調個人主義或英雄主義；三是文學必須大眾化，只要認識中文字的人就能欣賞，那才是好文章。寫這篇文章的時候，溫任平的現代覺醒已經開始，而且清楚現代主義文學的精神與要求。溫氏在1970年出版的詩集《無弦琴》，無論怎麼看都不夠現代，只是一般的抒情小品，藝術成就不高。從文章內容看來，〈致屈原書〉還不能說是溫氏屈原情意結的濫觴，因為裡頭所論述的比較是對文壇現象的不滿。不過，從另一個角度看，這種不滿其實可能就是詩人日後精神流放的契機。七十年代的馬華文壇是現實主義的天下，有抱負和才氣如溫任平者，由於派系歧視，受到排擠。文章找不到發表園地對作家而言是很痛苦的。見張筆傲編：《詩人節紀念特刊》，美羅：天狼星出版社，1976。

[17] 溫任平：《流放是一種傷》，霹靂美羅：天狼星出版社，1978，頁137-143。

[18] 溫任平：《眾生的神》，霹靂美羅：天狼星出版社，1979，頁57。

[19] 星洲日報，2001年6月24日。

　　有關屈原情意結的作品，溫任平前後總共發表了八首詩和一篇文章，下表根據年分將有關作品列出，以見其歷時脈絡：

年份	作品	文類	園地
1972	水鄉之外	詩	1972年11月號《中外文學》
1975	端午	詩	1975年天狼星詩人節紀念特刊
1976	再寫端午	詩	南洋商報，1976年6月5日
1976	致屈原書	書信	1976年
1978	流放是一種傷	詩	流放是一種傷（詩集）
1978	我們佇候在險灘	詩	流放是一種傷（詩集）
1979	端午	詩	眾生的神（詩集）
1981	一個漁夫的追悔	詩	1981年天狼星詩人節紀念特刊
2001	辛巳端午	詩	2001年6月24日星洲日報

　　從上述作品中，讀者不難看出，溫任平對二千多年前的屈原孺慕頗深。這種孺慕心理揭示了詩人對現實的不滿，對國家的失望，但是他又不捨得離開甚至拋棄土生土長的家園，所以才在精神上流放到中華文化的源頭活水中。

三、屈原：中國性的立體形象，詩人的文學資源

　　屈原是溫氏的文學資源，也是其中國性的具體形象。在屈原書寫方面，溫氏最先處理的是屈原投江自盡的情形。例如，在〈水鄉之外〉裡，詩人這樣寫：

嘩嘩的浪花向他沖來

他緩步向前

步入齊膝的浪花裡

在全面的冷沁中，去遺忘

楚地的酷夏

流過他的五綹長鬚之後

他微笑，帶點不經意的揶揄

他抬頭看天，最後的問句已經結束

就把頭猛然插進海面去[20]

詩中描繪屈原自盡的過程是「想像的真」，作者追求形象化、戲劇化的效果。那種「緩步向前」，水淹過鬍鬚依然「微笑」，「抬頭望天」，「猛然把頭插進海面」予人「從容就義」的感覺，像教徒護道衛法，壯烈犧牲一樣。從深層意義看，屈原緩步入江的死法如同死亡儀式，揭示溫任平屈原情意結的宗教意味和文化內涵。從文化語碼看，屈原選擇死是為了作最後的進諫。古人進諫方法很多，

---

[20] 如注17，頁84-85

其中最壯烈的莫過於死諫或屍諫。生前的種種進諫已無效,唯有死諫或許能警醒當政者。屈原的苦心由此可見。

　　在〈再寫端午〉中,溫氏以另一種手法處理屈原自盡。詩的情節是:吃粽子,哽在喉間,呼吸急促。在這裡,詩人乃活用史實,目的是「具體化屈原自溺江中,絕命前的那一刻掙扎」[21]

　　溫任平詩中屈原書寫的另一項內容是精神不死。〈水鄉之外〉的末節如下:

> 就把頭猛然插進海面去
> 理想的泡沫一個一個升上來
> 升上來。然後逐漸碎成
> 一圈圈的漣漪,慢慢泛開去
> 水的底層蠢動,泛開去,蠢動蠢動
> 一塊全白的頭巾,如最初的蓮台
> 冉冉升起

這裡的動作語碼是「猛然插進海面去」、「理想的泡沫升上來」、「泡沫碎成漣漪而泛開」、「全白的頭巾升起」,而內涵語碼是理想最終破滅,屈原由於無法挽救祖國而頹喪不已,最後選擇以死殉國。色澤意象「全白的頭巾」暗示屈原高潔的情操。余光中詩句

---

[21] 如注17,頁164。

「青史上你留下一片潔白」[22]寫法接近。屈原雖死，精神卻永存，後世每年都紀念他。南宋文天祥生前的種種進諫已無效，唯有死諫或許能警醒當政者。屈原的苦心由此可見。

在〈端午〉詩：「唯有烈士心，不隨水具逝。至今荊楚人，江上年年祭。」道出屈原從容就死的壯烈意義。

懷才不遇的書寫在〈致屈原書〉和〈流放是一種傷〉最為明顯。[23]這種心情在〈流放是一種傷〉得以深化。這首詩寫於1972年。詩的主述者是一個不受歡迎的江湖歌者。知音難尋，懷才不遇的題旨皆躍然紙上。在詩中，溫氏不僅揭示了懷才不遇的心情，更明顯地流露了現實與理想的矛盾。「歌」象徵理想，可是歌者的歌詞是「古老的」，像「唐代的樂府」。縱使他「在廉價的客棧裡也唱／在熱鬧的街角也唱」，知音還是難尋。在現實社會裡，人們喜歡的是「那些快樂的，熱烈的，流行的歌」。這就是理想與現實的衝突，正如屈原，空有滿腔建國經綸，卻無緣發揮。因此，溫氏才會說：「就算在〈流放是一種傷〉裡，細心讀者亦不難窺見他清癯消瘦的面容，聽見他喑啞沉重的心聲。」[24]屈原情意結在這裡出現了新的因素。

---

[22] 余光中：〈淡水河邊弔屈原〉，轉引自黃維樑〈青葉燦花的水仙──余光中筆下的屈原〉，如注12。

[23] 〈致屈原書〉所敘述的情況不無自我暗示的意味。在現實主義盤根幾十年的馬華文壇，現代派作家或詩人要異軍突起，以全新姿態或形象介入馬華文壇，實在是困難重重。這種被排斥、懷才不遇的情形正如屈原的命運。溫任平也許是借屈原來暗示自己在文壇的遭遇，宣洩不滿。參照注15。

[24] 如注17，頁163。

　　屈原情意結的另一項內容是把楚辭作為現代詩的傳統。文學傳統可以多元，現代詩的傳統也一樣。它吸收來自多方面的養分，兼容並蓄，形成獨特的風格。溫任平認為現代詩的傳統可以追溯到屈原與楚辭去。七六年發表的〈再寫端午〉有以下幾句：

　　　我聽見在河的下游
　　　有人
　　　單獨地吹竽[25]

「有人」的「人」指現代詩人，處於文學長河的「下游」，「吹竽」借玩樂器來象徵實現理想。這些人是孤單的，因為擁護者不多，追隨者更少。若根據溫氏的看法，處在上游的應該是屈原了。對於現代詩的傳統，溫氏的意見是：「我常認為現代詩的傳統實可以追溯到楚辭去。」[26]這是溫氏個人的意見，未必正確，當然也不無道理。在創作實踐中，他證明了屈原及其作品是個值得親炙的大傳統。

　　另一首〈端午〉從端午節的活動開始，最後以超度屈原作結，屈原情意結因為不滿現實而掛念古人。全詩只有兩節：

---

[25]　溫任平：〈再寫端午〉，《南洋商報》，1976年6月5日。
[26]　如注17，頁163。

讓我們談笑，吃粽
讓我們摺幾隻繪了龍的紙船
推到河裡去競渡

把蒲艾掛在門上
把爛了的銅鑼，敲響
燃一堆紙箔去超度[27]

這裡所揭示已不是個人對屈原的孺慕之情，而是承認屈原已經遠去，自己只能隔空超度。第一節揭示了端午節的活動，第二節暗示了一些習俗「把蒲艾掛在門上」。屈原情意結在這裡增添了一個新的意義：節慶習俗。陳大為在論述屈原主題時把母題分為四種：流放母題，殉國母題，召魂母題及節慶母題。[28]

　　溫任平在1981年發表〈一個漁夫的追悔〉。《楚辭》其中一篇名著是〈漁夫〉，是一篇寓言，主角為隱者漁夫。屈原在文中虛構了漁夫，並與他對話，和通過二人對話來抒發自己的志向。溫任平則用戲劇對話帶出屈原自殺前的徵兆，最後以「只看見從上游漂過來的粽衣」作結。題目含有「漁夫」二字，方式同樣是對話，可見溫氏如何積極地向屈原吸取文學養分。《楚辭》作為現代詩傳統的

---

[27] 溫任平：《眾生的神》，霹靂美羅：天狼星出版社，1979，頁57。
[28] 如注12，頁198-199。

看法再次展現。另外，粽衣象徵屈原精神內涵的蕩然無存，剩下的只是外在的形式而已。這裡也暗示詩人對時下的端午活動的隱性批判。

　　溫任平在詩中所流露的屈原情意結在以上的詩作裡似乎已發揮得淋漓盡致，再寫同樣的題材，恐怕作者難以為繼，想不到，二十年後溫任平又寫了一首有關端午的詩，全詩如下：

　　辛巳端午
　　向巔頂而來的浪濤
　　拋出一連串的天問
　　雪和血
　　從口中一起吐出

　　鶴唳弋過長空
　　刀一般明快
　　劃一道疤
　　在楚國皺褶的臉

　　這兒不賣雄黃酒
　　艾草在中藥店或許找得到
　　倒是粽子

　　掛滿整條唐人街

　　裡頭的白肉會喊痛[29]

　　首節以動態語言描繪屈原自殉及所拋出的問題，有憑弔的意味，次節暗示屈原的死對楚國的傷害，末節以馬來西亞唐人街的粽子暗示端午到了今天只不過是個吃粽子的節日，所以裡面的白肉會喊痛。

　　筆者的結論是，溫任平屈原情意結的內涵不外是：投江自盡、文學傳統、詩學意義以及節慶習俗。各種內涵分佈在不同的詩作裡面。總的說來，溫任平詩中屈原的詩學意義在於屈原乃文學創作的動力，屈原作為現代詩的傳統等等。屈原的文化意義則在端午節作為一種習俗。除此之外，屈原也是文化的象徵，暗示溫氏無法對本土文化認同。他嚮往中華文化，在精神上回歸文化古都。當他看到紀念屈原的端午節淪為內涵貧乏的習俗，不免感慨悵惘，精神歸趨於流放。雖然如此，他卻不肯放棄所處的現實環境。溫氏的內心矛盾在〈我們佇候在險灘〉更加激烈。本質上，屈原情意結乃精神回歸，終點是文化中國。中國性之所以不禁流露來自文化母體的呼喚。由於在現實環境得不到心靈的安慰，它的精神自然趨向文化源頭。可是，他卻不輕易放棄本土，詩句「在日出天仍黯的酷寒中／我們用嘴裡仍然溫熱的氣體／呵著自己的指掌，呵著／護衛著手上如一盞小小的燈泡的／不肯熄滅的暖」[30]說明了這個意願。他處於

---

[29]　溫任平：〈辛巳端午〉，星洲日報，2001年6月24日。

[30]　溫任平：〈我們佇候在險灘〉，《流放是一種傷》，如注17，頁140。

灰色的認同地帶，本土無論如何都難有作為，他不願放棄。他無意
像李永平，林幸謙那樣「一條路走到黑」，完全放棄本土。溫氏的
內心波濤澎湃，那是自我辯證的過程，也是尋找認同的過程，內心
掙扎與熬煎如哈姆雷特（Hamlet）的兩難式困境。如果純然本土
化，他可以過得生活無憂；反之，也可以過得心安理得，難就難在
兩者之間擺蕩。

四、在地環境刺激內在中國性

在70年代，溫任平詩作中的中國性比較是刻意經營的。屈原、
端午、中國文字、古典詞語、典故等都是作者常用來表達中國性的
手段。到了80年代，溫任平詩作中的中國性不再明顯，由主動變
為被動。換言之，在地環境激發作者內在的中國性。例如：〈茨廠
街〉[31]一詩便是：

> 在茨廠街
> 在眾多的飯店、水果攤、零食檔前
> 我游目四顧，匆匆奔行
> 焦灼地尋覓
> 那雙剛髹上紅漆

---

[31] 有人把這條街看作是馬來西亞吉隆坡的唐人街。

　　便遺失在洶湧人潮中的

　　木屐[32]

何乃健在為溫任平的詩集《戴著帽子思想》寫序時交代了這首詩的創作背景。他說：「溫任平這首詩裡的木屐『剛鬃上紅漆』，含蓄地暗示當年華社精英在洶湧的逆流中，為了薪火相傳，積極地進行文化重新自我定位與思想興革的工作。可惜在一個重商輕文、見利忘義的人文生態中，低俗的商品文化氾濫成災，而高層次的文化理想卻往往於曇花一現之後，轉瞬間已被『洶湧人潮』衝擊得無影無蹤。」[33]這首詩的主要意象是「木屐」，乍現於華人聚居的茨廠街，象徵「華族源遠流長的文化傳統」。[34]詩中那雙木屐是「剛鬃上紅漆」的，正如何氏所言，是有特定的象徵意義的。筆者認為何氏的分析有過於結合本土環境之嫌。然而，他接下來提到的詩人通過「木屐」來表達文化危機的焦慮卻是可以接受的。

　　表達中國性的80年代作品還有：〈一個漁夫的追悔〉、〈現代詞兩闋〉、〈從古人游，並抒塊壘〉等。

　　90年代的作品中，流露中國性的詩作大概只有〈印章〉一首而已。詩人通過詩中「工整的篆字」來暗示傳統，又說「每一刀，每一劃鏤下的／還有民族的興衰與陰晴」。不難看出，〈印章〉中

---

[32] 溫任平：《戴著帽子思想》，吉隆坡：大將出版社，2007，頁66。
[33] 何乃健：〈這地平線成峰巒〉，序《戴著帽子思想》，如上，頁40。
[34] 如上。

的「書藝」、「篆字」都可以說是傳統文化的符號，而刻印章這個有助於承傳民族文化的動作卻成了「民族的興衰與陰晴」。這種借物起興乃溫氏慣用的手法。[35]

　　2000年以後，溫氏的作品頗多，表達中國性的也有一些。第一首詩〈中國結〉比較凸顯中國性，但卻不完全是傳統文化，而包含近代的中國。換言之，溫氏的中國性在2000年有了變奏。這首詩由兩個重要的動作構成，即織中國結和拆解中國結，其中的「罌粟的盛開」乃詩中的喻體，「喻指近代中國蒙受列強的侵略」。[36]

　　這時期表達中國性的詩篇還有〈夜讀〉、〈問題〉以及之前論述過的〈辛巳端午〉。在〈夜讀〉、〈問題〉兩首詩中，屈原的〈天問〉、〈九歌〉、莊子的〈秋水〉、酈道元的〈水經注〉、蘇東坡的〈水調歌頭〉、王國維的《人間詞話》都變成了詩中的意象，詩人藉以表達了他對歷史、文學、文化的感懷，以及在當代看到歷史文化漸去漸遠而產生的焦慮：

　　　　你沉思古代
　　　　月華不再[37]

---

[35] 溫任平曾說：「我寫詩傾向借物起興，讓感性的觸鬚自己延伸。」見〈傘形地帶・自序〉，頁5。

[36] 李瑞騰：〈因情立體，即體成勢〉，《戴著帽子思想》，如注32，頁26。

[37] 《戴著帽子思想》，如注32，頁110。

「代」與「再」押韻，內容卻相悖。之前有關各種典籍之閱讀都是鋪敘，最後兩行才是重點。詩人的文化焦慮外現於閱讀古代典籍，令人感傷的是，文化的光輝已經不像過去那樣燦爛了。

總的說來，這時期的中國性都是由於在地環境不利於文化發展而激發的。這與70年代那種刻意的中國性風貌不同，傾向含蓄。

五、結論

中國性研究方興未艾[38]。本文論述的是溫任平詩歌中的中國性，重點是溫氏的屈原情意結、端午節慶以及後來的潛藏中國性。屈原情意結、端午節慶內涵較為豐富，且在詩歌中一以貫之，形成其作品特色。後來的亦即2000年以後的潛藏中國性則大略概述。溫氏詩歌中的中國性表現，本文只舉其犖犖大者，重要的是，他在作品中流露中國性不代表他放棄本土性。研究溫氏作品裡的中國性，務必回頭看他如何在現實環境用心與奮鬥，才能窺出其精神全貌。

---

[38] 朱崇科認為「『中國性』研究在今天似乎大有方興未艾之勢，開闊、精彩的創新及深層挖掘都可算綿延不絕，而且無論從研究路向，還是從論述的開拓性及深度上都可稱得上百花齊放爭奇鬥妍。」見〈去中國性：警醒、迷思及其他──王潤華和黃錦樹的相關論述為中心〉，如注6。

第二輯

散文／散文觀研究

那一方褐紅色的古印

——論溫任平散文〈暗香〉的主題與語言策略

一、緒論

　　溫任平在七十年代勤於創作散文。他對散文有野心、有企圖。在《黃皮膚的月亮》這本散文集的自序裡，他說：「我對散文是抱著很大的期望的，我對散文是野心勃勃的。」[1]他認為散文是一個重要而且可以發展的文類，因此，他非常贊同葉珊把散文看作可以錘鍊的瓊瓦。[2]葉珊在強調散文的重要性時這樣認為，「中國散文之廣大浩瀚，尚且包括經誥典謨之肅穆，莊列之想像，史專之篤實；唐宋大家左右逢源，高下皆宜。」[3]由此可見散文在中國文學的地位。

　　有野心就會有行動。野心是人的一種動力來源。沒有野心的人，不會在某方面痛下苦功，當然也就難言成就。溫任平在散文

---

[1]　溫任平：《黃皮膚的月亮》，臺北：臺灣幼獅文化事業公司，1997，頁1。

[2]　葉珊認為：「我相信散文是一種可以錘鍊的文學『瓊瓦』；中國文字的優秀性格我先已經在詩裡體會到，這一兩年更在散文寫作時得到證明。」見《葉珊散文集》後記，臺北：大林文庫，1996。

[3]　楊牧：〈中國近代散文〉，《文學的源流》，臺北：洪範書店，1984。

的嘗試主要是設法突破張愛玲、余光中、葉珊和後來崛起的張曉風的影響。他要寫自己的散文，他「不滿足於一種表現形式，或執著於一種技巧，要多方面試驗，要旁敲側擊，才可以敲擊出灼亮的星光」[4]。《黃皮膚的月亮》裡的多篇散文可以看出他的努力與成果。

　　本文的重點是探討〈暗香〉的主題以及語言策略。前者是文學性的研究，後者則從語言學的角度分析散文的語言。主題與語言休戚相關，前者為內容，後者則是藉以表達主題的符號。〈暗香〉這篇散文的主題極容易被誤解及誤讀。本文內容以後者為重，我們認為〈暗香〉的語言有其特色，而且多樣化，值得研究。這篇散文的古典情韻通過多樣化的語言策略達到圓滿主題的效果。

二、〈暗香〉的主題

　　〈暗香〉的主題是什麼呢？很多讀者可能會認為這篇散文寫的是婚外情。文中所描繪的確確實實有婚外情的影子。其中的男女主角對「愛情」的立場既肯定又矛盾，總之就是相逢恨晚。筆者覺得，要探討〈暗香〉的主題，我們必須從題目著手，先研究題目的典故，看它所蘊含的意義，再從典故意義概括散文的主題。

　　「暗香」一詞有兩個出處：

---

[4]　如注1，頁11。

（一）疏影橫斜，暗香浮動，月明溪淺。（宋。晁端禮〈水
　　　龍吟〉）
（二）疏影橫斜水清淺，暗香浮動月黃昏。（宋朝林逋的
　　　〈山園小梅〉）

「暗香疏影」原來所要描寫的是梅花的香味與姿態，後來成為
梅花的代詞[5]。梅花在文學作品中已經不再是一種花這麼簡單。它
已蛻變成象徵語碼。例如，在現代詩人余光中的詩作〈臘梅〉中，
梅花就有了象徵意味。〈臘梅〉有詩句如下：

　　嗅到臘梅清遠的芬芳
　　那是少年時熟悉的一種香味
　　像母親生前繫圍裙的身上
　　……
　　立在下風處，面向西北
　　想古中國多像一株臘梅
　　那氣味，近時不覺
　　遠時，遠時才加倍地清香

5　編寫組：《文學典故詞典》，中國山東：齊魯書社，1987，頁4。

　　黃國彬認為作者在詩中「緬懷故國，流露了強烈的中國意識」[6]。他又強調，「這首詩利用嗅覺感官創造多種效果：由臘梅的芬芳聯想到母親，由臘梅的芬芳聯想到中國⋯⋯」[7]當然，這裡所指的「中國」不是當代的中國大陸，而是盛唐時期的文化中國。換言之，臘梅所象徵的是中華文化。有了這樣的注腳，我們再看溫任平〈暗香〉的主題就容易多了。可以肯定地說，〈暗香〉表現的是個大主題。文中敘述的是「散居世界各地千千萬萬『有婦之夫』的心聲，為世世代代孺慕中華文化源頭卻不得不居外的』精神浪人』，做了歷史的見證。」[8]楊升橋的意見筆者頗能認同。「暗香」在原詩點出梅花芬芳的特徵，在這篇散文所暗示的就是中華文化或中華文化的芬芳，而文中所描繪的情況就是楊氏所指陳的海外精神浪人的情緒狀況，他們那種在異地懷想民族文化的心情。溫任平在題目用典，效果有如「水中著鹽，但見鹽味，不見鹽質」，借用古典意象來暗示主題思想，可謂恰到好處，盡收點鐵成金的效果。

---

[6]　黃國彬：《從菁草到貝葉》，香港：詩風出版社，1976，頁265。

[7]　如上，頁269。

[8]　楊升橋：〈現代散文的奇峰──評溫任平的散文〉，吉隆坡：南洋商報，1991年7月13日。

三、四字組詞的美學效果

四字語是漢語的特色。古漢語裡的四字語數量極多。現代漢語裡，也許是受了古漢語的影響，四字語出現的頻率亦頗高。這種語言構造在漢語中靈活多變，具有特殊的節奏傾向與表達效果。中國語法學家陸志韋說：「漢語有這麼一種特性：我們聽一段話或吟一段白話文，老是會覺得著句子裡的字（音節）會兩個兩個，四個四個的結合起來。……字的兩兩，四四結合起來，還是明顯。」[9] 這裡所說的「四四」就是四字語。漢語的四字語，在音節上有四個，在構造上往往兩兩相對，有助於加強表達效果，讀起來琅琅上口，聽起來音節勻稱。

四字語源遠流長。中國第一部詩歌總集《詩經》就是以四言為主的。根據夏傳才的統計，《詩經》305篇中，四字句共有6724個，占全部詩句7284的92.3%。[10] 之後的許多古典名著，無論是詩歌抑或散文，都用了大量的四字語。

四字語有廣義與狹義之分。前者的涵概面較廣，後者則只包含成語以外的四字語。無論是狹義還是廣義，這種特殊的語言結構模式自成格局，別有情趣，具有特殊的修辭效果。無論是抒情、寫

---

[9] 陸志韋：〈漢語的並立四字格〉，《語言研究》，1956年1期，頁45。
[10] 夏傳才：《詩經語言藝術》，北京：語文出版社，1985。

景、詠懷、狀物、議論，恰當使用四字語往往能臻至收生動、典麗的藝術效果。

　　在〈暗香〉這篇散文中，作者用了不少四字格的詞語。以下是根據結構將文中的四字格詞語分類：

結構	例詞
固定結構	自我安慰、無可奈何、輕描淡寫、朝生暮死、水光山色、漁舟晚唱。
主謂結構	一切自然、字字真確、猛陽烈照、命運播弄、一身塵垢、回廊千度、屐痕處處、雪花滿地。
偏正結構／定中關係／狀中關係／	那個衝突、幾分生趣、、幾分真實、一泓清泉、一輪明月、一股交流、那份暗香、一杯高粱、一把火炬、有婦之夫、一份純情、可以擔負、那種驚嚇、踉蹌奔出、砰然闔上、拂裾而去、萬般無奈、仍在顫抖、一汪燭火、偏要守住、無法看見、如此想過、不容欺誑、輕輕泛開、淡淡化去、向你道別、讓它流露。
聯合結構	粗俗豪莽、契合溝通、無障無礙、牧童野笛、蝶飛鳥翔、欲斷還續、薄皺枯乾。
動賓結構	沒有基礎、漾著柔情、共過患難、共過憂傷。
動補結構	衝進眼簾、盡在不言、滲入茶中。

從音節數量均衡的角度看，上述四字格詞語主要是A1A2、B1B2[11]前後兩段，小部分是A1A1B1B2如輕輕泛開、淡淡化去、字字真確，也有一個是A1A2B1B1，如：屐痕處處。這些四字格詞語不管

---

[11] A1、A2表示前面兩個漢字，B1、B2表示後面的兩個漢字。有些學者把前兩個漢字稱為前段二元素，後兩個漢字稱為後段二元素。見吳慧頻：〈四字格中的結構美〉，《修辭學習》第一期，中國上海：復旦大學出版社，1995。

它們的音節數量是A1A1B1B2還是A1A2B1B1，它們的相同點是前後分為兩段，而兩段的音節數量相同，語音延續的時間也一致。這在聽覺上能夠達到均衡、舒適穩定的美感效果。

　　再從平仄相間的角度看，我們可以如此歸類：上述大部分四字格詞語的情況是第二及第四個字仄仄相續，如：自我安慰，字字真確、命運播弄、淡淡化去、偏要守住、無法看見、一把火炬、如此想過、可以擔負、欲斷還續、沒有基礎、共過患難。這樣的音調安排有助於達到整齊和諧的音色美。

　　四字詞語最明顯的修辭作用是語言簡練，表意精確。〈暗香〉裡面的四字詞語頗多，可見作者的用心。例如，第一段只有七個句子，作者就用了九個四字詞語：

> 當妳雅淡的娥眉在灰金色的銅鏡裡漸漸消失，我知道自己是在離去。不要說再見，誰能說在歲月的河流裡會不會重逢？吾非寡情，更非寡義，妳該瞭解。說是命運播弄，未免宿命主義。總得讓一切自然，多少是帶點自我安慰，卻有更多的無可奈何。妳要我說些什麼呢？如果我還能說，我會這樣說：不要把我當作虎一般的漢子，我離去得那麼剛強，因為離去之前，我已閨女似的哭泣過。

第三句「吾非寡情，更非寡義，你該瞭解」通句四字詞語，而且都是主謂結構的，組合在一起，亦具排比修辭的效果，句勢強勁。前

兩個分句有遞進意味，「寡義」乃「寡情」的更進一層，主語一樣，第二分句的主語承前省略，語言簡練。第四句「說是命運播弄，未免宿命主義」中，兩個不同結構的四字詞語充當賓語和謂語，帶來對偶式的美學效果。從句義看，它所帶出的意思是精確的。文字不多卻意義充盈。第五句分為三個部分，每個分句皆有一個四詞語，而且都安排在分句末端，雖非押韻，卻有特殊的句法效果：「總得讓一切自然，多少是帶點自我安慰，卻有更多的無可奈何。」「一切自然」「自我安慰」「無可奈何」淺顯易懂，用來形容內心的矛盾情緒，收到逼真感人的效果。

　　作者有時候借用疊字組成四字詞語以達到特別的音韻設計。例如在第二段，作者就用了「尋尋覓覓」、「字字真確」、「輕輕泛開」、「淡淡化去」、「屐痕處處」五個有疊字的四字詞語，使文章句法增輝生色，鏗鏘悅耳。五個疊字四字詞語在結構上也不盡相同。第一個「尋尋覓覓」是聯合結構，「字字真確」和「屐痕處處」則是主謂結構，而「輕輕泛開」和「淡淡化去」則由狀語和中心語組成的偏正短語，陳述前面的主語「時間」。不同結構的疊字四字語在句子中充當不同句子的謂語，由此看出作者在使用四字語的用心。除此之外，疊字時而在前，時而在後，位置的忽前忽後，變化多端，可見結構形式的變化。

　　第七段也用了很多四字詞語。全段如下：

我走的時候是秋末，瞬間便是雪花滿地。此間猛陽烈照，一切盡在不言。但不想說，不宜說，不應說的，畢竟說了這許多，是到了不能再說的階段了，卻是欲斷還續，未語先咽。無情抑是有情，眼前就有不少猜測，市井正在流行着一則惡毒的謠言。眾人說我誤墜狐狸設下的媚邪，不知從哪裡弄來一張黃紙塗着朱砂的符咒，一把劍穿在中間，一汪燭火把它燒成黑中泛白、薄皺枯乾的灰色片片，滲入茶中，要我吞服。我的苦笑是不被認可的申辯，萬般無奈，只好拂裾而去，我才跟蹌奔出，大門便在後面硏然闔上，攀牆的幾朵杜鵑花震落地面，仍在顫抖，一身塵垢。[12]

短短的一段文字，作者用了二十二個四字詞語，若說不是刻意經營，我想沒有人會相信。第一句的「雪花滿地」與第二句的「猛陽烈照」結構相同，都是主謂短語。但是，兩個短語的意思卻是互相對照的。「雪花」對「烈陽」，一冷一熱，對比強烈，矛盾極致。「滿地」空間廣大，「冷」的感覺因此而加強了；「烈照」乃程度的強調，帶出「猛陽」的炎熱。兩個短語的後面部分從不同的角度加深了各自陳述的主語。第四句用了較多四字詞語。首先是由數量詞和一般名詞組成的偏正短語。「一張黃紙」、「一汪燭火」順接第二句的「一則謠言」構成寬式排比句，凝聚語言力量。從「一汪

---

[12] 溫任平：《黃皮膚的月亮》，臺北：幼獅文化事業公司，1977年，頁191。

燭火」開始到「要我吞服」，二十九個漢字中，作者用了六個四字
詞語，數量驚人，也是作者的匠心獨運。這些四字詞語結構不同，
有偏正結構的「一汪火」和「黑中泛白」，有聯合結構的「薄皺枯
乾」，有主謂結構的「灰色片片」，有動補結構的「滲入茶中」，
最後是兼語短語「要我吞服」。六個詞語就用了五種結構，作者的
意圖應該是，他要用連串的四字詞語造成言簡義豐，凝練生動的語
言效果。最後一句動感十足，因為作者用了許多動詞短語來陳述。
「拂裾而去」、「踉蹌奔出」、「砰然闔上」、「震落在地」和
「仍在顫抖」一連五個動詞短語所帶出的效果是戲劇意味濃烈，形
象生動。這樣的動態語言可以說有效地揭示主述者內心澎湃起伏的
情緒。換言之，作者乃借用語言的動態暗示因為矛盾而造成內在感
情，形式與內容因此而融合無間。「我的苦笑」與「一身塵垢」前
後呼應，前者是主述者因多種矛盾而反映在臉上的表情，後者形容
象徵主述者的杜鵑花，本體喻體遭遇相同，加強表達的繁複性。

　　溫任平對四字詞語的執著從此可見一斑。在七八年代，他從
未寫出他這種看法，只是在創作中實踐而已。到了2000年和2001
年，溫氏才在他的專欄「線裝情結」[13]寫了兩篇探討四字詞語的短
文，一篇是〈柯靈的四字組合美學〉[14]，另一篇是〈文白交融〉[15]。

---

[13] 溫任平從1979年開始在南洋商報撰寫「線裝情結」專欄，每逢星期一見
報。從2004年7月開始，他的專欄文章變成當天副刊的主打文章。
[14] 南洋商報，2000年12月25日。
[15] 南洋商報，2001年10月15日。

溫氏認為四字詞語對文章有某種穩定的作用。另外，在文章中恰當使用四字詞語，能夠充分發揮四字詞語的言簡意賅的特性，有助於讓文章洋溢古典的清芬。溫氏在〈暗香〉中大量使用四字詞語，目的亦在此，而他也的確在文字的試驗與鋪陳中取得上述效應。現代作家柯靈寫文章常用四字句型，但有缺點。陳士偉這樣評論：「四字句多如大江疊浪，雖也貼切，畢竟少了淺斟低唱的韻味。」溫任平〈暗香〉中的四字句型雖然未形成疊浪的大江，然而四字句所營造的淺斟低唱的韻味卻是十分凸顯的。

五、比況短語、比喻句

在文學作品中，比況短語的使用律是很高的。它在現代漢語句法中也頗受注目。所謂比況短語，指的是由比況助詞『似的』或『一樣』或『一般』黏附在詞或短語後面所構成的一種短語。這種短語在現代漢語中比較特別與複雜。特別，因為它與一般的漢語短語不同；複雜，因為它跨越了語法而進入修辭的層面。簡言之，比況短語橫跨了語法和修辭兩個範圍，所以在分析文學作品中的比況短語，我們可從修辭和語法兩個角度來闡釋。

一般語法書籍不是完全不提比況短語，就是在介紹或解釋時，往往一筆帶過，鮮少詳細分析。史錫堯、楊慶蕙主編的《現代漢語》、楊亦鳴、張成福編著，廖序東審訂的《教學語法新體系》、葉蒼岑主編的《現代漢語語法基礎知識》都沒有把比況短語列入短

語的類型中。華東師範大學出版社，徐青主編的《現代漢語》就有一部分特別說明比況短語。

比況短語具有具體形象的特點，因為其中的比況助詞所依附的詞語一般是喻體或者是用來比較的事物或行為。

〈暗香〉中的比況短語如下：

（1）不要把我當作虎一般的漢子

（2）我已閨女似的哭泣過

（3）半透明的白裡漾著柔情，扇似地張開，又迅速摺起……

（4）幽冷如泉

（5）見形如聽聲

（6）非至情若吾等可以擔負（第五段）

首三個例子帶有明顯的比況助詞「一般」、「似的」和「似地」，第四及第五個例子則省略了比況助詞，如「幽冷如泉」乃「幽冷如泉一樣」的省略，而「見形如聽聲」則是「見形如聽聲一樣」的省略。前三個例子都是喻體在前，比況助詞在後，兩者結合加強了短語的比喻性質，強化了表達效果。例（1）「虎一般」比況助詞充當「漢子」的定語。例（2）和（3）的構成則是詞加上比況助詞充當狀語，修飾後面的動詞。無可否認的是，這種句法結構是修辭與語法融合起來所產生的語言現象。

　　例（4）的本體在後，比況詞省略，比喻性質還是明顯的。例（5）較具比較性質，比喻意味不濃，是「像子句」的一種句式。例（6）也是省略了比況詞，句法接近像字句。

　　比況短語以及像字句的使用對主題或文中情緒的間接表達有幫助。〈暗香〉從開始到結束是一個隱喻，從文中的主述者以及所牽涉在內的另一邊都是身分不明確的人。這是作者的獨運匠心，目的在於營造散文的詩意氛圍，讓讀者都散文如同讀詩，慢慢咀嚼，細細品味。

　　文中的比喻如下：

（1）第二段：妳曾經是我的樓閣，我也曾經是妳的亭台，至少一度妳我曾構成過風景。

（2）第二段：有一種溫暖最後將亭立成出淤泥而不染的蓮莢，那是妳，那是含苞過的友誼。

（3）第四段：妳倒給我一杯高粱，我發狠地一口咽進了胃裡，把整個胃燃成一把火炬。

（4）第六段：消失得最快的一種任誰也抓不住的情韻，在流光中斂去，了無聲息，像日落後白楊蕭颯的影子。

（5）第七段：我的苦笑是不被認可的申辯，萬般無奈，只好拂裾而去，我才跟蹌奔出，大門便在後面砰然闔上，攀牆的幾朵杜鵑花震落地面，仍在顫抖，一身塵垢。

（6）第八段：有一天，我們也許會在人聲車聲的擠壓下變
　　　成兩隻秋蟲，扁小無助，朝生暮死……。

（7）第九段：你恆是我心中的一輪淨月。

七個句子中共有九個比喻，因為例（1）及（5）各含有兩個比喻。
其中七個是暗喻，一個明喻，一個借喻，分佈在六個段落，幾乎每
一段都有一個比喻。這些比喻的本體、喻詞和喻體如下：

序號	本體	喻詞	喻體	備註
1	你	是	樓閣	
2	我	是	亭台	
3	你、溫暖、友誼	成、是	荭	
4	胃	燃成	一把火炬	
5	情韻	像	日落後白楊蕭颯的影子	
6	苦笑	是	不被認可的申辯	
7	我們	變成	兩隻秋蟲	
8	你	恆是	我心中的一輪淨月	

從上表可以看出，作者喜歡運用比喻來表達「你－我」之間的關
係。比喻是間接的表達方式。通過比喻來指陳文中主角的微妙關
係，一方面呼應本文的隱寫技巧，另一方面則能帶引讀者發揮想像
以捕捉他要傳達的訊息。喻體方面，「樓閣」、「亭台」都能令人
作古典的聯想，與主題搭配。「蓮荭」、「日落後白楊蕭颯的影
子」、「兩隻秋蟲」和「我心中的一輪淨月」則是大自然意象，具
體而生動。蓮荭的節操、影子秋蟲的短暫、淨月的明亮緊扣主題。

也就是說，作者選擇的喻體頗能幫助呈現甚至深化主題思想。「一把火炬」作為胃的喻體，以實比實，雖然不符合比喻虛實相配的原則，然而火炬的熱正是文中人物的內在感情，那是對文化的深厚情感。「苦笑」與「申辯」，本體喻體都是動作語言，後者說明了前者的無奈，也與主題契合。

總的說來，本文所使用的比況短語以及比喻，整體上乃是為了配合間接的寫法，同時也成功的通過恰當的喻體強化散文的主題。

六、文言詞語

現代漢語乃從古漢語發展而來。所以，古漢語和現代漢語有血緣的關係。現代漢語比較口語化，需要簡潔的文言加強其書面特徵。其實，現代漢語的詞彙中，有不少是從古代漢語繼承下來的，而我們也不難看出現代漢語還在不斷吸取文言詞來充實和加強自己。現代散文家余光中、楊牧、張愛玲等名家的散文中，文言詞很多，卻恰當地和白話文融合在一起。由此可見，白話文或現代漢語不能只靠白話來表現，還得借助文言詞。

〈暗香〉的主題如上所述乃海外華人對中華文化的孺慕。在這個主題下，溫任平所採用的語言策略與主題息息相關，甚至借助婉轉的語言用法或對某種語言特徵的執著暗示散文的思想感情。文言詞語的選用就是其中的一種方法。

　　到底什麼是文言詞呢？如果欠缺標準，我們將很難從創作中看出文言詞語並研究它們在文中所產生的作用。針對這一點，張世祿曾經從三個方面來說明。首先是庶人、天子、諸侯、朝廷、太守、社稷等具有歷史性的詞語，所代表的事物乃歷史的陳跡但它們本身的意義未變。這些詞語與現代生活脫節，實用性不高，但是在敘述或解釋歷史事物時，這些詞語又少不了。第二點是比較陳舊的詞語。所謂陳舊指的是這些文言詞所承載的內容雖然與現代生活尚有聯繫，可是在詞語的形式上和內容的意義上已經不符合現代社會。例如，君子、小人、冠蓋、稽首、鄙夫、黎民等。另外，詞語如惆悵、邂逅、婆娑、盤桓、朝夕、如此、而已等比較有書面性，也有一些現代生活的氣息，但在口語上很少人使用。

　　現代漢語中的文言成分的界定，歷來眾說紛紜，仁智互見。筆者認為，石定果教授的意見值得參考。她列出了文言成分的五個範圍：

（1）古漢語特有的語法現象出現在現代書面語中時，是文言成分。如：賓語提前，詞類活用。

（2）在現代已有對應的說法替代的古代詞語，如出現在現代書面漢語中時，是文言成分。

（3）只通行於古代、而現代罕見罕用的詞語，如出現在現代漢語中時，是文言成分。

（4）生僻、艱深的成語典故，如出現在現代漢語中時，是文言成分。

（5）多義詞、兼類詞要分別對其每種用法考察，如某一用法與上述任何一條相符時，該用法是文言成分。[16]

〈暗香〉文中的文言詞有：吾非、寡情、更非、寡義、未免、無憾、不及、迅即、無比、始終、如此、至情若吾、自始至終、佇立、斂去、了無、詰問、瞬間、此間、抑是、拂裾而去、遏止等。文言詞語的使用並非復辟，而是為了表達方面的精煉和典重。現代漢語如果純粹是我手寫我口的白話，就會失之於平淡，鬆散。巧妙地運用文言詞語可在白話文的鮮明流利之外加上深沉委曲的凝練。〈暗香〉裡文言詞大抵具有這樣的功用，同時也符合作者的迂迴表達的技巧以及全文所呈現的古典情韻。文白相輔是當今為文者所需掌握的。要寫出好的白話文，作者有必要在白話的架構下，恰當地融入文言、方言等，語文才見簡潔之效。周作人曰：「以口語為基本，再加上歐化語，古文，方言等分子，雜揉調和，適宜地或者薈萃地安排起來，有知識與趣味的兩重的統制，才可以造出有雅致的俗語文來。」[17]三十年代的作家已經有這種意識，何況是現代作家呢？

---

[16] 石定果：〈略論現代書面漢語保留的文言成分〉，施春宏、賈寅淮編：《語言與文化論叢第一輯》，北京：華語教學出版社，1997年。

[17] 周作人：〈燕知草〉跋，轉引自張中行《文言和白話》，中國：黑龍江人民出版社，1988。

七、文化詞語／典故詞語

〈暗香〉的主題與中華文化相關，整篇散文所敘述的其實就是作者與中華文化的關係，只是在表達時讓人錯覺是男女戀情而已。作者使用的是間接的寫法。為了緊扣主題和配合隱寫，作者也採用了一些含有典故的句子以襯托文章的氛圍。第一個典故詞語出現是第二段的「有一天，你或許會忘了秋寒深重的金風裡，我們絕望的擁抱」，「金風」在古典詩詞裡是常見的詞語。如：

（1）金風起，不送舊時愁。窗下坐聽三日雨，眼前看得十分秋。落葉正颼颼。（現代・顧隨《散套、小令・新秋坐雨》〔么篇〕）

（2）金風玉露，洗出乾坤體。（宋。汪辛〈驀山溪〉）

（3）金風細細，葉葉梧桐墜。（宋。晏殊〈清平樂〉）

（4）金風玉露，喜鵲橋成牛女渡。（宋。蔡坤〈減字木蘭花，庚申七夕〉）

（5）金風漸漸，銀河耿耿，七夕如今又至。（宋。郭應祥〈鵲橋仙。甲子七夕〉）

（6）金風玉露一相逢，便勝卻，人間無數。（宋。秦觀〈鵲橋仙〉）

（7）金風扇素節，丹霞啟陰期。（文選。張協〈雜詩〉）

李善注張協的詩說：「西方為秋而主金，故秋風曰金風也。」這個注解讓我們瞭解到，古詩文中的「金風」多指秋風。用在〈暗香〉，「金風」無疑也是指秋風，因為在散文的第六段，作者清楚地交代了分離的時間或季節。「我走的時候是秋末，……」夫子自道分離的季節。另外，秋季給人的感覺是蕭瑟的，樹葉在秋末漸漸落盡，轉眼冬寒即至。在這樣的時刻分離，割捨的不忍，季節的蕭瑟，把感情投射在外在景物，悲涼之感溢於言表。溫任平在一開始就選用「金風」，除了他個人對「金」色的執著之外，更重要的是選詞具有典故，因而看來較為典雅，並加強散文要表達的思想感情。

第二個用典詞語是第二段的「有一天，你或許已經忘了暮色下的曲欄殘荷，時間輕輕泛開、淡淡化去，有一種溫暖最後將亭立成出淤泥而不染的蓮莢，那是你，那是含苞過的友誼。」[18]這句話典出宋周敦頤的〈愛蓮說〉。作者通過讚歎蓮花，表達了自己潔身自愛的志趣。文中的蓮花，眾所周知，比喻的是君子。周氏借描繪「出淤泥而不染」的特徵暗示蓮花在骯髒的環境中生長而不受污染。借用於〈暗香〉，它象徵的是作者與中華文化之間的關係。作者身處多元文化的馬來西亞，在中華文化的邊陲地帶，不甘願完全投入當地社會，又不想離開祖國，對傳統文化更是眷戀懷想。對國家他有責任感，對文化，他的心靈飄向遠古。這種關係或者感情友誼在70年代不能直接說明，溫氏唯有用迂迴的方式表達主題。

---

[18] 如注12，頁189－190。

　　第三個出現在第五段的第一、第二和第三句：「最佳的解決辦法，當然是相忘於江湖。如此想過，並不等於真個能辦到。相呴以濕，相濡以沫，共過患難，共過憂傷，此生誰謂虛枉？」這裡的「相忘於江湖」、「相呴以濕」、「相濡以沫」三句典出《莊子‧大宗師》：「泉固，魚相與處於陸，相呴以濕，相濡以沫，不如相忘於江湖。」這個典故用來比喻同處困境而互相幫助或者互相訴苦和勸慰。文中的「我們」從歷史走來，那份純情「誕生於我初生的血液」，無論如何都難以割捨。用這樣的典故間接指陳中心人物與中華文化的關係，可謂恰當自然。

　　〈暗香〉所用的典故之所以貼切，因為它們都是為主題服務。

　　文化詞語指的是一些令人聯想到中華文化的詞語。本文的主題與文化相關，作者就用了不少文化的詞語以達至效果。詞語如：曲欄殘荷、扇旁一角露出狂草的題詩、水光山色、漁舟晚唱、牧童野笛、蝶飛鳥翔、一方褐紅的古印、高粱、一張黃紙塗著朱砂的符咒。這些詞語所引發的是古典的邈遠的聯想，讓讀者回去古代的神州。那幅古典的畫面正是作者心中的現實避風港。

　　「一個民族的古典、神話、宗教、傳說、民俗等等，實際上等於該民族潛意識的倒影，也可以說，等於該民族的集體記憶；它們存在於傳統的深處，一個民族的想像，往往在這神奇的背景上活動。……典的最高意義是民族的集體記憶的遺產，也是溝通民族的想像的媒介。而通俗的所謂用典，就是訴諸民族的想像和記憶，就是乞援於這種媒介，也就是將作者個人的經驗注入民族集體的經

驗。」[19]余光中這一段話足以讓我們瞭解為何溫任平在〈暗香〉中使用這麼多典故詞語和文化詞語的根由。

八、對偶排比句

對偶修辭有助於設計優美的句法形式。它的美學特徵體現了整齊美、對稱美以及和諧美。對偶修辭也是古典詩詞經常運用的形式修辭。例如：馬致遠的散曲〈天淨沙〉：

枯藤老樹昏鴉，小橋流水人家。古道西風瘦馬，夕陽西下，斷腸人在天涯。

這裡的對仗就頗堪反覆捉摸。董橋如此評述：「此篇有景有情，對仗活潑，意興典雅，養的是筆裡深邃的才思。」[20]〈暗香〉在對偶排比句法上也可見作者獨運的匠心。在全篇典雅氛圍的籠罩下，作者適當的對偶句法，為散文增添了不少形式上的整齊美、對稱美。第一段的句法就不同凡響：「吾非寡情，更非寡義，你該瞭解。說是命運播弄，未免宿命主義。總得讓一切自然，多少帶點自我安

[19] 余光中：〈鳳、鴉、鶉〉，《余光中選集》第四卷，安徽：安徽教育出版社，1999。
[20] 董橋：〈給自己的筆進補〉，《給自己的筆進補》，臺北：遠流出版事業股份有限公司，2000年，頁202。

慰，卻有更多的無可奈何。」這裡的句法在形式上固然是對偶，然而在內容卻有遞進之意味。首句「吾非寡情，更非寡義」是典型的對偶，兩個部分都是主謂結構，但是，作者為了字數上的整齊而在第二句省略了主語，達到整齊美。不過，在語義上則有更進一層的意義。「吾非寡情」語氣否定，有點讓步句的意味，為「更非寡義」提供了鋪敘，語義更進一層。第二句先用「多少帶點自我安慰」讓一步，接著又以「卻有更多的無可奈何」的轉折指陳句中的遞進意味。「自我安慰」和「無可奈何」這兩個固定短語的使用，一方面可以使到語句簡練，同時也加強了句子的相對性，再加上它們都出現在句末，效果更明顯。除此之外，本句運用了「吾非」、「寡情」、「寡義」、「未免」這幾個文言詞語，加上「自我安慰」和「無可奈何」這兩個固定詞語，整體的效果是使〈暗香〉通篇文章洋溢著古典的清芬。

第二段有一個很好的對偶句：「你曾經是我的樓閣，我也曾是你的亭台，至少一度你我曾構成過風景。」詞語相對，前後兩句結構相同，乃典型之對偶句，具有古典詩詞的對仗美。」「樓閣亭台」遙遙相對，暗示了古典詩詞，帶來了典麗氛圍，加強了表達力。

第八段詳寫兩者的關係，作者用不少對偶句以襯托段落大意。這幾句是：「他們要我們守不住，我們偏要守住；他們當然不會讓我們結合，但是誰又能遏止精神的契合溝通？你等待在海那邊，我等待在海這邊，也許我們並非在等待，因為我們早已在一起。」一

連三個對偶句把兩者的苦難處境推向高潮，同時也流露了兩者的決心，更暗示出作者對文化的堅持。用特殊的句法修辭來達至內容的有效呈現可謂令人耳目一新。

排比修辭出現在第三段和第七段。「猛地一下衝進眼簾的是相互追逐的字句後面的那一方褐紅的古印，而它屬於那一個書香的年代，為那一位儒雅的名士所擁有，都煙淡在你幽冷如泉的笑意中。」「那一方褐紅的古印、那一個書香的年代、那一位儒雅的名士」，三個都是具有兩個定語的定中結構的偏正短語。換言之，這是短語的排比。三個相同結構短語排比而出，在句中充當不同的成分。前兩個充當賓語，最後一個則充當狀語。功能不同，位置相異，同中有異，這是句法的靈活。第七段的「但不想說，不宜說，不應說的，畢竟說了這許多……」也是短語排比，但有區別。「不想說，不宜說，不應說」都是狀中結構的偏正短語，結構相同，語氣一致，內容緊密聯繫，相關的內容在短語的排比下明確地表達出來了。

九、結語

溫任平的散文表現不俗，辭采豐富，甚具創意，可惜至今知音很少。評論他的散文的大概只有賴瑞和[21]及楊升橋兩人而已。筆者

---

[21] 賴瑞和：〈釋《散發飄揚在風中》〉，附錄於溫任平散文集《黃皮膚的月亮》。

在多年以前也寫過〈一條拔河用的繩子〉，論述溫任平散文中的憂患意識。本文集中焦點在一篇散文上，精剖微析，闡明其主題與語言策略，乃因〈暗香〉是溫任平的一篇代表作。借用作者的話，「……我覺得在這本薄薄的散文集子中，如果有三座里程碑，第一座是〈散髮飄揚在風中〉，那是建築在詩的架構上的；另一座是文句最富歧義、最引人尋思的〈暗香〉；第三座則是形式別致而旨意悲涼中不失豪邁的〈天問〉。」[22]

〈暗香〉的古典情韻在恰當的語言策略下表達得淋漓盡致。在這篇散文，溫任平的遣詞用字最具風格。「不論中英文，寫得平實清楚最好。第二步才追求味道氣勢不遲；那要多年的功力和閱歷才行。寫文言像文言，寫白話像白話，那是基本功；文白夾雜而風格自見，那是造詣。」[23]〈暗香〉以白話寫成，但文中頗多文言的詞法句法，四字詞語，都能巧妙地融入白話架構裡，堪稱典雅清麗。

〈暗香〉的語言策略包括四字語、文化典故詞語、文言詞語、比況短語、比喻、對偶排比都是間接的寫作技巧。整體而言，作者使用的是曲寫。文章最忌寫得明白如開口見喉。思想感情要寫得感人有時需要隱寫。〈暗香〉基本上成功地運用了這種寫法。「隱者，隱也。遁辭以隱意，譎譬以指事也。」[24]劉勰在這裡論述的是

---

[22] 如注12，頁286。

[23] 董橋：〈細長黃色水果〉，《瀏覽這樣的中英文》，香港：明窗出版社，1997，頁23。

[24] 劉勰：〈諧隱〉，見《文心雕龍·詩品》，台南：北以出版社，1974，頁54。

「隱」在文學上的暗示和曲達的功用。〈暗香〉正是「遁辭以隱意，譎譬以指事」的散文實踐。

參考文獻

甲、單篇論文

1 陸志韋：〈漢語的並立四字格〉，刊於《語言研究》，1956年1期，頁45。

2 吳慧頻：〈四字格中的結構美〉，刊於《修辭學習》第一期，中國上海：復旦大學出版社，1995。

3 石定果：〈略論現代書面漢語保留的文言成分〉，收錄於《語言與文化論叢第一輯》（施春宏、賈寅淮編），北京：華語教學出版社，1997。

乙、書本

1 編寫組：《文學典故詞典》，山東：齊魯書社，1987。

2 董橋：《瀏覽這樣的中英文》，香港：明窗出版社，1997。

3 黃國彬：《從蓍草到貝葉》，香港：詩風出版社，1976。

4 劉勰：《文心雕龍。詩品》，台南：北以出版社，1974。

5　溫任平：《黃皮膚的月亮》，台北幼獅文化事業公司，1977。

6　夏傳才：《詩經語言藝術》，北京：語文出版社，1985。

7　楊牧：《文學的源流》，臺北：洪範書店，1984。

【附錄】

暗香

溫任平

　　當妳雅淡的娥眉在灰金色的銅鏡裏漸漸消失，我知道自己是在離去。不要說再見，誰能說在歲月的河流裏會不會重逢？吾非寡情，更非寡義，妳該瞭解。說是命運播弄，未免宿命主義。總得讓一切自然，多少是帶點自我安慰，卻有更多的無可奈何。妳要我說些什麼呢？如果我還能說，我會這樣說的：不要把我當作虎一般的漢子，我離去得那麼剛強，因為離去之前，我已閨女似的哭泣過。

　　我是可以忍受的，這麼多個晨昏都已渡過。尋尋覓覓，終於接近，馬上就得割離。作為一個人，就得認清自己的身份，但是認清自己的身份，並非就等於找到了自我。這句話壞處在調門略高，眾人聽了，會埋怨抓不住土地；誰知這句話字字真確，不容欺誑。妳也許瞭解我很多，也許瞭解我很少，無憾的是：吾等確曾一度相聚過。妳曾經是我的樓閣，我也曾經是妳的亭台，至少一度妳我曾構成過風景。有一天，妳許或會忘記了秋寒深重的金風裏，我們絕望的擁抱；有一天，妳許或會忘了暮色下底曲欄殘荷，時間輕輕泛開、淡淡化去，有一種溫暖最終將亭立成出淤泥而不染的蓮荄，那是妳，那是含苞過的友誼。

等不及盛開，那份暗香也不爭俗子們能夠瞭解。妳的笑容是玉色的，這一點或許連妳自己也不知道。半透明的白裏漾著柔情，扇似地張開，又迅即摺起，能夠隱隱覺出某種印象，最多亦是眉端的幾分不經意。扇旁一角露出狂草的題詩，中間部分的水光山色，漁舟晚唱或者牧童野笛，蝶飛鳥翔，全是藏在內裏的蕊球，教人感到無比的豐滿，卻又始終無法看見。猛地一下衝進眼簾的是相互追逐的字句後面的那一方褐紅的古印，而它屬於那一個書香的年代，為那一位儒雅的名士所擁有，都湮淡在妳幽冷如泉的笑意中。

直到最后一日，我都沒有向妳道別。最后要走，還是多逗留了一夜。妳倒給我一杯高粱，我發狠地一口咽進了胃裏，把整個胃燃成一把火炬。我大口大口地哽著醃過的牛肉，大口大口的吞下薄黃的西瓜，我的粗俗豪莽也許可以促成某個程度的遺忘。明知是不可能，總禁不住要試試。這句輕描淡寫的話說出妳我甚至超過妳我之外更廣闊的悲劇。自始至終，我都想給出自己，又不能不作某種知性的約制，妳應該比我更清楚這一點，我是一個有婦之夫，我實在沒有什麼可以給出的，我是一個身心不能一致的人，從頭髮到腳趾都是罪惡。

最佳的解決辦法，當然是相忘於江湖。如此想過，並不等於真個能辦到。相呴以濕，相濡以沫，共過患難，共過憂傷，此生誰謂虛枉？思念是免不了的，因為它誕生在我初生的血液，是一份純情，讓它流露，又怕觸痛的不單單是自己。重返並非不可能，又恐另一度生離，非至情若吾等可以擔負，說到最后，我們都得承認我

們不能走過已經走過的歷史，就算想也枉然，迴廊千度，屐痕處處，那兒才是咱倆佇立過的位置呢？

消失得最快的是一種任誰也抓不住的情韻，在流光中歛去，了無聲息，像日落後白楊蕭颯的影子。有一天妳看到我的時候妳會問你是誰啊你是誰呵我不認識你，還沒有到那一天，我已經喃喃著那種驚嚇，已經預言著那種驚嚇了。會不會我也提出那樣的詰問，可能性幾乎同樣大，這樣說大家聽了都傷心，好像說時間一過感情馬上就會變，其實我們都知道除非我們是痴了，不然都不會如此出賣自己。

我走的時候是秋末，瞬間便是雪花滿地。此間猛陽烈照，一切盡在不言。但不想說，不宜說，不應說的，畢竟說了這許多，是到了不能再說的階段了，卻是欲斷還續，未語先咽。無情抑是有情，眼前就有不少猜測，市井正在流行著一則惡毒的謠言。眾人說我誤墜狐狸設下的媚邪，不知從哪裏弄來一張黃紙塗著朱砂的符咒，一把劍穿在中間，一汪燭火把它燒成黑中泛白、薄皺枯乾的灰色片片，滲入茶中，要我吞服。我的苦笑是不被認可的申辯，萬般無奈，只好拂裾而去，我才跟蹌奔出，大門便在後面砰然闔上，攀牆的幾朵杜鵑花震落地面，仍在顫抖，一身塵垢。

那個衝突，其實早晚總要發生，妳千祈勿自責什麼。真的，未到時候，辯亦多餘。這不是妳連累我或者我連累妳的問題。有一天，我們也許會在人聲車聲的擠壓下變成兩隻秋蟲，扁小無助，朝生暮死，多麼可憫的命運，但總不能阻撓我們去叫喊，去叫喊出幾

分生趣。這大概就是我們共有的原則了，他們要我們守不住，我們偏要守住；他們當然不會讓我們結合，但是誰又能遏止精神的契合溝通？妳等待在海那邊，我等待在海這邊，也許我們並非在等待，因為我們早已在一起。這樣說像是在拼命彌補些什麼，但總不能否認內中的幾分真實。有幾分真實，那已足夠了，在這幾乎完全虛假的朝代裏。

　　現在，我們是全憑感覺了。那天在候機室裏，隔著玻璃，我本來聽不見妳在說話的，但是看著妳嘴唇噏動，見形如聽聲，居然能句句領會。那天起我便相信：感覺。這是我們的契合溝通，是一股交流，無障無礙，甚至沒有形式。我不會感到寂寞苦悶，有一泓心泉恆向我流注。最重要的是，無論是洪荒或現代或不可知的未來，妳恆是我心中的一輪淨月，這一點是不變的，因此，憑了這惟一的理由，誰也不能說我們沒有基礎。

注：

把「最後」寫成「最后」，也不管文字學者同意不同意。喜歡「最后」一詞的歧義性，覺得它自自然然地流露出一種帝王氣象，高貴端莊，同時又讓人隱隱能夠感染到那一份原屬於後宮的哀惘。用中國文字令我感到驕傲，也感到酸楚。還有「金」字，色澤的耀眼生輝是毋庸多說的了，仔細看，似乎還看到一座昇起的殿堂，王在南面而坐，兩側是宮娥的團扇抑是侍衛的長戟，教人好生猜疑。上面所說的，加上以前用過的捨不得拋棄的月亮意象，構成我和我這篇散文的三大偏嗜。

作者附識（載自溫任平散文集《黃皮膚的月亮》）

溫任平散文觀的研究
——以70、80年代為例

一、緒論

　　散文是中國文學的重要文類。現代散文家楊牧以下一段話肯定了散文的地位：

> 散文是中國文學中顯著而重要的一種類型，地位遠遠超過其
> 同類之於西方的文學傳統，原因在於它多變化的本質和面
> 貌，往往集合文筆兩種特徵而突出，不受主觀思想的壟斷，
> 也不受客觀技巧的限制。古人為文，濡墨信筆，或敘事，或
> 記遊，或議論，或抒情，思想和技巧屢遷，初無一致，然而
> 文林辭苑，小品長篇，總不乏深刻的啟示和趣味，通過翻陳
> 出新的美術渲染而出之。卡萊爾之體悟哲理，羅斯金之觀照
> 風骨，裡利之翰藻波濤，強生之寓言諷諫，中國散文中無不
> 大備；其餘培根蘭姆一支，則更充斥湘囊之中，更為中國文
> 人酒後茶餘分神輕易可為者。除此之外，中國散文之廣大浩
> 瀚，尚且包括經誥典謨之肅穆，莊列之想像，史傳之篤實；

> 唐宋大家左右逢源，高下皆宜；宋明小品另闢蹊徑，其格調
> 神韻對近代散文的影響更不可以道裡計。除此之外，我們還
> 有漢賦的流動，碑銘的溫潤厚重，序跋文體的進退合度，奏
> 議策論的清真雅正；外加駢文的嚴格規律，箋疏寫作的傳統
> 精神，乃至於水墨紙緣題款，尺牘起承轉合的藝術，無不深
> 入中國傳統執筆者之心。……[1]

然而，弔詭的是，中國文學評論欠缺的又正是散文的理論與批
評。[2]遠的不提，《中華現代文學大系》評論卷（一）收錄的散文

---

[1] 楊牧：〈中國近代散文〉，《文學的源流》臺北：洪範出版社，1984，頁
　　53。

[2] 這樣說並非否定現有的散文理論與批評，筆者針對的是散文理論體系的建
　　立。20世紀以來，不少作者提出了他們對散文的看法。《名家論散文寫
　　作》就收入了郁達夫、梁實秋、思果、鄭明娳、朱孟實等24家的文章，見
　　司馬長風、梁實秋、張秀亞等著：《名家論散文寫作》，香港：文學研究
　　社（無出版年份）；俞元桂主編：《中國現代散文理論》，中國：廣西人
　　民出版社，1983，收入了周作人、梁實秋、朱光潛等74家86篇散文理論；
　　盧瑋鑾編：《不老的繆斯──中國現當代散文理論》，香港：天地圖書有
　　限公司，1993，也收入了周作人、余光中、林語堂、高信疆、林耀德、
　　黃維樑等21家的散文理論。若要概括瞭解現當代散文理論以及散文的範
　　疇，可參閱陳劍暉：〈中國現當代散文理論鳥瞰〉、〈現當代散文範疇解
　　說〉，《中國現當代散文的詩學建構》，中國：江西高校出版社，2004，
　　頁11-31。若想瞭解現當代散文理論建構的嘗試，陳劍暉這本書值得一讀。
　　他認為：「20世紀的散文理論並沒有建構起一套有別於小說、詩歌的理論
　　話語，散文基本上處於一種集體『失語』的狀態。在我看來，這正是中國
　　現當代散文理論蒼白和滯後的癥結之所在。」（頁4）。他在書中試圖以
　　「詩性」為核心建構一套散文理論的話語。他的散文理論話語從三方面去
　　建構，第一是屬散文本體的「精神詩性」、「人格智慧」等；第二是屬於
　　文體風格層面的「文調」、「氛圍」、「心體互補」等；第三是屬創作構

評論只有區區八篇，小說評論26篇，詩歌評論則有20篇[3]。這套大系收錄的是臺灣1970至1989年二十來的評論文章。20年只得散文評論八篇，平均兩年不到一篇，可謂歉收。筆者在主編《馬華文學大系》評論部分時也感覺到散文評論的嚴重欠缺。從1965到1996年這32年間，筆者收集到散文評論只有6篇，詩歌評論17篇，小說評論16篇[4]。《赤道回聲》編者陳大為也感歎「散文方面的論述也明顯不足」[5]，所以在選稿時也把2003年初在新加坡國際文學研討會上發表的兩篇散文論述也收錄進去[6]，以讓「編委們肩負起『補強』的工作。」

　　散文的理論與評論向來篇數有限。從事散文理論研究的學者作家可謂寥若晨星。理論方面，臺灣的余光中和楊牧發表過幾篇文

成層面的「意象組構」、「複調敘述」、「多維結構」等。

[3] 李瑞騰編：《中華現代文學大系》（評論卷一），臺北：九歌出版社，1989。

[4] 謝川成編：《馬華文學大系》（評論），馬來西亞吉隆坡：彩虹出版有限公司，馬來西亞華文作家協會聯合出版，2004。

[5] 陳大為等主編：《赤道回聲》，臺北：萬卷樓圖書股份有限公司，2004。

[6] 這裡所指是陳大為的〈詮釋的差異：論當代馬華都市散文〉及鐘怡雯的〈憂鬱的浮雕：論當代馬華散文的雨林書寫〉，都發表於「當代文學與人文生態──2003年東南亞華文文學國際學術研討會」。此研討會由新加坡國立大學藝術中心與新加坡作家協會聯合主辦，在2003年2月22日及23日假YORK酒店舉行。研討會論文後來出版成書，由吳耀宗主編，書名為《當代文學與人文生態──2003年東南亞華文文學國際學術研討會論文集》，臺北：萬卷樓圖書股份有限公司，2003。陳大為的文章出版時改為〈論當代馬華都市散文〉，頁131-145；鍾怡雯的論文出版時改為〈論當代馬華散文的雨林書寫〉頁147-164。

章。[7]余光中提出自傳性的散文，並身體力行，用創作加以實踐。
這是通過創作印證理論。他也提出散文應該具備彈性、密度等要
素。[8]楊牧則認為散文是個可以開創的瓊瓦或文類。他本身從事創
作也力求多變。《葉珊散文集》、《年輪》和《搜索者》在風格
上就迥然不同。[9]在散文理論與評論方面，後期的鄭明娳的努力有
目共睹。她首先於1986年推出《現代散文縱橫論》。書分兩輯，
一輯是散文綜論，有兩篇文章；二輯是散文作者的個論，收集了十
篇文章。[10]前者是作者對現代散文理論的初步嘗試，後者分兩個部

---

[7]　楊牧的幾篇散文評論如〈現代散文〉、〈中國近代散文〉、〈留予他年說
　　　夢痕——琦君的散文〉、〈記憶的圖騰〉、〈散文的創作與欣賞〉、〈周
　　　作人論〉都值得參考。第一篇收錄於楊牧著：《文學知識》（臺北：洪範
　　　書店，1981）（二版），頁25-27；其他數篇皆收錄於氏著：《文學的源
　　　流》，臺北：洪範出版社，1984，頁數分別是51-58，69-74，75-78，79-
　　　90，143-147。

[8]　所謂彈性，是指這種散文對於各種語氣均能兼容並蓄融洽無間的高度適應
　　　能力。文體和語氣愈變化多端，散文的彈性當然愈大，則發展的可能性愈
　　　高。所謂密度，是指這種散文在一定的篇幅中（或一定的字數內）滿足讀
　　　者對於美感要求的分量；分量愈重，當然密度愈大。所謂質料，……它是
　　　指構成全篇散文的個別的字或詞底品質。這種品質幾乎在先天上就決定了
　　　一篇散文的趣味境界的高低。譬如岩石，有的是高貴的大理石，有的是普
　　　通的砂石，優劣立判。參照余光中：《逍遙遊》，臺北：大林出版社，
　　　1977，頁208。

[9]　《葉珊散文集》，臺北：洪範書店有限公司，1984；《年輪》，臺北：四
　　　季出版公司，1976；《搜索者》，臺北：洪範書店有限公司，1982。

[10]　這兩篇綜論是：〈中國現代散文初論〉、〈現代散文的寫作與欣賞〉；
　　　「個論」的十篇文章依序是：陸蠡論、琦君論、木心論、余光中論、林耀
　　　德倫、言曦《世緣瑣記》、張寧靜《春意》、洪素麗《昔人的臉》、羅青
　　　《羅青散文集》及林彧《愛草》。詳見鄭明娳：（《現代散文縱橫論》，
　　　臺北：長安出版社，1986）。

分，一為作家綜論，二為單書批評。1987年又推出《現代散文類型論》，在這本書裡，她「試圖建立散文類型體系，把七十年來的散文類型理論重新界定，釐清脈絡，兼顧其歷史成因與後設觀點。」[11]五年後於1992年又出版《現代散文現象論》。[12]

馬華作者中，從事散文理論建設的和散文評論的更加少見，溫任平是其中最努力的一位。在上述的《馬華文學大系》評論部分中，收錄的六篇散文評論裡面，其中兩篇就是溫任平寫的。[13]其實，他的另一篇散文評論〈天為山欺，水求石放——以張曉風、方娥真為例，略論現代散文的重要趨勢〉也應該收錄進去。但是這篇文章論述的其中一位散文作者張曉風是臺灣作家，基於體制以及編選原則，只好割愛。

本文的重點在於探討溫任平70、80年代的散文論述，採取的方法是斷代研究法，把溫氏從70年代到80年帶這20年散文評論作系統的整理。

二、溫任平散文觀概覽

溫任平的散文論述包括理論和評論。他的散文理論主要貢獻在散文的分類以及散文的定位方面。他的散文理論最早的一篇是〈散

---

[11]　鄭明娳：《現代散文類型論》，臺北：大安出版社，1987，頁6。
[12]　鄭明娳：《現代散文現象論》，臺北：大安出版社，1992。
[13]　這兩篇散文評論是：論思采的散文集《風向》；論張樹林的散文風貌，見謝川成編：《馬華文學大系》（評論），如注4。

文的寫實和寫意〉。接著他對現代散文的要求與看法則可以從他和溫瑞安的〈對話錄〉中看出。溫氏對現代散文的發展是極為關注的。他非常關心散文的風格、趨勢、語言以及技巧。這些可以從他的散文評論中盡窺其貌。他留意到楊牧散文的風格變化,在1979年發表〈從楊牧的《年輪》看現代散文的變〉[14]。1984年,在馬來西亞華人文化協會主辦的「全國現代文學會議」,他提呈的工作論文是〈天為山欺,水求石放——以張曉風、方娥真為例,略論現代散文的重要趨勢〉[15],從臺灣與馬來西亞散文作者的作品窺探現代散文的趨勢。另外,他也十分重視散文的語言刷新問題。現代散文要鍛鍊新的語言,上取文言,又旁涉外語,當然萬變不離其宗,散文還是以白話為基礎的。對散文這種嚴肅關懷可以看出他苦心孤詣。

在70和80年代,溫任平多次發表文論,即使與溫瑞安的對話錄,理論性也不遜於任何單篇論文。2000年開始,他不再以大塊文章的方式發表意見,取而代之的是小型的專欄文章,他就在有限的格局中提出一些他對散文的心得。

如上所言,本文擬從斷代的審查方法研究分析溫任平的散文觀,希望從中看出他對散文的要求以及他的散文觀在20年的演變中是否有改變。

---

[14] 本文首先在1979年2月提呈於天狼星詩社在金馬崙主辦的一項文學研討會上發表,後來發表於南洋商報,並收錄於作者的論文集:《文學·教育·文化》,霹靂安順,天狼星出版社,1986,頁21-26。

[15] 本文先於1984年馬來西亞華人文化協會霹靂州分會主辦的「全國現代文學會議」上發表,後發表於《南洋商報》,並收錄於作者論文集《文學·教育·文化》,霹靂安順,天狼星出版社,1986,頁74-86。

三、七十年代的散文觀

　　溫氏在這個時期的散文觀可以從他的論文、與溫瑞安的對話錄、文集序文、研討會工作論文等看出。根據手頭上的資料，溫氏七十年代發表有關散文的論述如下：

序號	文章	發表日期	發表園地
1	寫在「大馬詩人作品特輯」的前面	1972年8月	香港純文學第65期
2	散文的寫實與寫意	1973年5月號	臺灣《幼獅文藝》
3	論思采的散文集《風向》	1973年9月	《蕉風月刊》304期
4	對話錄	1977年7月	《蕉風月刊》
5	《黃皮膚的月亮》自序	1977年7月	《黃皮膚的月亮》
6	《黃皮膚的月亮》後記	1977年7月	《黃皮膚的月亮》
7	馬華現代文的意義和未來發展：一個史的回顧與前瞻	1978年12月	文學研討會
8	從楊牧的《年輪》看現代散文的變	1979年2月	文學研討會
9	論張樹林的散文風貌	1979年10月	《千里雲和月》序

　　這九篇文獻在內容上可以分為四種，一為純粹理論的陳述，〈散文的寫實與寫意〉、〈對話錄〉，〈自序〉、〈後記〉屬之；二為文集序文，乃對個別作者散文的評論，〈論思采的散文集《風向》〉、〈論張樹林的散文風貌〉屬之；三為選集導言，重點在論述馬華散文的各種現象，如〈寫在「大馬詩人作品特輯」的前

面〉；四為研討會工作論文，如：〈從楊牧的《年輪》看現代散
文的變〉、〈馬華現代文的意義和未來發展：一個史的回顧與前
瞻〉。

　　溫任平的散文理論見於〈散文的寫實與寫意〉與〈對話錄〉。
在〈散文的寫實與寫意〉裡，他首先把散文分為兩大類，即寫實
與寫意，並認為這是散文的兩種重要趨向。他列出諸多實例闡述
兩者的不同。他認為，寫實的散文是知性的，而寫意的散文卻是
感性的。對於寫意的散文，他著墨頗多。他清楚地說：「『寫意』
顧名思義尋求的正是『意』的傾出或演出。『意』指的並非是『意
念』，因為，『寫實』的散文與『寫意』的散文同樣不能離開意
念的傳達而生存，它們處理『意念』的方式或許不同，甚至有著
重大的差異，但就處理意念這一點來說卻是一致的。我認為，『寫
意』寫的是情思昇華後的情態，表現為抒情風格。余光中的一系
列散文如〈蒲公英的歲月〉、〈九張床〉、〈下游的一日〉可說是
此類散文的代表。」[16]過後，他以余氏的〈下游的一日〉為他的論
點作證。

　　針對寫實和寫意這兩種散文，溫任平有他自己的一套看法，並
非只重寫意而輕寫實。他對散文的初步概念我們可以從文中的兩段
文字盡窺其意：

---

[16] 溫任平：〈散文的寫實與寫意〉，《人間煙火》，吉隆坡：馬來西亞華人
　　文化協會，1978，頁7。

　　由於寫實的散文著重的是實況的記載與摹擬，句法講究穩
實，初習寫作者宜乎先在寫實方面紮好基礎、奠好基石，等
到文句的訓練已經相當嫻熟，對事物的描繪已有相當把握，
然後再進一步作感性的飛翔、想像的縱躍應該較合乎按步就
班、逐步遞進的原則。[17]

　　這種看法比較務實，眾所周知，散文易寫難工，沒有很好的句
法等基礎，要在散文方面謀求突破，那是非常困難的。筆者認為，
溫氏這時期的散文觀具有指導的作用。

　　寫實和寫意的散文有何區別呢？溫氏在以下的文字中講得很清
楚：「寫意的散文由於格調比較傾向抒情，其病態是感情氾濫，自
憐自傷甚至無病呻吟，治病的有效藥劑是知性的約束：『寫實』散
文則易流於枯燥平板，了無趣味。一般來說，一個文字訓練有了相
當的子的作者，不難寫出一手不錯的、堪稱穩健的寫實散文，『寫
意』的散文除了文字基礎的訓練外，還要看作者的才氣及稟賦。一
個一流的寫實高手，可能終身只能寫傳記，寫理論，且真個做到層
次分明、理路清晰，唯自始至終無涉於感性的奔躍。對於一個寫意
的散文作者而言，後天的語文紮基固屬重要，其個人的性情與資稟

---

[17]　溫任平：〈散文的寫實與寫意〉，如上注，頁10。

亦有相當程度之決定性影響。」[18]在這段文字裡，溫氏詳細地比較了兩種散文的特點及致命傷，同時還提出寫意散文的知性約束的重要性。除此之外，他還認為，寫意散文作者的先天稟賦及其性情對創作也有明顯的影響。

　　寫意散文是溫氏崇尚的，然而他很清楚其中的問題。他曾經說：「這個區域以中文來創作的現代散文普遍洋溢著感傷和濫情的氣息，自怨、自艾、自憐、自瀆、偽裝天真、矯扮失落是流行的風尚。」[19]在馬華文壇中，他認為思采雖然對於文字的駕馭可以稱得上穩健，句法沒有犯規，文句結構也沒什麼紕漏，但是他的散文其中的一項致命傷是作者本身的無法控馭情感，以致感情極度氾濫。在思采的散文中，濫情程度嚴重，用溫氏的話，「猶似洪水之沖潰堤岸，土崩瓦裂，情況已無法收拾，感性是絕對的放縱了，知性是完全被淹沒了。」[20]從溫氏對思采的批評，可以看出，溫氏對散文的情感處理極為重視，他雖然鼓勵借助想像，發揮情感，然而，作者不能讓情感過度氾濫，否則就會破壞散文的藝術性。

　　溫氏這種分類法並非完美，其作用在於把過去繁瑣不堪的散文分類加以簡化，把散文分為寫實與寫意兩種類型。這是嘗試為散文重新分類。

---

[18]　如注17。
[19]　溫任平：〈論思采的散文集《風向》〉，《人間煙火》，如注16，頁13。
[20]　如上注，頁14-15。

　　溫任平的散文觀也可以從他和溫瑞安的對話錄中看出。〈對話錄〉有三個重點，第一個是散文的定位，接下來是散文語言，而最後是純散文的問題。首先，他不同意顏元叔把散文列入小說的範疇，只把散文當作一種工具，未予散文以獨立的文類定位。他瞭解顏氏的分類法乃以西洋文學理論為依據。在西洋文學裡，**散文的地位是浮動的，搖晃不定的，在表現上有它有時是essay，有時是short stories，由於散文的地位是晃動不定的，所以它並無穩固的地位，它並不能成為文學類型Genre其中的一種。**[21]這是西洋文學中的散文地位[22]，但溫氏認為這種定位法或文學類型劃分法不適合用於中國的散文。他強調「**要建立今日中國的理論體系以及今日中國的實際創作趨向與表現，在辨析疏通的方法上我們可以借自西洋，但我們不是站在希臘，西歐或美國的基點來看中國文學的，我們必須站在中國文學的基礎上進行細密的探究。**」[23]筆者認為溫氏的看法客觀而實際。中西文學的傳統與特質不同，不能用西方的觀

---

[21] 溫任平：〈對話錄〉，《黃皮膚的月亮》，臺北：幼獅文化事業公司，1977，頁253。

[22] 其實，20世紀以來，西洋文學的散文更加不受重視，有日趨式微之跡象。余光中曾說：「散文一道，在西洋的現代文壇似已日趨沉寂，18、19世紀大師筆出的盛況，已經淹沒於大眾傳媒的新聞報導雜文政論了。英美各國報紙的副刊，例皆不登創作，文學刊物則以小說與詩為主，批評也罕及散文。普立策獎只給詩人、劇作家和小說家，卻不為散文家而設；傳記雖為其中一項，但並不等於散文。諾貝爾文學獎大半頒給詩人、小說家、劇作家；像卡內提那樣憑文集得獎，卻是罕見，但是卡內提的聲名亦有賴小說與戲劇，不純靠散文。」參照《余光中散文選集》，中國：時代文藝出版社，1997（第8版），頁515。

[23] 溫任平：〈對話錄〉，如注21，頁254。

點硬套在中國文學上。70年代的臺灣學者有這種傾向，顏元叔就是典型的例子。他也用西方的新批評理論來評論古典詩，引來葉嘉瑩的反駁。溫氏這種散文的基本定位原則比較能夠讓人接受。

　　溫任平肯定中國散文有悠久的傳統，而這個傳統歷代有不同的變化及其代表作家。他說「**中國的散文可以遠溯至古老的尚書，易經，戰國，孟子七篇以及其他諸子百家的文章。春秋戰國以降直到近代，散文的發展並不是平靜的，其間波瀾迭伏，風起雲湧，風格趨向與及形式內容都曾屢屢變異，比較令人矚目的韓愈倡導的古文運動，公安派三袁的主張獨抒心靈，不拘格套，以及桐城方苞，劉大魁，姚鼐等人之提出義法。**」（〈對話錄〉）在這裡，溫氏嘗試從歷史的觀點來審察散文地位。從所列的史實中，不難看出，中國散文的確有其理論，並具備創作實踐的印證。在這個基礎上，無可違言，散文肯定是重要的文學類型，絕對不可與西洋文學中的散文相提並論。郁達夫曾說：「**中國古來的文章，一向就以散文為主要的文體，韻文係情滿溢時之偶一發揮，不可多得，不能強求的東西。**」[24]由此可見，中國的散文傳統悠久，散文在中國文學中是重要的文類。溫任平重視散文傳統，這個基本立論原則是正確的。中國文學有自己源遠流長的傳統，而散文又是在如此特殊的時代文化背景發展出來的文學樣式，否定散文的傳統意義抑或在論述中國文

---

[24] 郁達夫：〈《中國新文學大系‧散文二集》導言〉，《中國現代散文理論》，中國：廣西人民出版社，1984（第5版），頁441。

學時，著重其他文學而忽略散文，無論如何，都不是恰當的做法。

〈對話錄〉的第二個重點是散文的語言問題。這個討論也是因顏元叔的一篇文章〈單向與多向〉引起的。顏氏認為「詩是一種多向語言，散文是一種單向語言。所謂多向語言，指語言的意圖朝多個方向投射出去。所謂單向語言的意圖朝單個方向投射出去。」溫任平認為顏氏的意見具有建設性，而同意顏氏所說的「詩語言與散文語言的差別，只是程度之差，不是類型之差。」

散文語言的討論歷來難得一見，尤其是在70年代。鄭明娳在80和90年代出版的三本散文論著都沒有以特別專題方式討論散文的語言與詩歌語言之區別。換言之，有關散文語言之討論頗具開創性。顏氏在論述兩種文類的語言差異時，還畫圖來說明。不過，溫任平覺得顏氏的繪圖有許多缺憾與漏洞。

第三個重點是嘗試予純散文一個定義。純散文的概念由溫瑞安提出，溫氏也提出自己的看法，「**知性與感性並不能決定一篇文章能否成為純散文，決定純散文的因素除了要靠它的語言，文字結構的彈性與密度，內容的深度與闊度以外，本質上它應該是寫意的。**」（〈對話錄〉）這個看法與前面所提的寫意散文呼應，為寫意的散文添加理論的向度。

從上面的兩篇文章來看，如果說馬華文壇在70年代尚未有散文理論是不正確的。溫任平的努力，溫瑞安的嘗試在在告訴我們，當時的馬華文壇已有人注意到散文的理論與實踐這方面的問題。

〈寫在「大馬詩人作品特輯」的前面〉論述馬華文學的狀況，

背景，各文類的表現等。談到散文的只有這幾句話。溫氏說「**散文的創作尚在摸索的階段，不少所謂的現代散文都洋溢著一股感傷的情調，自怨，自艾，自憐，自瀆，偽裝天真與矯裝失落成了女裝裙的迷死與迷你。更由於散文作者的力圖創新，故意扭曲文字，任意擺佈句法結構（其實是完全不理會結構），結果陷身於修辭學的迷魂陣中不能自拔。**」[25]

　　這兩句話是對70年代馬華散文的概括性批評。第一句的評論在〈論思采的散文集《風向》〉中論述詳細，容後再論。第二句勾勒出他對散文的要求，即散文可以創新，但是在這當中不能任意扭曲文字，不顧語法而任意擺佈句法結構。這個要求其實不高，只是基本的文章要求。

　　兩篇散文集的序文〈論思采的散文集《風向》〉和〈論張樹林的散文風貌〉頗能反映溫任平的散文觀。溫氏認為，思采在馬華現代散文作者群中，地位特出。思采在散文創作上，顯示他對文字的駕馭可以稱得上穩健，對文字也稟有某種程度的敏感。不過，他也指出，思采的散文其中的一項缺點是作者本身理性調控不逮，以致有感情氾濫之嫌。沉溺於感情的抒發是當代散文作者的通病。鄭明娳曾指出這是臺灣現代散文的危機之一：「**近四十年來，臺灣的散文創作者大部分沉溺於感性的抒情小品**」[26]。從溫氏對思采的評論

---

[25] 溫任平：《文學觀察》，安順，天狼星出版社，1980，頁66。

[26] 鄭明娳：〈臺灣現代散文的危機〉，《現代散文現象論》，臺北：大安出版社，1992，頁83、87、88。

中，我們可以說溫任平對散文的要求有：（1）文字要穩健；（2）對文字要敏感；（3）抒發感性時必須有理性的調控，以避免感情氾濫。另外，從溫氏給張樹林的建議中，我們也可以看出他對散文的一些基本觀點，即：（1）結構必須嚴謹；（2）感性與知性之間要有適度的調融；（3）在感情奔放之際仍能顧慮到古典的節制與均衡。[27]

　　溫任平認為，「好的散文不一定要寫得濃麗濃烈，雖然濃麗的辭藻，濃烈的字詞也可能造就出好的散文。但是寓濃於淡，負重若輕，也許更需要作者根基扎實的內勁。」[28]這是對好散文語言文字的要求。他認為，張樹林的散文〈河岸〉，運筆閑閑，娓娓道來，整體的效果卻能予人一份突兀的驚訝與想像的升躍，可謂達到了散文的詩境。由此看來，溫氏對好散文的要求之一是詩境的臻至，而到達到這樣的境界的手段不一定是濃麗的語言文字，輕鬆的運筆也同樣有這樣的效果。其實，有一點更加重要的是，作者的情感要真，但不氾濫。不真，扭捏作態予人造作之感，不可取，但是這種情況卻是70年代散文的通病之一。因此，他鼓勵張樹林寫散文的時候可以通過古典的矜持和古典的約制來避免感情的氾濫。

---

[27] 溫任平：〈論張樹林的散文風貌〉，謝川成編：《馬華文學大系》（評論），1965-1996，新山：彩虹出版有限公司，吉隆坡：馬來西亞華文作家協會，2004，頁308-315。
[28] 溫任平：〈論張樹林的散文風貌〉，如上注。

在〈馬華現代文的意義和未來發展：一個史的回顧與前瞻〉中，溫任平首先批評當時馬華抒情散文多數是「信手拈來的一點感想，一些感喟，寫得成功的是輕鬆活潑，娓娓道來，猶似閒話家常；寫得失敗的則東拉西扯，纏個沒完，簡直像長舌婦貧嘴。」[29]這種批評反映了他的散文觀的一致性。他在之前所論述的寫意的散文就強調了寫意散文可能出現的毛病。

另外，從他評論魯莽與憂草的散文，我們不難看出他對散文的要求簡單地說包括辭采繽紛的文體、豐富的詞彙、語言與技巧的新穎、內容之深刻與繁富等。

總的來說，溫任平70年代的散文論述主要是在為散文重新歸類以及為純散文定位。在這些嘗試中，加上他對散文作者的評論，選集序言，自己散文集的前言與後記，他提出了不少有關散文的意見與看法。他的分類方法雖然不是前衛的或是最妥善的，卻有一定的指導作用。他的其他論述更能引導讀者認識散文的藝術技巧。

四、八十年代的散文觀

溫任平80年代的散文觀基本上與70年代的相同。在這十年裡，他只寫了一篇散文評論〈天為山欺，水求石放──以張曉風、

---

[29] 溫任平：〈馬華現代文的意義和未來發展：一個史的回顧與前瞻〉，發表於1978年12月16日及17日馬來西亞華人文化協會假吉隆坡聯邦大酒店舉行的「通過文學，發展文化」文學研討會，後收入於氏著《文學教育文化》，馬來西亞：天狼星出版社，1986，頁7。

方娥真為例，略論現代散文的重要趨勢〉。就他的觀察，張、方**「兩人的散文，在興味主題，在筆力精神雖然有許多不同，但擺在一起，細心閱讀鑒賞，仍可領會出某些重要的共同點。」**[30]這是對散文風格的對比研究。

溫氏發現張、方散文的第一個共同點是歷史感與現代感的結合融渾。張曉風的現代散文**「一方面洋溢著現代的律動，另一方面又煥發歷史的光彩，古色斑斕。娥真的古典傾向，源自她的『中華濡慕』。」**然而，溫卻認為這兩位作家的散文成就**「不在於伸向古典，勾起讀者思古幽情，也不在於她們步武前賢，在筆路風格方面仿古得有多神似。她們的成就在於「用現代的語言處理與思維習慣去熔鑄傳統，轉化歷史，賦予作品一種既古典又現代，既風雅又恣肆的二元風貌。」**這是風格上的相同點。她們的另一個共同點是在創作散文之際，不忘記向現代詩學習。張曉風的散文借助現代詩的聯想與跳接手法，方娥真則借用現代詩所擅長的把陳腔濫調拆開與併攏，拆來又疊去。第三個共同點是兩位女性散文家的意象塑造，以及作者的巧思奇想，於藝術的品味上在在能予讀者層樓更上的驚喜。

張、方的散文也有不同的地方。用余光中的話，張曉風是一支亦秀亦豪的健筆，其散文**「有一股勃然不磨的英偉之氣」**。溫任平

---

[30] 溫任平：〈天為山欺，水求石放──以張曉風、方娥真為例，略論現代散文的重要趨勢〉，《文學・教育・文化》，安順：天狼星出版社，1986，頁76。

完全同意余光中的說法。比較起來，方娥真走的是婉約柔麗的閨秀
路線，任真自然率性。文章結語的一句話概括了張、方散文的風格
之異。他說：「**張曉風、方娥真散文風格之異，也可以見諸於彼此
之述說體制不同，娥真常用獨白、自言自語，將心事剖析，把讀者
視為是可以傾訴信任的朋友。她的語言有一種迷人的詠歎意味，於
起伏跌宕間，襯出少女的情懷與她的感性世界。曉風則善於調融客
觀的事實與主觀的想像，把感情的成分投入周遭的人物景象裡。她
的愛心與誠懇是她的激情的源頭，但就我的審察，就算曉風最激
情的時候她還是有若干理性的抑制的，這與娥真的唯感，顯然迥
異。**」[31]

　　這篇論文反映了溫任平對不同風格散文的欣賞。他對兩位作者
的古典傾向也多有讚歎，對兩者向現代詩取經也有認同感。總的說
來，這個時期的散文觀還是在現代主義影響下的散文觀，與70年代
的觀點大致相同，意念則進一步蔓衍擴展。

五、結語

　　本文從溫任平的散文理論談起，接著從他的文章，依循斷代法
分析溫氏不同年代的散文觀。70年代努力於為散文定位，企圖建立
現代散文的理論體系，也建議散文作者向詩歌借鏡，提升散文的語

---

[31] 如注30，頁84。

言品質，80年代的觀點基本上與70年代的一樣，文章也不多，只有一篇而已。這篇論文的意義不在於個別作者的評論，而在對比研究中，突出兩位散文作者風格上的共同點與相異之處。

溫任平的散文論述不僅這一些，更多的探討見於他2000年以後對散文的思考。2000年以後，他跳出現代散文的局限，放眼前輩作家的各種不同文體的表現與特色，也研究參考當代散文作者的不同文體特徵，擴大視野，容納各家。他經過現代主義的洗禮，有強烈的現代主義色彩，但這並不妨礙他欣賞其他類型的散文。其實溫任平頗欣賞董橋，陶傑，也鍾愛熱題冷寫的沈從文，當然也不會遺漏因為身分特殊而被忘記的胡蘭成那種獨特的文體。對馬華作家傅承得、陳大為、鍾怡雯、張瑋栩、黃芝婷的散文創作也很看重。限於篇幅，只好存闕待補，日後當另文處理。

2008年5月15日

本文刊於陸卓寧編：《和而不同——第十五屆世界華文文學國際學術研討會論文集》，廣西人民出版社，2008，105～112頁。

語言與文體：溫任平散文觀窺探

一、緒論

溫任平在70年代和80年代寫過不少散文評論[1]。當時，他的散文觀是激進的，前瞻的，2000年以來的散文觀則是往後看的，也著眼於當代，而中間的九十年代這十年，可以說是他的散文觀的蟄伏時期，準備蛻變的階段。

在70和80年代談散文，溫任平喜歡用研討會工作論文的方式來進行，理論鋪敘甚詳，論據具體，論證詳盡是他這個時期散文評論的特色。他關心的是散文的分類，不滿意傳統的分類法，於是提出「寫實與寫意」這兩種類型。他也非常關注現代散文的定位問題，在與溫瑞安的對話錄中，提出散文作為一種文類的獨特性，反對顏元叔用西方理論為散文定位的做法。在70年代，臺灣現代文學已經相當蓬勃，現代詩的成就頗為可觀，散文方面則尚待提升。溫任平不滿意當時作家在散文方面的表現，提議現代散文向現代詩學習，提高散文語言的素質。

---

[1] 關於溫任平70和80年代的散文評論，詳見謝川成：〈溫任平散文觀研究〉，陸卓寧編：《和而不同》，中國：廣西人民出版社，2008，頁105-112。

　　以上看法雖然沒有得到很大的迴響，然而在強調現代散文作為一種抒情散文，「寫實」與「寫意」的分類法就有積極的作用。現代散文基本上是寫意的，因此，加強散文語言的詩性就有開創的意味了。溫氏強調寫意要有理性的抑制，不然容易出現感情氾濫、自憐自哀甚至無病呻吟的病態。

　　前面提及溫任平早期的散文論述篇幅較長，然而，2000年開始，他卻選擇用比較短小精悍的文章來陳述他對散文的要求。他陸陸續續寫了好些短篇散文評論，從中可以看出他的散文觀的蛻變。至今，他發表的21篇短文，涉及散文的方方面面[2]，從詞彙、語言、標點、文體、風格等，兼而有之，不再是70年代那種現代主義影響下的局部字質等的要求。雖然他在90年代開始不再寫散文（專欄文章例外），但是他對散文依然關心，上述文章就是明證。本文嘗試梳理他在2000年以後的散文觀，企圖歸納他對散文語言的要求以及散文文體的看法。

二、散文語言的要求

　　散文理論向來少人研究，從事散文語言研究的人更是寥寥無幾。《名家論散文寫作》收錄了24篇散文理論，沒有一篇論述散文語言[3]，有的充其量只是在提出散文創作方法的時候順便提及要注

---

[2]　參照附錄（一）。
[3]　文學研究社編委會：《名家論散文寫作》，香港：文學研究社，無出版年份。

意的語言問題。[4]俞元桂主編的《中國現代散文理論》分為五輯，共收87篇文章，只有一篇談到雜文的語言。[5]李瑞騰編的《中華現代文學大系・評論卷》[6]收錄了八篇散文評論，包括兩篇通論和六篇個別作家的作品專論。無論是通論還是專論，探討散文語言的篇幅很少。同樣的，謝川成編的《馬華文學大系・評論》（1965～1996）[7]，收錄了六篇散文作家的專論，探討或分析散文語言的文字更少。由此可見，散文語言得到的關注嚴重欠缺。

溫任平對散文語言的要求可以說是延續自70年代。他認同顏元叔的看法，「詩是一種多向語言，散文是一種單向語言。所謂多向語言，指語言的意圖朝多個方向投射出去。所謂單向語言的意圖朝單個方向投射出去。」[8]顏元叔還畫圖解釋詩歌和散文的語言，然而溫任平卻認為顏氏的繪圖欠妥，他提出了修改的意見。無論如何，所謂單向與多項，還是比較籠統的看法。不過，有了這個基礎，溫任平後來提出的散文語言的要求就比較具體了。

---

[4] 其中張秀亞在談到散文創作要推陳出新時可以從語言方面嘗試，如去陳言，鑄新詞兩項而已；司馬長風則強調散文創作要有三戒：一、嚴戒洋文；二、戒用文言詞語；三、戒用冷僻的方言。前者見：《名家論散文寫作》，如注100，頁17-18，後者頁25-27。

[5] 穆子沁：〈論雜文的語言〉，俞元桂編：《中國現代散文理論》，中國：廣西人民出版社，1984，頁246-251。

[6] 李瑞騰編：《中華現代文學大系・評論卷》，臺北：九歌出版社，1989。

[7] 謝川成編：《馬華文學大系・評論》，1965～1996，馬來西亞：彩虹出版有限公司、馬來西亞華文作家協會，2004。

[8] 轉引自溫任平：《黃皮膚的月亮》，臺北：幼獅文化事業公司，1977，頁266。

　　這些要求包括：文白交融、詞彙重複、散文情韻的安排以及特殊的風格營造。他指出：「現代白話文的特色是文白交錯，結合西方語法與古文秩序，裡頭可以有古諺與俚語，長句短句參差為用，虛字與實字詞法可以換置，再加上標點的妥貼安排，散文可以像一闋交響樂，充滿了感人與撼人的律動。」[9]在這裡，溫氏提出的散文語言的要求是文言、白話、歐化、俚語四合一的語言。換言之，在白話的架構上，適當嵌入一些文言詞彙與句法，同時巧妙地安插一些英文句式，有助於塑造現代散文新穎鮮活的語言風格。在「文」方面，溫氏建議在行文中多加一些古諺與俚語，使到語言更加豐富。除此之外，他還強調散文應該注重消極修辭中的長句短句的參差使用，俾散文的句式靈活多變，富於節奏感。「虛字與實字詞法可以換置」屬於語序的要求，而「再加上標點的妥貼安排」則是散文節奏方面的營造。在這些提議中，嵌入古諺與俚語比較有創意，長短句開闔的搭配則是散文本來就應該有的文體語言。詞彙重複其實也是詞語修辭的一種，觀點雖然不新，卻有點醒、強調的作用。無論如何，上述短短的一句話，溫氏成功提出了他對散文語言的各項要求。這些散文語言的要求與楊牧的觀點頗為接近。楊牧對文言的的執著比溫氏強烈。他的強烈偏見之一是「不讀文言的範文絕對寫不好白話文。」在歐化語言方面楊牧也是採取開放的態度，

---

[9]　溫任平：〈與散文談心——兼及《赤道形聲》散文部分的若干印象〉，文刊《南洋商報》〈南洋文藝〉版，2000年8月5日。

認為「把西方文字語法消化之後拿來使用也是一種技巧，甚至日文的風味也可以轉化為我們的藝術特徵。」楊牧還強調適量使用方言也是可以鼓勵的。長短句交錯、虛字實字交錯是楊牧另外兩項散文語言的要求，與溫任平的觀點相同。整體而言，溫、楊兩人的散文觀幾乎一致，唯後者較重「引經據典」與典故之鋪陳。[10]

　　對於散文語言文白交錯，溫任平認為散文的白話文要能夠融合適量的文言文，以達到文白交融的地步，這樣的語言才是現代散文應有的語言。文白交融使文章更有美感和文化品位。他曾以余光中〈詩魂在南方〉的開首為例：

> 屈原一死，詩人有節。詩人無節，愧對靈均。滔滔孟夏，汨徂南土，今日在臺灣、香港一帶的中國詩人，即使處境不盡相同，至少在情緒上與當日遠方的屈原是相通的。

溫任平如此分析：「前面的四句是言簡意賅的文言，洋溢古典的清芬；『今日在臺灣……』則是與口語十分接近的白話，『即使處境不盡相同』文白融會，改寫成『即使大家的處境並不完全相同』反而冗贅囉嗦。」[11]溫任平對散文語言的留意，反映了他對散文語言的要求。他強調文白交融，以達典雅之境。他反對文白夾雜那種拗

---

[10] 楊牧：〈散文的創作與欣賞〉，《文學的源流》，臺灣：洪範書店，1884，頁84-85。
[11] 溫任平：〈文白交融〉，《南洋商報》，2001年10月15日。

口的語言。然而，文白交融如何才能恰如其分呢？他說：「至於文白交融怎樣才恰到好處，『增一分則太濃，減一分則稍淡』，恐怕無法傳授。古人很早便告訴我們，文章之事，『可授受者，規矩方圓，不可授受者，心營意造。』美學有所謂『黃金比例』之說，均衡、參差都需要，有時簡樸的文言可能比鬆散的純白話更耐咀嚼。」[12]

　　溫氏只是說明要達到文白交融的難處，沒有告訴讀者如何突破。在另一篇文章，他討論柯靈的四字組合美學，隱約說明達到文白交融的其中一個途徑就是四字組合的運用。四字格詞語是漢語詞彙的特色，也是進入文言詞彙的門徑。漢語中的成語多為四字格，因此，在散文裡巧妙運用成語或四字組合，無論是用其原意抑或反其意而用之，都能在白話文的架構中增添一點古典的韻味，文言的色彩。例如，他建議林福南〈觸景小品〉末段「此境，至今未忘」改為「此情此景，至今未忘」或「當時情景，至今未忘」。為什麼呢？溫任平說：「四字句型在這兒讀來似較順耳。中文多的是複語與互文構成的同義並列、近義並列或反義並列，孤立語素像『此』與『境』湊合起來仍不免有突兀感。」[13]這樣的分析凸顯了四字組合的美學效果。

---

[12] 如上。

[13] 溫任平：〈庖丁解牛・福南《解馬》〉，《靜中聽雷》，吉隆坡：大將出版社，2004，頁61-62。

　　四字組合雖然好，過度使用則難免單調，溫任平也注意到這一點。柯靈〈甘肅掠影〉中的一段描述：「長安的月光，渭城的柳色，黃色的胡笳，深夜的砧聲，征夫馬背，思婦樓頭，旅客離觴，詩人獨淚，都付與吟唱讚歎，低回感慨吧。」前面的四個偏正短語都用到「的」，乃明顯的白話，接下來的四個四字格詞語具有文言色彩，最後一句文白交融。溫任平的看法是：「如果把前面『長安的月光』那幾個短語中間那個『的』刪去，整個長句絕大部分都由四字構成。不過，前面那幾個『的』刪不得，它們有調節文字律動的作用，使整個段落多了點詠歎的韻味。況乎一連八個片語都用四字組合，亦未免缺乏變化而流於呆板乏味。」[14]溫氏分析的重點在於文白交融。太白，文章欠缺韻味，太文，可能失之於呆板。所以，他強調文白交融的重要性，但也說明了「過猶不及」的陷阱。

　　文白交融的語言特色只是溫任平對散文語言要求的一個基點。在他看來，要提升散文的語言，除了文白交融之外，還應該適當地帶進一些生動的口語，變化詞性，活用形象思維，在比喻方面推陳出新，同時在句構方面向英語借鏡。這樣的語言境界很高，不容易達到。他以張愛玲《傾城之戀》的其中一個片段來說明這種語言現象：

　　　　流蘇吃驚地朝他望望，驀地裡悟到他這人多麼惡毒。他有意的當著人做出親狎的神氣，使她沒法可證明他們沒有發生關

---

[14] 溫任平：〈柯靈的四字組合美學〉，《南洋商報》，2000年12月25日。

係。她勢成騎虎，回不得家鄉，見不得爺娘，除了做他的情婦之外沒有第二條路。然而她如果遷就了他，不但前功盡棄，以後更是萬劫不復了。她偏不！就算她枉擔了虛名，他不過口頭上占了她一個便宜。歸根究底，他還是沒得到她。既然他沒有得到她，或許他有一天還會回到她這裡來，帶了較優的議和條件。

這一段文字的語言不完全白話，溫任平如此分析：「『勢成騎虎』、『前功盡棄』、『萬劫不復』、『歸根究的』是文言成語或慣用語，『驀地裡悟到』、『枉擔了虛名』是地道的古典章回小說與戲劇傳奇的片語，至於『回不得家鄉，見不得爺娘』近乎俚歌俗謠，十分口語化。最後一句『……或許他有一天還會回到她這裡來，帶了較優的議和條件』，是典型的英文倒裝句。一般的中文說法是『……或許他有一天會帶了較優的議和條件，回到這裡來。』」從溫氏對這段文字的分析，我們不難看出他對散文語言其實就是文言、白話、俚語、歐化漢語的大融會。[15]這是四合一的散

---

[15] 針對上引段落，余光中也有精彩的分析。前面的詞語分析大概一致，余光中還說：「其他部分則大半是新文學的用語，「他還是沒得到她」之類的句子當然是五四以後的產品。最末一句卻是頗為顯眼的西化句，結尾的「帶了較優的議和條件」簡直是英文的介係詞片語，或是分詞片語──譯成英文，不是with better terms of peace，便是bringing better terms of peace。這個修飾性的結尾接得很自然，正是「善性西化」的好例。」余光中強調善性西化，而整個分析也是說明現代散文的語言趨向多元，既以白話為架構，恰當地嵌入文言片語，舊小說詞彙，甚至不同時代的俚語歌

文語言要求，當代文壇中，沒有多少作家的語言能夠有此造詣。張愛玲是個文體家，以她的文章來說明或印證現代散文的語言特色，頗為妥帖。

　　總的說來，在散文語言要求方面，溫任平著重的是綜合性的語言風格，以白話為主，恰當嵌入文言詞句，同時不排斥歐化句法以及口語化的俚語。漢語的多種元素其實涵蓋了漢語發展過程中的精華。文言文雖然已成過去式，我們要完全擺脫文言又似乎不可能，所以一些文言詞彙需要保留，以幫助白話文趨向簡潔優雅。歐化句法的巧妙挪用，是一種善性西化，可收邏輯細密之工。文句中偶爾出現的俚語則有助於豐富散文的語言表現，提高其語言風格特徵。其他的要求如詞彙反覆，長短句的搭配則是詞語句法修辭的考慮，可以提高散文語言的修辭美。唯限於篇幅，本文不加討論。簡言之，溫任平對散文語言的要求包含了獨特風格的建立以及修辭美感的營造。

三、散文文體的探討

　　2000年以後，溫氏散文觀的其中一個重點是對散文文體的關注。他認為散文作家必須有文體的自覺（consciousness of style），才能在創作中漸漸建立個性化的文體。他在多篇文章提到

謠，並向英語借鏡，這樣，現代散文的語言看起來就靈活多變，不至於拘泥於某種語言的習慣。

文體問題，同時簡介了幾種不同的文體風格。文體研究其實有其重要的意義。

　　文體建立對作家而言無疑是個挑戰，因為它超越了語文駕馭的能力以及表情達意的基本工夫。有文體自覺的作家懂得選擇適當的文體來表達某種題材。欠缺這種自覺，要在表達上達到傳神就近乎不可能。現代小說家白先勇的作品就反映了他對文體的自覺。《遊園驚夢》描寫的是一群破落貴族的身分與家世。為了烘托這樣的題材，白先勇選擇了典雅細膩的文體，在白話的架構中結合了《紅樓夢》那種生動活潑的口頭語和典麗的文言。由此觀之，文體之建立並非止於辭藻美的追尋。

　　溫任平論述散文文體，視角從馬華作家到現當代作家。從他的分析中，我們不難看出他非常關注散文家的文體表現，他欣賞各種各樣成功的散文文體。對一些作家的風格，他舉例說明，有些則只下判斷而不申論。馬華作家方面，只有陳蝶散文的文體得到比較詳細的討論，現當代作家散文文體的討論則包括王力、林語堂、舒婷、王小波、胡蘭成，其他的則只提不論。

（一）馬華作家的文體自覺

　　對於馬華作家文體自覺的問題，溫任平的觀察是：「當前創作中的馬華作家，亦甚少具有文體（style）的意識。中國作家在1985年以後，便很注重磨練自己的文體，以超越毛語言與官方的社會主

義現實主義慣用的詞彙與比喻。臺灣的白先勇在60年代便成功地揉和了《紅樓夢》與其他章回小說的語言路數，融入他的白話文試驗中。中國的阿城，正在實驗他那種娓娓道來，如話家常，寫景抒情，悠哉遊哉的文體，香港的董橋文白交融，擅用俚語方言，自成一體，瀟灑跳脫，靈動多變。」[16]可見，溫氏對中國、臺灣、香港以及馬來西亞作家文體的注意。從他所列舉的各地名家當中，我們看出，溫任平欣賞的不是一種文體，而是各種各樣的文體，只要能構成作家各自的文體風格，他都予以正面的評述。

　　雖然馬華作者散文文體意識的醒覺不高，他對一些馬華作家在文體方面的嘗試則不吝褒揚。他說：「馬華作家真正留意自己的文體者，寥寥可數。賴瑞和很早就對文體有自覺（70年代初筆者曾與他在書信上討論），小曼（陳再藩）擅玩弄文字花巧，他的文章即使換了另一個筆名，讀者仍然認得出斯人，由於求新太切，小曼行文偶爾會過火或失控。傅承得深諳『嬉笑怒罵，皆成文章』之道。詩人方昂刻下在師範學院教語文語法，瞭解文白配置，適度西化，再襯之俗字俚語的巧妙效應。……黎紫書在鋪陳意象語時，十分留意語調與文字節奏，這構成她的文體特色。張貴興的文體至頤而不紊，詭奇、豔異兼而有之。現就職於馬華文學館的許通元努力從事他的文體試驗，瑕瑜互見，如何從囁嚅躊躇中脫繭而出，要看他的

---

[16] 溫任平：〈文學資源／寫作題材、文體自覺〉，《星洲日報》，2001年12月9日。

造化。」[17]短短一段文字，道出七位馬華作家的文體風格，褒貶兼具，誠屬不易。筆者認為，如果能夠舉例說明各家的文體特色，成功的予以肯定，尚待改善的予以鼓勵並提出建議，這對有關作家來說應該是件好事。

　　溫任平的另一篇文章評論了林福南的文體。他認為林氏善於長話短說，勝在精簡，卻不怎麼擅長鋪陳蔓衍，以辭采取勝。他覺得林福南散文中的『靜態陳述』（static discourse）太多，讀多了像聽福南用文言訓話，難免有累的感覺。[18]評述簡短，針對性強，重點明確，扼要不繁，一針見血。溫任平關心馬華作家文體營造的情況可見一斑。

　　馬華散文芸芸作者中，唯一獲得溫任平專文討論其文體只有陳蝶。[19]陳蝶的散文，早期與後期的風格不同。根據溫任平的觀察，「陳蝶的文體自70年代以來，走的是『古今並包、中西合璧、雅俗兼蓄』的康莊大道，早年在歐化句法與文白交融方面不免有些疏

---

[17] 如注16。

[18] 詳見溫任平：〈庖丁解牛・福南《解馬》〉，《靜中聽雷》，吉隆坡：大將出版社，2004，頁61。

[19] 陳蝶是馬華文壇5字輩作家，散文和詩歌都寫得不錯。從出道至1995年，她總共獲得了七個散文獎。陳蝶所獲得的散文獎有：1977年建國日報散文獎、1978年王萬才散文獎、1978年蕭畹香散文獎、1980年王萬才散文獎、1986年砂拉越星詩社散文佳作獎、1992年砂拉越星詩社散文佳作獎以及1995年星洲日報花蹤散文佳作獎。她的著作有兩本，都是詩文集，第一本是《蝶之集》，於1989年出版，第二本是《父女圖》，於1992年出版。參照戴小華、葉嘯編：《當代馬華作家百人傳》，吉隆坡：馬來西亞華文作家協會，2006，頁72。

忽，邇來下筆幽默雋永，帶點戲謔調侃，愈來愈從容不迫的語態，使我相信她已告別當年輕度的磕磕絆絆。」[20]這是早期散文文體的綜合評論，客觀精簡，頗能掌握陳蝶散文前後期的歧義衍變。

陳蝶後期的散文文體風格溫任平稱之為湘繡文章。[21]湘繡的特點是：構圖嚴謹，色彩鮮明，針法富於表現力，通過豐富的色線和千變萬化的手藝，使繡出的人物、動物、山水、花鳥等具有特殊的藝術效果。把湘繡的特色用於形容陳蝶的散文乃是個比喻說法，重點是栩栩如生。這種刺繡甚至能夠把女子臉上的腮紅都能凸顯出來，真可謂綿密具體。這句話，用於陳蝶的散文亦無不可。

溫任平以「湘繡」概括陳蝶的近作，並在短文中舉了三個例子來說明其文體特色。這裡引錄其中一例，再看溫任平如何評述。以下是陳蝶散文〈我聽，你歌悠揚〉的散文片段：

> 葉玉昭在世間的日子以來，該接受呵護和教養，她就擁有專
> 業和事業。該享受婚姻和美，她倆伉儷情深。該付出母親之

---

[20] 溫任平：〈讀陳蝶的湘繡文章〉，《南洋商報》，2001年1月1日。

[21] 何謂「湘繡」？其實，湘繡是一種刺繡，乃湖南名產。「湘繡是湖南長沙一帶刺繡產品的總稱。湘繡是中國四大名繡之一（四大名繡是蘇繡、湘繡、粵繡和蜀繡）湘繡是起源於湖南的民間刺繡，吸取了蘇繡和廣繡的優點而發展起來。湘繡主要以純絲、硬緞、軟緞、透明紗和各種顏色的絲線、絨線繡制而成。其特點是：構圖嚴謹，色彩鮮明，各種手法富於表現力，通過豐富的色線和千變萬化的針法，使繡出的人物、動物、山水、花鳥等具有特殊的藝術效果。在湘繡中，無論平繡、織繡、網繡、結繡、打子繡、剪絨繡、立體繡、雙面繡、亂針繡……」

愛，她輕易女兒繞膝。該知木石有情，她能花間長醉。該走
遍山水，她處處驚鴻。該明理人事，她良朋四海。該關愛別
人，她無私豁出。該縱情高歌，她豪情冠座。該雁過留痕，
她壯懷逸興下筆如雕。[22]

以上文字，近乎全段排比句式，韻味獨特。溫任平如此評論：「整
個段落用『該……她』句型，一詠三歎地道出了葉玉昭這個不平凡
女性的背景資料。文字細緻典雅，因句生句，因意生意，如行雲流
水，勝在自然。」這裡點出文章的格調風味。接下來他又說：「前
面三組『該……她』句，稍見拘謹，『該知木石有情，她能花間長
醉』接下來的句子，從實寫到虛寫，從寫意又回到寫實，逸性遄
飛，再無羈絆。」這裡分析了段落文字技巧的轉變，實寫虛寫的穿
插，更顯出特殊的如湘繡般的藝術效果。我們知道，文體研究的另
一個層面就是語言研究。因此，溫任平在評論陳蝶的文字語言的同
時，他也在評論陳蝶文章的文體。

　　對馬華散文作者的文體特色，我覺得溫任平還做得不夠。問題
是馬華作家信筆拈來，文體的自覺缺缺。溫氏能做的或已做的是選
出一些榜樣示範並褒揚，以期更多人留意著筆為文必須要考慮的
風格。

---

[22] 陳蝶：〈我聽，你歌悠揚〉，《南洋商報》，2000年12月5日。

（二）現當代作家的文體風格

當視角轉到現當代作家時，溫任平發現林語堂的娓語散文以及語法大師王力的幽默散文深得其心。林語堂的文章幽默見稱，眾所周知，毋須贅述；王力這麼一位嚴肅的語法專家也寫幽默散文倒是令人大開眼界。這裡僅就溫任平論述王力的散文文體作一番分析。

王力在抗戰期間，寫了大量散文，被譽為戰時學者散文三大家之一。溫任平欣賞王力的散文，詼諧中有奇趣。他舉〈勸菜〉一文為例：

> 有時候，一塊好菜被十雙筷子傳觀，周遊列國之後，卻又物歸原主。主人是一個津液豐富的人。上齒和下齒之間常有津液像蜘蛛網般彌縫著，入席以後，主人的一雙筷子就在這蜘蛛網裡衝進衝出，後來他勸我吃菜，也就拿他一雙曾在這蜘蛛網裡衝進衝出的筷子，夾了菜，恭恭敬敬地送到我的碟子裡。然而我並不因此就否定勸菜是一種美德。「有殺身以成仁」，犧牲一點兒衛生戒條來成全一種美德，還不是應該的嗎？

這段寫中國人的勸菜傳統，是家常事。溫任平欣賞王力以「津液交流」來形容食宴中的勸菜，批判勸菜之不衛生。文中蜘蛛網的比喻可謂生動有趣，看他形容一雙筷子進出蜘蛛網，然後又夾菜給人那

種情形，把勸菜的不衛生情況描繪得栩栩如生。然而，在批評勸菜的不衛生之餘，王力筆鋒一轉，又說勸菜是一種美德。溫欣賞王力以悖論方式帶出勸菜的戲劇趣味。不難看出，最後一句最能見出王力幽默的功力。溫的評語是：「如此的歪理推演，說來頭頭是道，合乎邏輯，這已超逾了前面一段文字的純粹滑稽，變成調侃，幽默裡帶諷刺。」[23]這一句評語點出了王力散文幽默的特色。

在論述王力的散文時，溫任平還舉了其他例子作為論證，此處不贅。對王力的散文，溫的總評為：「文章富於理趣，王力好像在對讀者講道理。細審內容，持論在無理與有理之間，這就形成一種似是而非的議論，營造出亦莊亦諧的文章風格。其效果有點像中國之相聲，『理兒不歪，笑話不來』。」[24]溫氏的評論，個別例子的分析有之，總體評論亦不乏。前者加強論證，後者予人整體的印象。兩者結合，對王力散文的評論可謂完整。

其他作家的散文文體又如何呢？在溫任平看來，陶傑與董橋，承續了余光中文白交融的餘緒。後者的古典近乎媚，與胡蘭成儀態萬千，媚中有禪的古典，不可同日語之。朦朧詩人舒婷的複調散文和王小波的佯庸散文風格是另外兩種他欣賞的文體。這裡僅探討溫氏對王小波散文文體的評論，其他作家的文體分析，因篇幅關係，暫且不論。

---

[23] 溫任平：〈語法專家王力的散文幽默〉，《南洋商報》，2006年5月29日。
[24] 如上。

　　溫任平欣賞王小波散文的假謬佯庸特色。在散文裡，王小波常以庸眾一分子的角度出發，又以糊塗人的角色講些表面糊塗而內蘊機鋒的話。例如：對中國大陸的文化論爭所造成的文化熱，他很不以為然地寫到：「**……文化好比是蔬菜，倫理道德是胡蘿蔔。說胡蘿蔔是蔬菜沒錯，說蔬菜是胡蘿蔔就有點不對頭——這次文化熱正說到這地步。下一次就要說蔬菜是胡蘿蔔瓔子，讓我們徹的沒菜吃。**」對王小波這種寫法，溫任平如此評論：「簡單幾句話便用上了白馬非馬的荒謬邏輯。」[25]這樣的一句評語無法帶出佯庸文體的特色，溫任平應該更詳細地分析怎樣才算是佯庸文體，其寫法又是怎樣的，達到的效果又如何。「荒謬邏輯」是不是佯庸文體的特色呢？如果是，上引文章的邏輯如何荒謬，而在荒謬邏輯推理中又如何顯出「睿智」，營造幽默詼諧的效果？我想，這些都是讀者所期待的。

　　溫任平對現當代作家文體的關照包括王力、林語堂、胡蘭成、陶傑、董橋、王小波、舒婷七位，撰文討論的有五位。竊以為，溫任平對當代作家文體的觀照還不夠全面。散文文體從八十年代開始在大陸和臺灣掀起改革浪潮。大陸方面，老作家如楊絳、王西彥、黃永玉、陳白塵等創作了不少猶如史詩那樣深邃和宏偉的散文；接著又有余秋雨、張承志、周濤、史鐵生等從事「大散文」的寫作，文體風格大異於抒情散文；唐敏、趙玫、黃一鸞等女作家在前衛散

---

[25] 溫任平：〈王小波的佯庸散文〉，《星洲日報》，2006年7月2日。

文美學觀念的引導下，創作了具有革命性意義的散文文體；臺灣散文文體的改變在六十年代已經開始，重點是「眾體兼擅」。早在六十年代，余光中就寫出〈下游的一日〉、〈食花的怪客〉、〈焚鶴人〉、〈蒲公英的歲月〉等跨文體的實驗性作品；臺灣旅美散文家王鼎鈞的散文文體獨樹一格，他有時候將小說的情節結構引進散文裡，有時用樂章結構如四重奏、交響樂等建構長篇的抒情散文，有時又將寓言小品的象徵改造成大千世界的象徵等，可謂文體兼擅的全能手；八十年代都市散文的興起，在散文文體上又是一項突破；進入九十年代，文類跨越與整合的現象更加普遍，產生的是「中間文類」、「變體散文」，羅智成先後在《聯合文學》推出《無法歸類的專輯》和《無法歸類的專輯2》，集中呈現跨越文體的散文創作。大陸作家鐘鳴，於1998年推出的《旁觀者》，文體交錯，不僅把其他文學類型如詩歌、小說融合其中，還把文論、傳記、注釋、翻譯、新聞、攝影、手稿等融會其中，在散文文體的實踐方面大膽前衛，「這種紛繁、龐雜、密集而又短促的文體成了鐘鳴的獨家文本。」[26]台海兩岸的散文文體變革多彩多姿，值得溫任平進一步關注。

---

[26] 安多：〈旁觀者清當局者迷〉，《中國圖書商報‧書評週刊》，1999年1月26日。

四、結語

　　溫任平在70、80年代努力於為散文定位，企圖建立現代散文的理論體系，也建議散文作者向詩歌借鏡，提升散文的語言特質。2000年以後，溫任平的散文觀跳出現代散文的局限，進一步提出散文的語言應該是白話、文言、歐化語言、俗語俚語四合一的綜合性語言。這是他的散文觀的主線，其他如詞彙的重複，長短句的交錯搭配則是修辭上的美學考量。除此之外，他發現馬華散文作家文體自覺能力低，於是針對一些作家的散文文體提出批評和建議，也分析了現當代著名散文家的文體特色，以資參考。不過，對於大陸臺灣90年代以後的散文文體的關注，溫任平用力不多，視野也有待擴大。

　　總的來說，溫任平散文觀的核心要求是語言的綜合性，在白話文的架構裡，恰當地融入文言詞句，歐化句法，俚語口語，以形塑文體的多元風貌，以及通過語言的自覺建構文體的特色，進一步塑造作家個人的語言風格。

2009年2月2日初稿，3月22日修訂

本文刊於《亞洲文化》第33期，2009年6月

【附錄】

溫任平散文評論

序號	文章	發表日期	發表園地
1	與散文談心－兼及《赤道形聲》散文部分的若干印象	2000年8月5日	南洋文藝
2	柯靈的四字組合美學	2000年12月25日	南洋商報
3	讀陳蝶的湘繡文章	2001年1月1日	南洋商報
4	初識沈從文	2001年1月22日	南洋商報
5	沈從文：冷的文學	2001年2月5日	南洋商報
6	董橋的「現代感」	2001年4月16日	南洋商報
7	林語堂的娓語散文	2001年4月30日	南洋商報
8	民國女子	2001年6月18日	南洋商報
9	胡蘭成的文體	2001年4月30日	南洋商報
10	散文裡的戀母情結	2001年6月11日	南洋商報
11	文白交融	2001年10月15日	南洋商報
12	文學資源／寫作題材、文體自覺	2001年12月9日	星洲日報
13	京腔初探	2002年1月14日	南洋商報
14	大散文	2002年1月21日	南洋商報
15	以文述樂：趨近語言臨界	2003年11月2日	星洲日報
16	治語文如烹小鮮	2003年10月19日	星洲日報
17	文學堂廡裡的垃圾	2004年7月18日	星洲日報
18	語法專家王力的散文幽默	2006年5月29日	南洋商報
19	舒婷的複調散文	2006年6月4日	星洲日報
20	王小波的佯庸散文	2006年7月2日	星洲日報
21	寂天寞地即驚天動地談楊牧	2007年8月26日	星洲日報

第三輯

溫任平序文研究

優劣並陳，啟發引路
──論溫任平的序文

一、前言

在馬華文壇，常為選集、文友文集寫序的前輩作者相當多，不過，序文的數量多至可以結合成書的就絕無僅有了。溫任平可以說是第一位出版序文集，也是序文產量最豐富的馬華作家。

環顧中國文學界，將序文出版成書的作家可謂寥若晨星。在一九八六年，林以亮出版了《前言與後語》[1]。該書是當時較為特別的書籍，不只收錄了序文（即前言），還收錄了後語（即跋／後記）。書中的序文只有六篇而已。在一九九六年，余光中教授出版了序文集《井然有序》[2]，收錄了作者所寫的三十五篇長短不一的序文。余光中的序文數量十分可觀，根據作者的統計，他所寫過的各類序文已超過百篇。不過，余氏將序文結書是在一九九六年，比林以亮遲了十年。在這十年中，根據筆者的觀察，唯一將序文結合成書的是溫任平。溫任平在一九八〇年將十一篇序文結成一本

---

[1]　林以亮：《前言與後語》，臺北：正文出版社，1980。
[2]　余光中：《井然有序》，臺北：九歌出版社，1996。

專冊，出版了《文學觀察》。[3]如果我的資料無誤，在中國現代文壇，第一個出版序文專集的評論家就是溫任平。

替人寫序是不是一件很光榮的事呢？答案當然見仁見智。有人認為，這是一種榮耀；也有人認為，這是一種警告，警告寫序人的身分高，年紀不小。林以亮《前言與後語》裡的一句話值得我們深思。他說：

> 只有中學生肯花錢買新書，訂閱新雜誌，這些有頭腦而沒有思想，喜歡聽演講，容易崇拜偉人，充滿了少年維特的而並非奇特的煩惱的大孩子。至於大學生們，早已自己在寫書，希望有人來買了；到了大學教授，書也不寫了，只為旁人做書序，等人贈閱了；比大學教授更高的人物，書序也不屑作，只肯為旁人的書題簽寫封面，自有人把書來敬獻給他們了。[4]

上述觀點雖有調侃意味，不無實況描述。作序未必是大學講授的專利，前輩作家一般上有能力勝任。溫任平身處「第三級」。雖不是大學教授，卻常作序，無疑是身分的提升。不過，他並不純粹為人作序，本身也不斷創作和出版著作，這樣或可避免尷尬的處境。就身分而言，溫任平在七、八十年代乃是馬華現代文學的重

3　溫任平：《文學觀察》，安順：天狼星出版社，1980。
4　林以亮：《前言與後語》，臺北：正文出版社，1980，頁1。

鎮，頗具影響力及向心力，因此，年輕作者，尤其是從事現代文學創作的，請溫氏寫序無疑是自然的現象。

本文將探討溫任平的序文，重點在討論序文作為一種文體之後，分析溫氏序文的種類、風格，並希望從中歸納溫氏的文學觀點及他對各種文學類型的要求。

二、序文作為一種文體

序文是一種被動的文章，一般寫在著作正文或選集之前。有些序文是作者自己寫的，用以說明寫書宗旨和經過。也有些是別人寫的，多介紹或評論本書的內容及表達手法。由此觀之，序文當然是一種文章體裁。它可以是記敘性的，說明性的，也可以是評論性的。

序文作為一種文體，可謂由來已久。古時候所謂的贈序多為集帙而寫，後來，這種序言自成一體，變為專為送人而作。我們今天所說的序文，一般上是指介紹、評論一部著作或選集或大系的文章。

古人寫序，大概有以下幾種做法：

（一）標明受序者的名字，例如韓愈的〈送孟東野序〉、〈送董昭南游河北序〉、〈送高閑上人序〉、〈送李願歸盤谷序〉；柳宗元的〈送薛存義序〉。朱熹的〈送郭拱辰序〉，宋濂的〈送東陽馬生序〉、〈送陳庭學序〉等；

（二）標出書名或篇名，如《史記》裡的〈遊俠列傳序〉、〈外戚世家序〉、劉向的〈戰國策序〉、蘇曼殊的〈雙枰記序〉等；

（三）明白交代作者作品，如歐陽修的〈梅聖俞詩集序〉、姚鼐的〈袁隨園君墓誌銘序〉、蘇東坡的〈範文正公集敘〉等。

序文的風格主要有三種，即人本、文本即兩者相結合。中國傳統的序文一般傾向人本，注重知人論世，評論作者的人品德行，對社會的貢獻，甚少論析作品之優劣。例如，蘇東坡為范仲淹的詩文集寫序，重點在論述作者的功德人品，對作品的論析則輕描淡寫，只說「公之功德蓋不待文而顯」而已。宋代大文豪歐陽修在〈梅聖俞詩集序〉中，也是花大部分的篇幅論述作者，對作品著墨有限。對梅堯臣的文章，歐氏只以「簡古純粹，不求苟說於世」一句話籠統概括；對於詩風，也只是這樣交代而已「老不得志，而為窮者之詩，乃徒發於蟲魚物類羈愁感歎之言。」[5]

　　由於人本風格的影響，傳統序文一般不對作品詳細分析，舉例說明更是罕見，有些甚至只論人而不論作品之得失，因而簡潔渾成，好處是可免冗長之病，壞處是流於空泛，印象主義。

5　徐中玉主編：《古文鑒賞大辭典》，浙江：浙江教育出版社，1988，頁90。

　　序文的另一個明顯的風格是文本，文本風格之序文其實就是書評。作序者著力於分析，舉例說明，探討作者瑩心的主題、作品的風格、特色、技巧等，得失並陳，褒貶並重，有個人的見解，亦有客觀的標準。換言之，這類序文，如余光中所言：「把拈花微笑的傳統序言擴充為獅子搏兔的現代書評。」[6]

　　不過，在評論作品時，作序者也難免需要敘述作者的生平和思想。這是為了欣賞作品的需要。例如，余光中在〈征途未半念驊騮──序溫健騮卷〉一文中，就從作者意識形態的突變來詮釋前後作品的差異。同樣的，溫任平在替游川詩集《蓬萊米飯中國茶》作序時，就先敘述詩人的廣告職業，因為職業對詩人的作品有明顯的影響。這是序文的第三種風格，人文、文本並重，不過在這類風格的序文中，人本只是輔助，提供外緣資料，文本才是重點，重點還是作品之內在研究。不過，兩者配合，能幫助作序者寫出更完善的評論。

　　總的說來，三種序文風格中，人本應該放棄，文本則可鼓勵，兩者結合將是作序人的挑戰。

三、溫任平序文的種類

　　到目前為止，溫任平總共寫了二十一篇長短不一的序文，種類主要有以下三種：

---

[6]　余光中：《井然有序》，臺北：九歌出版社，1996，頁5。

（一）為詩集而寫的序，共九篇：（a）〈序《紫一思詩選》〉、（b）〈修飾性與真摯性——序《漁火吟》〉、（c）〈道德意識與時空意識——序《煙雨月》〉、（d）〈禪機與生機——序雷似癡的《尋菊》〉、（e）〈枯樹期待嫩葉——談謝川成的燈火意象與即物手法〉、（f）〈揭開游川的三個面具——綜論《蓬萊米飯中國茶》技巧與內容的表現〉、（g）〈端木虹的詩語言——《湖的傳說》代序〉、（h）〈生活氣息與生活八股——序川草著《晨之誕生》〉及（i）〈江振軒的都市詩及其他——序《茨廠街》〉。

（二）為散文集、論文集而寫的序，共有五篇：（a）〈論張樹林的散文風貌〉、〈民俗藝術的承繼與發揚——序《傳統的延伸》〉、（c）〈與傳承得聊天〉、（d）〈序謝川成之《現代詩詮釋》〉及（e）〈懷念一個江湖的游離與溫馨〉。

（三）為詩集、文學選、合集、選集、作品特輯所寫的序或前言，共有七篇：（a）〈寫在《大馬詩人作品特輯》前面〉、（b）〈綜論馬華文學的處境與背景——序《馬華文學選》〉、（c）〈藝術操守與文化理想——序《天狼星詩選》〉、（d）〈馬華現代

> 文學的幾個重要階段——序《憤怒的回顧》、（e）
> 〈為什麼要從事文學創作——序《走不完的路》〉、
> （f）〈燈火總會被繼承下去的——序《大馬新銳詩
> 選》〉及（g）〈《馬華當代文學選》總序〉。

以上所列的二十一篇序文，其中十一篇已收錄於作者的《文學觀
察》一書裡，其餘十篇則分散在報章雜誌，尚未結集出版。

四、溫任平序文的風格與方法

溫任平的序文主要是以文本為風格。他從不寫應酬性序文，也
從不寫空泛的，充滿讚語的序文。他說：

> 我寫序或前言，不慣東拉西扯，總喜歡說實話。我關心的是
> 作者作品的好壞，好處在哪裡，壞處又在哪裡。我提到作者
> 與我的關係，我的重點不在彼此的交往如何，我重視的是這
> 種對作者背景的瞭解是否有助於我對作品整體性的瞭解。[7]

從這句夫子自述的話，我們不難看出溫任平寫序的態度與方法，這
種態度與方法直接影響其序文風格。

---

[7]　溫任平：《文學觀察》，安順：天狼星出版社，1980，頁115。

　　溫任平寫序的態度是非常認真的。他所寫的序文，每一篇都是文學評論，達到文本風格的要求。他的序文由始至終都保持一貫之風格，即作家作品的優缺點並陳，同時提出建議讓作者思考、依循改進。質言之，溫任平的序文內容扎實，方法多變，觀點獨特清新。這些特點可以說都來自作者認真的態度及其對文學藝術的關愛。

　　在〈序《紫一思詩選》〉一文裡，溫任平先論述紫一思的詩作風格與特點，之後便這樣寫：

> 　　〈木屋〉的處理：「大人們在工作／孩子們在唱歌遊戲／貧窮遮不了圓臉上幸福的光彩」，流於公式化，放在最末一節形似一條光明的尾巴，缺乏創意。[8]

以上所述乃紫一思詩作的毛病，作序者直接指出來，對詩人而言應該是有啟發作用的。

　　在另一方面，溫任平為詩社朋友朝浪的詩集《漁火吟》作序時，所用的詞句語氣可能是一般人所不能接受的。序文一開始，溫任平就點出朝浪詩作的缺點及朝浪應該努力的方向：

---

[8]　溫任平：《文學觀察》，安順：天狼星出版社，1980，頁19。

《漁火吟》這本詩集裡有太多的濫調陳腔。我不是在鼓勵朝浪去「扭斷語法的脖子」，寫出一些怪異的，似通非通的所謂詩句，但詩作者如果只在重複他人，重複自己，這便無從刷新詩的語言。我們都知道，語文是創作的工具或媒介，新的意念，新的意象，需要用新的句構把它們表達出來，或勾勒出來、朝浪如果自期在詩的領域展起身手，這個方向的努力一定對他大有裨助。[9]

在序文的第三部分，溫任平這樣寫：「朝浪的弱點除了文字運用不夠嫻熟，題材偏狹，所用意象顯得陳舊呆板外，他的詩也常給人一種華而不實的感覺，換句話說，他的詩的修飾性大於其真摯性，」上引兩段評語可謂毫不留情。溫任平在接受寫序之前已向朝浪說過自己對作品的要求很高，以便讓詩人有個心理準備。但當時的年輕詩人朝浪並不擔心，依然向前輩請教，足以見其心胸與學習精神。由此觀之，溫任平寫序是就作品論作品的，不會因為作者是朋友而下筆輕些。這種做法是真正的文學評論者所應效法的。

　　溫任平對朝浪詩作的批評雖然嚴厲，卻是「善意的鞭笞」，目的不在貶低寫書人或詩人，而在讓詩人瞭解了自己的缺點後，能夠加以改善修正。他嚴厲批評了朝浪之後，在結束之前以葉慈來勉勵朝浪，並要朝浪把葉慈當做是「自我期許的對象」。

9　溫任平：《文學觀察》，安順：天狼星出版社，1980頁37。

溫任平寫序時那種「認文不認人」的一貫作風在替陳強華、張樹林等作家作序時更明顯表現出來。可以這麼說，溫任平不隨便替人寫序，一旦接受下來，他必定全力以赴，認真研讀作品，然後真誠提出意見。

如前所述，溫任平的序文以文本為風格，內容有三點，作品優點的分析，作品缺點的直評及作者應該努力改善的方向或學習的對象。例如，對當時年僅十九歲的陳強華，溫氏建議詩人關懷整個現代人生與擺在他面前的社會現實，不要把道德關懷局限於某一國或某一地區。不要太過「獨善其身」，而應該「兼善天下」。

有人或許認為，這樣的批評也許會對年輕詩人的打擊太大，但事實證明，陳強華不因上述序文而不再寫詩反而寫得更多，如今還是一位相當優秀的現代詩人。重要的是，嚴厲批評之後，作序者應該提供詩人應該努力的方向，以便後者落實，這一點，溫任平可謂盡了責任。

溫任平序文之特點也可以從溫氏為張樹林散文集《千里雲和月》寫序時看出一斑。在80年代，張樹林是天狼星詩社的署理社長，可以說是溫任平的左右手。他們一起策劃詩社的活動，互為輔佐，交情自是不俗。然而，在面對文學藝術時，溫任平，作為一個文學批評家，還是很理智地寫出了張樹林散文的優缺點及應努力的方向。

對散文作者張樹林，溫氏有以下建議：

以他對文學的感性，加上他隨年歲漸增的人生智慧，他應該
另闢新境，更上層樓。我的建議是他不妨在謀篇──也即是
說整篇作品的結構上──多下些功夫。如果他肯在敘事描述
方面加強自己，在感情奔放之際仍能做出某種古典的節制，
乃能顧慮到古典的均衡，在感性與知性之間做出適度的調
整，張樹林有潛力成為馬華文壇第一流的散文家。[10]

對從事文學評論的筆者，溫氏覺得筆者雖然《現代詩詮釋》裡的論
文大致表現不錯，但對於一些較複雜的反覆推論辯證似乎還把握得
不夠好，因此建議筆者在哲學、美學和語言學這三個範疇裡加強自
己。[11]對游川，他希望詩人不要重複自己，也希望他躲在詩裡融注
適量的感情因素，多留意曲折的理趣，讓讀者自行體會。

　　川草和江振軒這兩位詩人的職業是新聞從業員。溫任平認為他
們的職業使他們有機會接觸社會百態，但是能否從血淋淋的社會現
實中透視現實背後的實況，就是要看詩人的眼光是否銳利，另外，
在面對社會素材或現實經驗時，能否將這些素材和經驗提升到文學
題材和文學經驗，這就要靠詩人的想像力了。新聞報導重實況陳
述，詩歌創作則貴含蓄委婉，兩者的要求迥然不同。因此，川草和

---

[10]　溫任平：《文學觀察》，安順：天狼星出版社，1980，頁62。
[11]　溫任平：〈序〉，謝川成：《現代詩詮釋》，安順：天狼星出版社，1981，
　　　頁7。

江振軒的職業對他們的創作可能是優勢，也可能是一種障礙。詩人的感性與創造性思維在這方面或可以發揮積極的作用。

溫任平認為川草的一些詩作能成功地把主題呈現出來，但好些作品卻沒有咀嚼的餘地，有傾向「生活八股」的跡象，常帶著自勉勵人的光明尾巴。他建議川草在委婉曲折方面多下功夫，來日當可期大成。

溫任平認為江振軒的都市詩過於散文化，缺乏詩資，手法不夠老到。除此之外，江振軒大部分的都市詩都是知性硬逼出來的成果。因此，溫任平建議江振軒多用意象，多用比興來寫作。

溫任平近期的序文風格是文本與人本並重。換句話說，他不僅注重作品的內在研究，也不會忽視作品的外援關係。兩者並重更能對作品有整體性的瞭解。其實，溫任平在寫序時，多少會提及他與書作者的交往情況，不過，比較注重以外援關係來探討作品的應該是替游川詩集《蓬萊米飯中國茶》寫的那篇序文。在序文中，溫任平這樣寫：「我最近的文學評論漸喜結合現代主義與歷史主義，一方面把作品看成獨立自足的世界，去研析探索：一方面卻嘗試去追蹤作品的技巧、思維系統背後的來龍去脈。」[12]

在一九九二年，溫氏替祝家華《熙攘在人間》寫序時，這種風格更加明顯。

---

[12] 游川：《蓬萊米飯中國茶》，吉隆坡：紫藤（馬）有限公司，1989，頁12。

　　溫任平常用比較法寫序。比較有助於鑒別，比較也可讓讀者或有關的作者具體地辨別作者的高下優劣。在〈禪機與生機〉一文中，溫任平拿周夢蝶與雷似癡比較，認為在表達人的無助感或無奈感方面，雷似痴只能說出現象，未能洞徹本體，而周夢蝶則能創造「雪中取火，而鑄火為雪」的獨特詩境，因此，他建議雷似痴擴大他的感受幅度，以期從年歲的加增與閱歷的磨練中加強他個人的智慧深度。

　　在論紫一思詩作時，溫氏把紫一思與里爾克（Rainer Marie Ritke）比較，以便論述紫一思詩作「反觀內省」的風格。在論游川詩作時，他覺得游川的詩比起洛夫的巧思奇變，差了一大截。溫氏這樣批評主要是因為游川顯然已嘗試去提升他的詩作，一些作品也頗出人意表，但作文在推陳出新，大膽聯想，十足創意方面還做得不夠。而這三種特色卻是洛夫所長，是游川可以借鑑的對象。

　　在溫任平看來，江振軒的都市詩欠缺感性，又少用暗示襯托之手法。在序文中，溫任平分析了香港詩人穆思林的都市詩〈沙田旺角〉的優點。他認為〈沙田旺角〉中的戲劇性表現含蓄，張力反而更強的原理，是值得江振軒參考的。這樣的比較法簡單實用，有助於啟發和引導有關詩人寫出更好的作品來。

　　在〈與傅承得聊天〉一文中，溫氏把傅承得與亮軒、邢光祖比較，這是因為傅氏寫文章時喜歡引經據典，而這一特點正是亮、邢二家之所長。但溫任平認為邢、亮兩家的方塊他都讀不下去，因為邢光祖中西引證，使文章讀來乏味；亮軒苦口婆心，令人有良藥難

以下嚥之感。他比較喜歡劉紹銘那種「吊兒郎當」，賦學問於真
情，和梅淑貞那種自嘲的閒散招式。這樣的比較雖建基於個人喜
惡，也點出了學問與才情的問題。對傅承得而言，邢、亮之病有助
於反省，劉、梅的優點則可借鏡。

　　而對祝家華文章中所流露的孤憤之情，溫氏則把它與自己、溫
瑞安、何棨良等其他馬華作家詩人比較，並認為這些作家的作品
「寖寖乎已足以形成馬華文學另一個獨特的憂患傳統。」[13]

　　這種比較法，一方面可以啟發作者，知道自己的「定位」
（positioning），另一方面讓讀者有個比較的對象，瞭解作者的潛
能，有時也提供讀者一種文壇的潮流或傳統。這種做法頗有文學教
育的作用。讀他的序文，我們可以從中獲得不少文學知識，也知道
更多作者的名字及他們的大概表現。

五、勾勒出文學觀的改變

　　溫任平的序文流露出他的文學觀。從他的論文及序文，我們不
難看出溫任平對文學作品的要求是主題思想與技巧並重。因此，他
並不贊同紀弦把現代文學視為「橫的移植」的看法。他也曾經對馬
華現代文學作者太過注重文字技巧而忽視主題思想，提出過嚴厲的
批評。

---

[13]　祝家華：《熙攘在人間》，吉隆坡：十方出版社，1992，頁06。

　　溫任平早期寫序比較著重分析作品的技巧運用，喜歡從詩的語調、色彩、氛圍，意象運用文字安排去衡量作品的藝術造詣，目的是希望通過這些分析把作家表呈內容時所用到的某種特技手法告訴讀者，以達到導讀的作用。後來，他就比較重視技巧如何表達主題，並通過作品的外緣關係，深入探討作品的思想深度。前者可從〈序《紫一思詩選》〉及《精緻的鼎》中單篇詩作詮釋文章為代表；後者則以〈「修飾性」與「真摯性」〉及〈「道德意識與時空意識」〉等後期序文為代表。

　　前者有太多作品作為印證，讀者不妨細心閱讀，在此不再贅言。後者乃溫任平近來的文學觀，也可能會延續到將來，因此值得在此一書。

　　在為朝浪寫序時，溫任平提出修飾性與真摯性。他說：

　　　真摯性指的不僅是文學作品所處理的現實經驗的真實程度，更重要的是，它也指出了作者把這種現實經驗予以藝術的再造，期間所投入的關注程度。易言之，真摯性乃是現實經驗的真與創造時感情投入的真之總和，也是這總和所造成的整體效果的適當稱謂。所謂修飾性那是修辭學範疇內的功夫。凡形容詞句的使用，目的為了美化、誇張、渲染、加強某種情境、情調或情緒，它們所造成的整體效果或作用謂之修飾性。修飾性在所有文學類型的創作中都是需要的，但不能過火，一篇作品如果字雕句琢，藻飾過度，就會淪於卑靡浮

岩，反而不落實，不具體，不能感人。朝浪的詩雖不至於雕
鏤過甚，但不少詩行均給人一種不落實，不具體的虛弱感
覺。[14]

以上所引乃溫任平對詩的要求。簡單地說，他要求詩人不僅注重創
作技巧，也要重視主題思想，不要過度修飾技巧的外在美而忽略了
作品思想的廣深度。他希望朝浪往這方面努力，儘量把技巧與內容
融為一體。由此觀之，溫任平如他自己所言：「不是一個激烈的現
代主義者。」[15]

　　許多人誤會以溫任平為首的現代文學作者只注重技巧而忽視內
容，太個人主義更不關心人生現實。這種看法是錯誤的。以溫任
平而言，他在不少文章論及作品內容之重要。在〈序《走不完的
路》〉一文裡，溫任平對作品內容有這樣的要求：

感情的抒發，沒有什麼不對，它是合符人性的要求的，中國
文學除了載道的傳統外，還有成就足可與載道傳統相頡頏的
言志傳統。……但小我之情若不能接通大我，大可寫在日記
簿上，或索性寫成情書，而不必公諸於世，在大庭廣眾面前
展示肚臍。文學只要不強說愁的，不無病呻吟，不為臉上多

---

[14]　溫任平：《文學觀察》，安順：天狼星出版社，1980，頁42。
[15]　溫任平：《文學觀察》，安順：天狼星出版社，1980，頁115。

　　了一粒青春痘落筆如喪妣考，文學願意介入現實人生，方式
縱然不同，但卻自有其價值與意義。[16]

以上的論點大概不會有人說是標新立異吧！我認為溫任平是個中庸
的現代文學家，他的觀點並不偏激，可惜的是，他一直被人誤以為
是偏激的作者。

六、序文被拒

　　序文被拒之事甚少發生，不過在中國現代文學界，我所知道的
至少有三件。第一件是梁實秋的序文被拒，年僅二十三歲的余光中
曾經邀請梁實秋為自己的第一本詩集寫序，序文不長，只是一首三
段的格律詩。不知天高地厚的余光中，竟然將詩退還，並說：「您
的詩，似乎沒有針對我的集子而寫。」梁實秋聽了，眉頭一抬，
只淡淡地一笑，說：「那就別用⋯⋯了。書出之後，再跟你寫評
吧！」[17]

　　上述文壇掌故使人感覺溫馨，如黃坤堯所言：「梁實秋的厚
重，余光中的躁進，相映成趣。」[18]

---

[16] 溫任平：《文學觀察》，安順：天狼星出版社，1980，頁82-83。
[17] 余光中：《隔水呼渡》，臺北：九歌出版社，1990，頁263。
[18] 黃坤堯：〈余光中詩文集的序跋〉，黃維樑編：《璀璨的五色筆──余光中作品評論集（1979-1993）》，臺北：九歌出版社，1994，頁446。

　　第二件發生在余光中身上。在「為人作序——寫在《井然有序》之前」，他這樣敘述：「更有一次，索序人，得到我的序言，認為對他不夠肯定，出書之時竟不納入。足見他對我的人品文品毫無認識，更不尊重，平白好去我一周的寶貴光陰，難道只因為要利用我的名氣嗎？然而那篇被索又被棄之序，講的是真話，『拒序人』不聽，讀者未必不願意聽，後來我仍然當做書評，拿去單獨發表了。」[19]

　　余光中的序文被拒，主要的原因是講太多真話，對有關作者不夠肯定。他要做索序者的諍友，但諍友的忠言太過逆耳，索序者不能接受。

　　第三件序文被拒事件發生在馬華文壇，索序者是已故端木虹，被拒序者是溫任平。在八十年代，端木虹的詩風轉向現代主義，因此和溫任平較為熟稔，而在這之前，端木虹被歸入現實派，在詩風轉向之際，據說端木虹也受到不少壓力，不過他還是堅持下去，由於他的詩風改變，因而受邀出席在一九八四年四月主辦的「全國現代文學會議」，以肯定他的身分。

　　不久後，端木虹擬出版詩集，並邀請溫任平寫序。溫任平收到端木虹的詩集稿後，久久不能動筆，因為實在不知道如何下筆。端氏年紀不比溫氏輕，溫任平當然不能以長輩的口氣／語調替他寫序。考慮良久，最後以書信方式來完成任務。

---

[19]　余光中：《井然有序》，臺北：九歌出版社，1996，頁10。

　　雖然以書信方式來寫序文，溫任平還是保持其一貫作風，以諍友的身分向詩人提出逆耳之忠言。溫任平在序文中論述了端木虹的詩語言，敘述與表現方法，最後提出詩人應該努力的方向。在論述詩語言時，溫任平這樣寫：

> 您的語言運用文白夾雜的情況相當嚴重，文言欠精純，白話也不夠乾淨，許多文言詞語被硬嵌入白話句型結構裡，造成文字節奏的障礙，文言不順暢，甚至出現呆滯阻塞的現象。[20]

當然，寫了上述評語後，溫任平不忘舉例說明，並詳加分析。

　　另外，在談到詩的敘述與表現時，溫任平則這樣寫：

> ……文學的力量不在「說出」，而在「演出」。您的好些詩作，戲劇性不夠，張力不足，癥結之一是出在您的詩常會墜入說出，敘述的窠臼。[21]

---

[20] 溫任平：〈端木虹的詩語言——《湖的傳說》代序〉，南洋商報，1984年7月16日。
[21] 溫任平：〈端木虹的詩語言——《湖的傳說》代序〉，南洋商報，1984年7月16日。

上述兩段文字，句句忠言，但並非泛泛之論，而是切中端氏詩語言的要害，層層剖析，針針見血。這可能是端木虹邀序時所意想不到的。序文被拒，原因大概是有關作者受不住這種震撼吧！

最後，溫任平提出了端氏應努力之方向：

> 您的詩語言的「多元化」傾向是正確的，您的詩好用典故也可能加強詩本身的「繁富感」但問題是怎樣使各種「異質因素」（heterogeneous elements）融渾在一起。余光中曾主張文白交融，再輔以適度的歐化，他稱這種語言的三結合為「三合土」，您有企圖融冶文白於一爐，這個大方向是對的，但必須審慎剪裁熔冶，才能奏功。[22]

以上一段乃論析了端氏詩語言的毛病而得出的一個可以努力的方向，而這個方面已有人嘗試過，對端氏有幫助。除此之外，溫氏也強調了文白交融所注意的事項。我認為溫氏的觀點正確，所提的建議亦貼切。整篇論文似乎「沒有一句好話」，但卻是句句真言。

序文在南洋商報刊登後不久，索序者端木虹寫了一封信給文藝版的主編，說明他的詩集《湖的傳說》並沒有收錄溫任平的序文，

---

[22] 溫任平：〈端木虹的詩語言──《湖的傳說》代序〉，《南洋商報》，1984年7月16日。

原因是溫氏的序文寄到時，詩集已付梓，來不及放進去。端木虹還在信中表示不同意溫任平的看法，並打算另外撰文與溫氏討論詩語言的問題。

本來，替人寫序，並在報章發表有關序文是極平常的事，但是，序文發表了，索序者卻說序文來不及納入書裡，事情就不簡單，端木虹的澄清信件刊登之後，在馬華文壇引起了一陣騷動，議論紛紛。澄清信在八四年八月十二日刊登，作序者溫任平在八月廿日發表了《寫序趣談》。在文中，溫任平這樣敘述：「我的序文是在六月十六日掛號寄出的，六月十七日我還收到朋友打來的電話問起序文的事，十七日剛好是星期天，我告訴他序文已在前一天寄出，最遲星期二（六月十九日）一定可以寄抵，對方很高興地收了線。至於序文寄到朋友手上何以突然會來不及收到集子裡，確實耐人尋味。」[23]

在另一段，溫氏又說：「序文不被用也不是有朋友寫信向我言明的，而是通過朋友寫給編者的公開信，間接向我照會的。做法之巧妙也頗令人莞爾。」[24]

由上所述，溫氏之序文不被「朋友」接受，理由非常簡單，即負面評語太多。端木虹當時似乎沒有雅量接受溫氏的批評。也許端木虹以為他和溫任平既然是朋友（端木虹詩風轉向後，曾受溫氏邀

---

[23] 溫任平：〈寫序趣談〉，《星洲日報》，1984年8月20日。
[24] 溫任平：〈寫序趣談〉，《星洲日報》，1984年8月20日。

請出席在八四年四月主辦的全國現代文學會議。），對方為自己詩
集寫的序文應該不會有太多的負面批評。可是，事與願違，溫氏之
序文大出其意表，他又哪裡能接受呢？由此可見，端木虹並不瞭解
溫任平寫序的一貫作風。

　　序文被拒事件在雙造的「澄清」與「趣談」之後，變成了文壇
大事。許多作者相繼撰文提出意見或看法。首先是星洲日報專欄
作者麥秀寫了一篇〈也談寫序〉。他說，讀了溫任平的〈寫序趣
談〉，他想起了三年前一位文藝少年找他替少年及朋友的合集寫
序。有關少年要他「要寫好好的啊！」。麥秀聽了少年的這句話變
決定婉拒他的好意，因為麥秀覺得少年那句「要寫好好的啊！」那
句話中至少有個意思：第一、少年要他認認真真地寫；第二、要寫
好的，不寫壞的、差的。麥秀一時摸不清文藝少年的要求，又怕玷
污了他們的處女作，只好請少年另請高明。

　　麥秀認為，替人寫序，而不見用，對寫序者無疑是一種不敬，
說得嚴重一點，簡直是一種侮辱。[25]我贊成麥秀的看法。我認為，邀
人寫序應本著真誠之心。如果人家的序文寫成後而不合自己胃口，
就把它擲棄不用，對作序者，借麥秀的話，無疑是一種污辱。同
時，這也顯示索序者心胸狹窄，甚至連做人最基本的禮貌也沒有。

　　另一位作者江醉月在〈教你寫序〉一文中建議馬華文壇應該有
個文學法庭，以便判決文字糾正及文壇公案。可惜的是，馬華文壇

---

[25] 麥秀：〈也談寫序〉，星洲日報，1984年9月10日。

還未草擬「怎樣寫序」的憲法，因此，就算是法官也無法判決。江氏最後以嘲笑的語調說：「我們這塊文化沙漠，請人寫序就是要你來捧捧大腿，是要高抬貴手的，哪能把人家捧下去呢？為人寫序者，不可不知。」[26]

另一作者黎川也不甘落後，發表了《寫序與書評》一文。黎川說明不幫誰說話，可是字裡行間裡，似乎句句都在為端木虹辯說。黎川認為：「寫序就像一篇獻詞。一家公司新張營業，為了宣傳起見，特地在啟業那天，邀請名流顯要主持開幕剪綵，剪裁人在致詞時，總是選擇較吉利的話，希望借此為主人的生意打活廣告。」接下來，黎君又說：「序文即含有介紹的用意，褒的成分必然就多了些——文評家好比是食客，食客有權對酒家的菜色挑剔批評，文評家也一樣。」[27]黎川這篇文章理路不清，還充滿了不當的比喻，難怪楊錯及韓振華先後撰文批評了。楊錯在〈看了謬論的感想〉指出黎川說話自相矛盾。黎川在第三段說：「我無意在此幫誰說話」，可是，在最後一段卻說：「其實，誰又願意見到自己的新著落在讀者手中之前，便先遭受一輪斧鉞呢？」自相矛盾，自打嘴巴的情形非常明顯。

楊錯認為，黎川的〈寫序和書評〉一文整篇文章給人的印象是「思路不清，謬論連篇，具有不良的誤導作用，而且比喻不當。」[28]

---

[26] 江醉月：〈教你寫序〉，吉隆坡：新生活報，1984年9月26日。
[27] 黎川：〈寫序與書評〉，南洋商報，1984年9月16日。
[28] 楊錯：〈看了謬論的感想〉，吉隆坡：中國報，1984年10月2日。

楊錯的觀點獲得另一位作者韓振華的贊同。韓振華在十一月十八日發表了〈不當的比喻〉一文，針對〈寫序和書評〉裡的所有不當的比喻作出批評。韓氏認為黎川把書比喻為公司，把書序比喻為獻詞是不恰當的。另外，韓氏亦不贊同黎氏把文評家比喻為食客。[29]

　　〈不當的比喻〉刊登一星期，黎川撰文反駁，發表了〈寫序二三事〉。從〈寫序二三事〉的行文看來，黎川顯得不耐煩，措辭也頗為情緒化。嚴格來說，黎川之文內容貧乏，也引用了不少無關痛癢的資料，顯得力不從心。有關文章刊登不久，韓振華馬上撰文反駁，發表了〈誰是篤實的寫作人〉，指正黎川的論點，並認為〈寫序二三事〉比〈寫序和書評〉更差。韓氏的文章發表後，黎川不知是默認還是無話可說，便不再撰文討論，序文被拒事件之論爭也因此告一段落。

　　總的說來，序文事件的起因是端木虹的〈代序澄清〉[30]。由於端氏拒絕把充滿負面評語的序文納入書中，引起了許多作者的注意，紛紛寫文章討論。根據筆者的資料，從溫任平的序文到韓振華的〈誰是篤實的寫作人〉一共有十八篇文章談及序文事件（見附錄）。討論時間長達五個月。這不大不小的論爭是馬華文學史上值得一書的事件，因為它反映了當時評論的風光，也反映了一些作者出書，請人寫序的心態。這提供了良好的文學史資料。

---

[29] 韓振華：〈不當的比喻〉，中國報，1984年11月18日。
[30] 端木虹：〈代序澄清〉，南洋商報，1984年8月12日。

七、結論

總的說來，溫任平為友人作品集寫的序文，由始至終，都保持其一貫的風格。他的序文，優劣並陳，啟發引路，每一篇都是書評，每一篇都值得一讀。這種內容扎實的序文，不但對得起受序人，對得起讀者，也對得起寫序人自己。如果寫序人敷衍了事，這無疑是一種文字的浪費。縱使序文曾經被拒，溫任平也沒有改變其做法。但是，序文被拒對他不能說沒有影響。筆者發現，他近年來較少為他人寫序，除了工作繁忙之外，序文被拒之陰影也是一個重要之因素。

我很欣賞溫任平寫序文的態度與做法。我認為馬華文壇需要像溫任平這樣的文學評論家，需要溫氏所寫的序文。年長之作家需要他去定位，年輕作家需要他的鼓勵。因此，他不應該做「文學評論的逃兵」。

本文探討的只是溫氏為作者文集所寫的序文而已，方便探討其序文的風格及在序文中所流露的文學觀，其他為選集、文學選、作品特輯所寫的序文則因篇幅關係而無法論述分析，只能留待日後另外撰文評述。

【附錄】

溫任平的序文及其迴響

溫任平：端木虹的詩語言──《湖的傳說》代序，南洋商報，1984
　　年7月15日。

端木虹：〈代序的澄清〉，南洋商報，1984年8月12日。

溫任平：〈寫序趣談〉，星洲日報，1984年8月28日。

孔方兄：〈寫作人趣聞──未收進書內的序〉，星洲日報，1984年
　　9月8日。

麥秀：〈也談寫序〉，星洲日報，1984年9月10日。

黎川：〈寫序和書評〉，南洋商報，1984年9月16日。

韓振良：〈找人寫序〉，星洲日報，1984年9月17日。

江醉月：〈教你寫序〉，新生活報，1984年9月26日。

楊錯：〈看了謬論的感想〉，中國報，1984年10月2日。

扁擔：〈序文惹的禍〉，中國報，1984年10月2日。

孔方兄：〈寫作人趣聞──新的課程：怎樣寫序〉，星洲日報，
　　1984年10月18日。

潘國庭：〈序文傳奇〉，中國報，1984年10月27日。

黎川：〈針對謬論的澄清〉，中國報，1984年10月28日。

楊錯：〈針對《荒謬》的反擊〉，中國報，1984年11月14日。

韓振華：〈不當的比喻〉，中國報，1984年11月18日。

黎川：〈寫序二三事〉，南洋商報，1984年11月25日。

溫任平：〈我需要您的鼓勵〉，星洲日報，1984年12月4日。

韓振華：〈誰是篤實的寫作人〉，中國報，1984年12月12日。

銓序一文為易，彌綸群言為難

——論溫任平選集序文的方法

一、前言

在〈優劣並陳，啟發引路——論溫任平的序文〉中，筆者論述了溫任平為作家個人專集所寫的序文的風格及常用的方法，也交代了序文被拒事件的來龍去脈及所引起的迴響。這篇工作論文已在留台聯總主辦的國際文學研討會提呈[1]。在這篇論文裡，筆者總共討論了溫氏的十二篇序文，兩篇由於篇幅關係而未論及，其他七篇則因為性質不同而延至今日始另撰文評論。

本文將檢討的是溫任平的其他七篇序文。這七篇序文可以分為兩種類型。其一是為詩選所寫的序文，共有兩篇，即（一）〈燈火總會被繼承下去的——序《大馬新銳詩選》〉[2]，（二）〈藝術操

---

[1] 有關研討會已於一九九七年十一月二十九及三十日假吉隆坡聯邦大酒店舉行，共有三十八位學者提呈工作論文。所有論文經已裝訂成一本《論文與報告》。筆者之論文刊於該《論文與報告》第三百零九頁至三百三十一頁。

[2] 《大馬新銳詩選》由張樹林主編，收錄了二十三位馬華現代詩壇新銳的詩作各五首。每位入選詩人都附一則作者的話。這一批新銳，據主編所言，是《大馬詩選》後的另一批作者，是馬華詩壇一股力量可觀的後浪，是未來的接班人。可惜的是，這批詩壇新銳到今天還繼續創作的實在不多。比

守與文化理想——序《天狼星詩選》〉³。其二是為合集、作品特輯及文學選所寫的序文，共有五篇，即（一）〈寫在《大馬詩人作品特輯》前面、（二）〈綜論馬華文學的背景與處境——序《馬華文學選》〉、（三）〈為什麼我們要從事文學創作？——序《走不完的路》〉、（四）〈馬華現代文學的幾個重要階段——序《憤怒的回顧》〉⁴、（五）〈《馬華當代文學選》總序〉。

較常寫的是子凡，現用本名游川繼續創作，先後出版了詩集《蓬萊米飯中國茶》及《血是一切真相》。沈穿心還在寫作，但產量不多，也以影印本的方式出版過一部詩集。沙禽，楊百合仍有詩作，以前者質量豐碩。殷建波停了一段長時期，最近與繆斯再續前緣，印行了詩集《草色青青》（1997年12月）。何啟良已是政治學博士，多從事社會評論的工作，很少寫詩。張瑞星也走上了學術的道路，比較常寫文學評論。其他都已熄火停工，實在可惜。

3　這是一部以詩社為單位的同仁詩選，由沈穿心任總編輯，洪而亮和黃海明任編輯委員，收錄了三十七位社員的作品。所有入選之社員都寫一篇前言當作自序，抒發個人對詩的觀感和所持的信念，或闡述個人的寫作經驗與心得。除此之外，每位作者尚附小傳，照片及代表作若干首。詩選中的作者，也同樣令人失望，因為繼續創作的實在太少了。

4　《憤怒的回顧》由溫任平主編，藍啟元任執行編輯，謝川成任助編，天狼星出版社出版，一九八〇三月初版。本書共有三個部分。第一部分有五篇論文：（i）馬華現代散文三重鎮（張樹林）；（ii）馬華現代文學新生代作者的困境（藍啟元）；（iii）馬華現代的中心主題試探（沈穿心）；（iv）以宋子衡、菊凡為例，略論馬華現代短篇小說的題材與表現（謝川成）；（v）馬華現代文學的意義與未來發展：一個史的回顧與前瞻。第二部分是訪談，共訪問了十個人各從七個角度對現代文學提出批評。這七個問題如下：（i）一九七九年是馬華現代文學萌芽以來的第二十個周年，您是否贊同二十年來馬華現代文學的發展已取得一定的成就？（ii）您認為二十年以來的馬華現代文學，以哪一種文類的創作最豐富？原因何在？（iii）對於馬華現代文學的創作與取材方面，您有何意見？馬華現代文學有何優點和缺點？（iv）無可否認的，在馬華現代文學的發展過程中，曾有過不少的阻礙與抗力，您認為這些阻礙與抗力的癥結何在？（v）在可預見的將來，從事

二、綜合分析，操守秉持

在為詩選所寫的兩篇序文中，只有一篇是針對選集中詩作品內容、風格而寫的，另一篇則是一般評論。前者為〈燈火總會被繼承下去的〉，後者則是〈藝術操守與文化理想〉。

為一群作家／詩人的選集寫序，從不同的風格中窺出某些共同點，殆非易事。寫這樣的序文，作序者「即要照顧全域，理清來龍去脈，又要知所輕重，標出要角、主流，所以顧此失彼、掛一漏萬，當然難免。」[5]

溫任平在為《大馬新銳詩選》寫序時，從兩個角度去分析和論述二十三位詩人的作品。他首先從眾多風格相異的詩作中，歸納出一個大部分詩人關心的主題。這個主題就是文化的鄉愁。溫任平這樣寫：

現代文學創作的作者，應該如何去克服上述癥結或難題？（vi）我們時常可聽到「文學大眾化」的呼聲，就當前現代文學的趨向來看，您對這個問題持何見解？（vii）依您看，馬華現代文學的前景如何？第三部分是資料，收錄的是天狼星詩社由一九七〇年至一九七九年之大事記。

[5]　余光中認為為選集寫序是很困難的一件事，他自己在替《中華現代文學系：臺灣一九七〇－一九八九》及《新詩三百首》這兩部選集作序時，曾這樣感歎：「而對那麼多作者，背景迥異，風格各殊，成就不一，實在難以下筆，更遑論輕重得體，評介周全。例如《三百作家二十年》一文，對於詩、散文、小說三者雖然勉力論析，但對於戲劇和評論照顧不足，總是遺憾。」見余光中：《井然有序》，台北：九歌出版社，一九九六年初版，頁8。

就筆者審察所得，這一群新生代的表現雖然各異，然而有一個中心主題，似乎是許多作者不約而同地關切著的。這個主題是：文化的鄉愁。對一部分作者而言，這種鄉愁是一份哀痛甚至是一種精神上的煎迫；對另一部分作者則撞擊力較輕，它是一種感觸，一份悵惘。更深一層的分析是，有些作者對這種文化的鄉愁是極度自覺的，因此每每發而為悲歌慷慨，或抑揄嘲弄；另一部分作者就沒有那麼自覺，它只是潛伏於作者內心的一股隱隱約約的鬱悶，時而湧現為下意識的流露。大致而言，後者較含蓄矜持，不似前者那麼激越悲楚。[6]

筆者認為，溫任平從中心主題的角度去分析這二十三位青年的詩作是一個正確的作法。這麼多作者不約而同地關心同一主題是不尋常的現象。從文化鄉愁這個主題的分析，我們或可窺見當時年輕詩人文化孺慕的心理傾向。由此觀之，年輕的現代詩人並未放棄傳統，反而在意識或下意識裡紬念傳統文化。

找出各作家共同的主題已是不容易的事情，進一步把表達這個共同主題的方法逐一分析，更具挑戰性。無疑的，溫氏在這兩方面都做得不錯。他肯定了文化的鄉愁這個共同主題之後，進一步分析

---

[6]　溫任平：《文學觀察》，安順：天狼星出版社，1980，頁24。

各詩人表達這個主題的方法。從行文中，讀者可歸納出以下幾個表現文化鄉愁的方法或途徑：

1.直抒胸臆式。

2.從茫然流露微妙錯綜的矛盾情感。

3.化鬱悶為孤苦聳拔的長柱意象。

4.不落痕跡的心物交感法。

5.古典浪漫法──以古典的題材表達浪漫的精神。

6.借他人之酒杯，澆自己胸中塊壘。

序文有導讀的作用。能夠具體地分析各詩人運用不同手法表達相同之主題，作序者提供了多角度之欣賞空間，使讀者更能從詩人的不同表現中獲益，這對有意從事創作的讀者有啟蒙的作用。對已經從事創作的詩人而言，這種分析有助於引導他們瞭解他人的表達手法，並借鑒摹仿，使創作技巧更加多樣化。總的來說，溫氏從二十三位詩人中，找出大部分詩人縈心之念的題旨，是件很有意義的事情。

　　可惜的是，有人並不欣賞溫氏的努力。他們認為從「文化的鄉愁」這個角度來審察現代詩二十三位新銳的作品有「以偏概全」之嫌。我認為，「以偏概全」的情況並不存在。寫序方法多種多樣，溫氏用的是歸納法。他從二十三位詩人作品中歸納出一個大部分詩人都寫的共同主題，然後加以論述，並且同中求異，還分析了表達共同主題的不同方法。這種作法怎麼會以偏概全呢？況且，溫氏在

序文中總共提到二十三人中之十六人，接近詩選總人數的四分之三，以偏概全的質疑應該不能成立。誠如溫任平所言：「每一位詩作者都有他特殊的心靈世界，寫序人只能綜觀全部詩作者的作品，然後抓住某一條主線加以闡析，實在沒有可能把每位作者的優劣點一一表陳於讀者前面。」[7]

溫氏很清楚寫序者的困境，也瞭解一篇序文的局限，所以才採用上述歸納法去寫有關序文。在方法學上，我贊同溫氏的看法，他並沒有犯規。更何況，那些未被論及的詩人，溫氏在序文的最後部分就特別提出。被提出的詩人包括楊百合、冬竹、蕭郁、沙禽及潘天生五位。這就使序文中論及的作者共達二十一位，占入選詩人總數之九十一點三巴仙。這種作法也算以偏概全嗎？

張默為《新銳的聲音——當代25位青年詩人作品集》作序，以詩語言的創造程序為重點，分析了多位詩人在這方面的表現。他把青年詩人在詩語言的創造程序分為四種樣相：壓縮與伸展、矛盾與和諧、豐繁與明亮及獨特與抗拒[8]。不過，張默行文時只論及九位詩

---

[7] 溫任平：《文學觀察》，安順：天狼星出版社，1980年初版，頁116。

[8] 根據張默，所謂「壓縮」，就是儘量把作者的思想、情感、意念等等，以極精煉確當的字眼，使其所欲表現的同時集中到一個焦點上。所謂「伸展」，就是儘量擴大語言背後所發生的影響與感動的能力。所謂「矛盾」，就是指語言與語言之間的關係，在表面上刻意營造成一種相克甚至對立，藉以產生不尋常的效果。所謂「和諧」，是指詩的語言、調子、氣氛……都是在極和平的狀態下進行，令人達到一種知性的滿足。所謂「豐繁」，是指一首詩的精神內涵，不是單一的，突兀的，而是多姿多彩的。所謂「明亮」，就是不晦澀，不故布疑陣，整首詩的節奏、調子、感覺都是輕快的、悅樂的、有彈性的。所謂「獨特」，就是不抄襲，不模仿他

人的作品，而入選的詩人則多達二十五位，只占全書人數的三十六
巴仙。從這個角度看，張默豈非也有以偏概全之嫌？[9]

　　除此之外，張漢良為《八十年代詩選》寫序時，詳加分析了部
分詩人田園模式的各種變奏，並舉例引證。[10]張漢良在序文中只論
述了十九位詩人的作品，但入選《八十年代詩選》的作者共有五十
六位。換言之，換言之，張氏序文所論及的作者只占詩選總人數的
三分之一。因此，張漢良同樣有以偏概全之嫌。我認為，溫任平、
張默及張漢良在方法學上並沒有錯。寫序方法多種多樣，不同的作

　　人，完完全全是屬於自己的，是自己獨自創造的。所謂「抗拒」，就是說明
　　語言本身的排斥性，語言在未為詩人所掌握與馴服之前，它是非常的頑固，
　　如何把語言置於詩人的雙掌之間，而解散抗拒的力量，這是一個詩作者所應
　　特別努力探求的。詳見張默、朱沈冬、管管、沈臨彬合編《新銳的聲音——
　　當代25位青年詩人作品集》，台北：三信出版社，1975，頁1-22。

[9] 詳見張默、朱沈冬、管管、沈臨彬合編《新銳的聲音——當代25位青年詩
　　人作品集》，台北：三信出版社，1975，頁1-22。

[10] 張漢良認為八十年代十年來詩壇群賢競秀，要勾勒出明顯的輪廓似非易事。
　　縱然少數詩人還保持某種獨特的創作規矩，能夠自成方圓，但大體而言，
　　《八十年代詩選》作者，普遍顯示出田園模式的各種變奏。這種田園模式
　　可以分為兩種：一為現實的、文化的層次；一為心理的，形而上的層次。
　　其分別則在於時空的特定與否，前者屬於特定的，現實的時空，如臺灣、
　　大陸、二十世紀與唐朝；後者屬於不定的，普遍的時空，如城市人對田園，
　　成年人對童年。張氏認為余光中在香港懷念大陸，楊牧在美國遙想花蓮。
　　大陸與花蓮都是現實的空間，特定的地理名詞。另外，楊牧追憶的韓愈與
　　古詩，方莘追憶的唐朝與古希臘也是特定的文化時空。年長的羊令野懷念
　　襁褓時的乳汁，青年蘇紹連追索錄音帶倒退的童年聲音，兩者都代表人類
　　普通的心理上的時空範疇。前者是特定時空，後者是心理時空。張氏把心理
　　的或形而上的稱為田園模式的第一主題，現實的或文化的稱為第二主題。
　　第一主題是人類普遍的原型，第二主題是文化架構中的變奏。詳見張漢良著
　　《現代詩的田園模式——〈八十年代詩選〉序》，收錄於張氏之《現代詩論
　　衡》，台北：幼獅文化事業公司，1981，159-176頁。

序者將從不同的角度或不同的方法來寫序，並無對錯的問題，以偏概全之嫌亦不存在。在一部詩選裡頭，入選詩人作品風格各異，題材的選擇、形式的開拓，與文字的駕馭，彼此各創蹊徑，可謂群賢競秀，要勾勒出明顯的風格或輪廓實在很困難。因此，作序者只能窺其大致的脈絡，引導讀者從這個脈絡欣賞入選詩人的作品。其實，溫任平、張漢良和張默都清楚序文中論述的任何主題或風格都很難以包括全部作者。因此，他們都在序文中提到其他詩人或交代編輯的過程等。溫任平在溫氏這篇序文中還提到一個重點：即新銳詩人與先驅的血緣關係。這是件不易估衡的工作。作序者首先必須對現代詩的前驅有廣泛的認識與瞭解，然後在閱讀新銳作品時，又能看出新銳的趨勢，最後才把閱讀所得與前行代之風格聯繫，肯定彼此之間的血緣關係。這樣的工作，不但困難，而且不討好。無論如何，溫氏在序文中還是作了這方面的嘗試。

　　根據溫氏的分析，新銳於前行代的關係如下：

新銳	前行代
（a）子凡	笠詩社同仁
（b）林秋月	方娥真
（c）何啟良	溫瑞安 余光中 方旗
（d）殷建波	黃昏星
（e）金葉子	艾文

雖然所提的詩人不多，不過這種努力可謂難能可貴。當然，如果多提一些詩人，情況會更好，前後兩代詩人的血緣關係就更加具體明確。

簡言之，溫氏在〈燈火總會被繼承下去〉裡用的是歸納法與比較法。前者有助於勾勒眾多詩人之共同點，後者則能引導讀者看出新銳與前輩作者的血緣關係。這兩種方法的綜合使用，提供了不同的欣賞角度，在某程度上，也開拓了讀者的視野。

溫任平也為《天狼星詩選》寫了一篇序文，題目是〈藝術操守與文化理想〉。由於本詩選是一本同仁詩選，與《大馬新銳詩選》不同，因此，作序者便採取不同的方法來撰寫。

根據賴瑞和的看法，七十年代成立的天狼星詩社向外界展示了一個「神話王國」的姿態。[11]這個神話王國有點超現實，也有點神祕感。張惠思甚至認為天狼星詩社有點像原始部落啟蒙儀式：

> 我17歲那年，喜歡閱讀關於原始部落的啟蒙儀式。寓居在記憶裡最鮮明的是張靜二寫的論啟蒙故事的文章所寫的那樣，在原始族群中，所有的男子都必須經歷一個啟蒙儀式，包括了在途中會遭遇到烈火、棒棍、獅人，甚至隔離，只有真正能度過這些遭遇且平安歸返的族人，才算是「成人」。也

11　賴瑞和，〈一個神話王國：天狼星詩社〉，刊於學報第869期，友聯出版社，1973年。

許，因為是儀式，便會有結束的一天。所以在那個時候，我就一直偷偷在想，在文學上，是否自己也會被賦予一個啟蒙儀式的過程……，一切承擔與挫折之後，就可以算是跨入「成人」的結局，這樣多好。而像天狼星詩社呼喚朋友的結社方式，便是我念念企求卻從來不曾實現的儀式之一。[12]

張惠思的比喻有點「驚人」。其實，天狼星詩社在文學訓練方面的確有其一套方法。有緣人可參與其中而受惠，無緣者只好望門興歎或隔著時代而感歎。馬大中文系講師何國忠就曾表示過，他年輕的時候頗嚮往天狼星詩社，只可惜無緣入社。張惠思在〈天狼星〉一文也提到：「天狼星詩社的故事好長，許多我也不盡知道，我只是一個相隔著時代與年代的後來者，從書本中看見了他們在生命中的某一段流程裡緊緊貼著文學呼吸的生活。」一個同仁團體，一個鼓吹創作的詩社，竟然會引起後人的不同想像。這個大概是創辦人溫任平所意想不到的吧！

由於外界對天狼星詩社不甚理解，溫任平的序文就揭露了不

---

[12] 張惠思在文中還這樣寫：「天狼星詩社這個名字對我來說，就像是一張斑駁跡黃也已經殘存不堪的老照片，卻散發著誘人思索的力量。雖然我所得知的僅僅是一些模糊故事的段落或片斷的抒情釋說，卻也正是如此，更讓我任由自己在心底鋪展著許多想像與遐思……天狼星詩社的故事好長，許多我也不知道，我只是一個隔著時代與年代的後來者，從書本中看見了他們在生命中的某一段流程裡緊緊貼著文學呼吸的生活……於是天狼星便慢慢的，成了我探索於書寫世界中不易疾墜的文學神話。」詳見張惠思〈天狼星〉，刊於星洲日報星辰版，1997年10月11日。

少天狼星詩社的「秘聞」。換言之，溫氏趁《天狼星詩選》這本具
有代表性的詩選出版之際，揭開天狼星詩社的神祕面紗，讓馬華文
學界一窺詩社的各種狀況。這種作法也為馬華文壇留下極為重要
的文獻。

　　序文共有五個部分，每段的內容不盡相同。首先，溫任平說明
選擇在一九七九年出版詩選，主要目的有二：其一是為馬華現代詩
的二十歲誕辰獻上一束心香；其二是為另一個文學週期的啟蒙吹起
了號角。之後，在同一個部分裡，溫任平詳細地審察了半個世紀以
來的馬華文學的傳統。

　　當時的馬華文壇流行文學工具論。溫任平及其同仁不贊同那種
「文學只是階級意識的反映」的論調，更不能接受「文學即宣傳」
的偏見。這些偏頗的論調都穿了一件現實主義的外衣，有關作者在
作品中所表現的現實流於表面。溫氏認為文學作品的寫實應兼顧外
在與內在的寫實，前者是現象的，後者是心理的，兩者兼顧，才能
達致真正的寫實。

　　由於文學觀點與當時流行的觀點不一樣，立場頗前衛，姿勢又
頗「反動」，溫任平領導的天狼星詩社就被斥為標新立異的一個文
團體。這種印象一直延續，直到《天狼星詩選》出版，溫任平才在
序文中作以下的交代：

　　　「事實上，天狼星並不如許多人想像的那麼『前衛』」。我
　　們鼓吹文學上的現代主義，但現代主義大概自五十年代以來

（五九年開始）即陸陸續續地被介紹進來馬華文壇，在天狼星之前有蕉風、海天、荒原、銀星等團體在它們的刊物上登載與推介現代主義的理論與作品，因此現代主義於此時此地並非由天狼星詩社首倡。只是除了蕉風之外，海天、荒原、銀星等文藝團體壽命均極短，不能發揮它們長遠的影響。天狼星詩社在某個意義上是繼承與接續這些早夭的團體的未完成使命，冀望能做一些實際的工作去普及文學教育，使更多人認識到接觸到文學藝術的真諦。而我們所大力推動的現代主義，並不特別推崇二十世紀以降歐美及其他各國的某些新興的文學思潮，正確地說，我們所推動的是廣義的兼容並蓄的現代主義。[13]

上段文字說明了天狼星詩社的立場，取向，有助於化解長時期大家對該詩社的誤解。許多誤解都是因為偏見所造成的。如果馬華文學界稍為留意天狼星詩社社員的文章及文學觀點，他們就不會有上述偏頗的看法，更不應該排斥天狼星詩社。

第二部分闡述了天狼星詩社的活動，其中包括文學座談會、辯論會、研討會、詩歌朗誦會等。

第三部分敘述了天狼星詩社的特殊創作訓練方法。在草創時期，社員們每月必須交上若干篇稿件。另外，詩社為了鼓勵社員積

---

[13] 溫任平：〈藝術操守與文化理想〉，收錄於沈穿心主編：《天狼星詩選》，安順：天狼星出版社，1979，頁11-12。

極創作，便辦壁報及出版手抄本及油印本。以這種方式出版作品集，數量有限，流傳並不廣泛，讀者一般只限於社員及一些較熟悉的文友。除此之外，天狼星也主辦唐宋八大家及多種創作比賽，以鼓勵社員交出好作品來。最後，也是最有鼓勵作用的活動是整理社員的作品並交給報章發表。

由上述活動，我們不難看出天狼星詩社社員文學創作態度是多麼的嚴肅和認真。借用溫任平的話，他們是「以宗教家的虔誠」，來從事他們的文學事業的。這種精神與態度非常難得，尤其是功利至上的現代社會，這群人給人的感覺是「傻勁十足」，但另一個角度看，他們也是功利社會裡的一股清流。

序文的第四個部分交代了天狼星詩社的出版狀況。這裡所敘述的出版已超越了手抄本和油印本的局限，改用印刷出版。天狼星詩社在那時期所出版的書籍主要有三大類：（1）年度詩人節紀念特刊；（2）社員個人作品專集；（3）詩選／合集。

溫任平不耐其煩地交代這些出版的細節，主要是方便讀者瞭解天狼星詩社的成長與貢獻。詩社是經過一段艱辛的階段才走向出版作品的。由此觀之，天狼星諸君已不願孤芳自賞，他們希望馬華文壇，甚至港臺文學界也注意他們的作品。

序文的第五個部分是非常重要的。在這個部分裡，溫任平不但列出了天狼星詩社的工作與宗旨，也為出版狀況作一總結。這兩種資料，尤其是第一種資料，若不是創辦人自己列出來，相信一般讀

者甚至社員也未必清楚或瞭解。溫任平在序文中把天狼星詩社的工作與宗旨歸納為六項：

1. 繼承海天、荒原、銀星等刊物未完成的使命。
2. 栽培文學的新生代，盡可能獎勵提攜後進，為文學界提供新的血輪。
3. 建立一種以文學藝術為事業與職志的生命信仰。
4. 在文學界矗立一座不顧現實的考慮，孜孜於文學藝術的追尋之典範。
5. 在我們能力做到的範圍內，盡可能普及文學教育，使文學在文化格局中發揮更大的潛移默化的功能。
6. 維護文學作為一門藝術的尊嚴。文學並非政治的附庸，作家的任務不是充當某種政治教條的傳聲筒，而是客觀的、忠實的、全面而深入的去探究現實與人生。

由以上的說明，馬華文學界才比較清楚這個神話王國的創社宗旨及其所做的工作。如果沒有這種交代或說明，以後的馬華文學史，在議論天狼星詩社時，一定會有所欠缺，資料肯定不夠完整。尤其是到了以後，年淹代遠，不僅是外人，甚至連社員本身也未必能記得詩社的宗旨與工作。

總的來說，溫任平這篇序文，運用敘述法，詳細闡述天狼星詩社的宗旨工作、活動、出版狀況以及社員們對文學的態度。這樣詳

細的交代，有點像神話王國的大開放，一夜之間，神話傳說化為具體的宗旨與工作。類似的序文作法似乎是同仁選集／詩選的一貫特色。例如，在一九八六年，臺灣藍星詩社出版了《藍星詩選》。余光中在為詩選寫序時也列出了藍星詩社的四種風格：（1）不劃界限；（2）不呼口號；（3）不相標榜；（4）不爭權威。[14]

三、揭露事實，提高素質

　　〈綜論馬華文學的處境與背景──序《馬華文學選》〉與〈《馬華當代文學選》總序〉這兩篇序文的性質與內容比較接近，可以比較論述。前者從題目即可窺出序文之大概內容，全文共六個部分，第一部分的大概內容如下：

　　（一）「馬華文壇」一詞釋義。
　　（二）馬華文學的背景：
　　　　　1.文學書籍非常缺乏
　　　　　2.文學書籍滯銷
　　　　　3.讀者的趣味普遍低下
　　　　　4.作家創作韌性不堅強
　　　　　5.女作家奇少

---

[14] 余光中：〈井然有序〉，臺北：九歌出版社，1996，頁404-407。

（三）報章、雜誌、文學團體與馬華文學之關係

（四）華人社會資助馬華文學

　　　1.雪潮州八邑會館成立學術文藝出版基金

　　　2.馬華公會設立文學鬥士獎

　　　3.南洋商報——「我對馬華文藝前途的看法」筆談

　　　4.人和出版社——為馬華文藝工作者出版了約十本書

　　　5.建國日報——設建國文叢，為馬華作者出版單行本

　　　6.各同仁出版社如犀牛、摸象、鼓手、棕櫚、學報、海
　　　　天、天狼星、今天、紫曦、泰來先後出版了一些新書

　　　7.學院派學者重視馬華文學

（五）比較現代派和寫實派的思潮趨勢

（六）編輯過程

　　以上六項內容可謂十分廣泛，馬華文學的各種情況都被詳細敘述交代。由此觀之，作序者所收集之資料十分豐富而在撰寫又能有條不紊地敘述清楚。

　　仔細閱讀選集序文的讀者，肯定會對馬華文學有所瞭解。根據資料，這本《馬華文學選》由臺灣某出版社出版。既然文學選在臺灣出版，它必定在臺灣流通，溫任平的序文因而更顯得重要。換言之，這是一部對外的文學選，編者除了確保作品優良，也有責任讓國外讀者瞭解馬華文學。編者溫任平所寫的序文頗能有效地引導讀者瞭解馬華文學的背景與處境。

　　這篇序文共有六大重點，分別在六個部分中論述。這是一種分部論述法。筆者認為，這種分部分的寫法是不錯的，因為它可避免論文內容太過擁擠，也方便讀者閱讀。一篇一氣呵成的文學評論雖然有其「氣勢」，但是，這種寫法比較枯燥，如果讀者不願讀這種文章，那麼文章的意義就不存在了。文章一定要有讀者，有了讀者，作者的目的才算達到，文章才可發揮其感染力。溫任平的序文乃小段集中論述，優點是重點明確，頗能引起讀者的閱讀興趣。

　　〈《馬華當代文學選》總序〉也是以上述方式撰寫的。優點如上所述，缺點也有一些。筆者覺得，序文各小部分只放（一）、（二）、（三）、（四）等是不夠的。讀者必須讀完一小部分才知道其中要點，如果各小部分都加上小標題，序文給人的印象就更加結構嚴謹，重點明確，一目了然。

　　就內容而言，〈《馬華當代文學選》總序〉與〈馬華文學的背景與處境〉相似，但前者對各項課題論述得更詳細，更深入。為了方便討論，筆者將兩篇序文的要點並列於下表：

	〈馬華文學的背景與處境序：《馬華文學選》〉	〈《馬華當代文學總序》〉
（一）	「馬華文壇」一詞釋義	「馬華文壇」一詞釋義
（二）	馬華文學的背景	現代主義與現實主義之論戰
（三）	報章、雜誌、文學團體與馬華文學之關係	現實主義的兩大缺點： （1）思想主題狹隘化； （2）對文字形式技巧的普遍忽視
（四）	華人社會資助馬華文學	現代主義缺點： （1）社會意識貧弱 （2）晦澀
（五）	比較現代派和寫實派的思潮趨勢	加強和改善馬華文學的素質
（六）	編輯過程	寫實真義與人文立義之重要
（七）		介紹編輯委員，編輯過程

如上所見，兩篇序文都是針對馬華文學的背景與處境抒發意見，前者比較一般性，後者由於是一部當代文學選的序文，重點就集中在「當代」馬華文學的背景與處境。

兩篇序文在第一部分裡都談到「馬華文壇」一詞之意義。不過，在〈《馬華當代文學選》總序〉裡，溫任平除了解釋有關詞語意義外，還敘述了他把個人的文學想像置於早期（五十年代）的「感受格局」裡閱讀馬華文學作品的經驗，也指出早期出版的馬華文學大系的缺點以及說明《馬華當代文學選》選入六十年代及七十年代作家作品的根由。

另外，兩篇序文都論及現代主義與現實主義的思想趨勢。在〈綜論馬華文學的處境與背景〉裡，溫任平只用了七百字左右論述

兩派之間的問題，可謂蜻蜓點水，著墨不多。然後三年之後[15]，溫任平卻針對這兩種文學派系的問題詳加評論。溫氏在論文中用了三個部分來論述，大概有四千字，占了序文近半的篇幅。由此可以看出溫氏的用心及序文的重點。

在上述近四千字裡，溫氏首先敘述現代主義與現實主義的論戰，並強調論戰之後並未帶來任何成果，唯一勉強可謂成果的是：兩派作者都在努力改善各自作品的缺點。接下來的兩個部分分別力陳現實主義及現代主義的缺點。溫氏的看法是現實主義的缺點在於思想主義狹隘化以及對文字形式技巧的普遍忽視。現代主義的缺點則是社會意識貧弱，以及文學技巧形式不必要的炫弄新奇所造成的晦澀之病。溫氏的評論可謂中肯，完全沒有偏頗之處。他自己雖然是現代派的重鎮之一，他也不客氣地批評了現代主義的缺點。他的出發點是明顯的，他並沒有借總編輯之方便，狠狠鞭苔現實主義而不留餘地，也沒有借此大好機會力捧現代主義，誇大現代主義之優點。平實言之，溫任平對這兩種文學派系的評論是有學術根據的，並非依個人的偏心來評論。他直指兩派的問題癥結，目的是要兩派的作者正視各自的問題，不要意氣用事。溫任平作序時的率直作風在此又有一明證了。

筆者在〈優劣並陳，啟發引路〉一文中曾提到，溫氏替人寫序總會率直地指陳有關作品的缺點與問題，不過，在診斷了病情之

---

[15]　〈綜論馬華文學的處境與背景〉寫於一九七八年三月二十八日，〈《馬華當代文學選》總序〉寫於一九八一年五月十九日。

後，他通常會開一張或數張藥方，以便參考使用。在〈《馬華當代文學》總序〉裡，溫氏的作法也沒有改變。在批評了現代主義與現實主義的問題之後，他便在序文的第五個部分提出了加強和改善馬華文學素質的建議。這些建議都具有參考價值，對各派作家肯定會有幫助。

第六部分雖然談論的是寫實真義及人文主義的重要，其實內容上承第五個部分。在這裡溫任平從另外兩個角度來討論提高作品素質的問題。他把這段論述置於另一部分，是為了避免第五部分負荷太重議題過繁。

總的來說，這兩篇序文都針對馬華文學的處境與背景作出了詳細的論述，只是著重點不同而已。兩篇序文都運用了分析歸納及比較法切中肯綮，都能有條不紊地把問題陳列出來，讓讀者有個明確的印象。馬華文學的處境與背景有其特殊的一面，倘若大家都能正視其中存在的問題與缺點，而將之改善，筆者相信，馬華文學有朝一日必定會受到國際的注意。溫任平寫這兩篇序文左右開弓，很容易陷於兩邊不討好的處境，但要正視問題，便得揭開真相。

四、為馬華現代文學撰史

在溫任平的所有序文中，唯一從歷史的角度來撰寫的是〈馬華現代文學的幾個重要階段──序《憤怒的回顧》〉。《憤怒的回顧》是一本馬華現代文學二十一周年紀念專輯，內容包括專題論

文，訪談及天狼星詩社七十年代之大事記。溫任平以寫文學史的方法來寫序文，令人耳目一新。

在這篇序文裡，溫任平把二十一年來的馬華現代文學分為幾個主要的階段，那就是：

（一）探索時期（一九五九年至一九六四年）

（二）奠基時期（一九六五年至一九六九年）

（三）塑形時期（一九七〇年至一九七四年）

（四）懷疑時期（一九七五年至一九七九年）

（五）自覺時期（一九八〇年始）

把短短的二十一年的馬華現代文學運動分為五個階段無疑是比較危險的做法。弄得不好，不僅現代主義作家不接受，其他派系的作家也會抨擊。還好，溫任平非常熟悉馬華現代文學的狀況。加上他的觀察力敏銳，因此寫起文學史來頗能照顧周全。作者的崛起與沉寂，各種文學現象，新生代的問題，莫不在溫任平宏觀議論中各就各位，脈絡分明。

馬華現代文學一向以來都不大受到重視，甚至一些馬華現代作家本身也妄自菲薄，不看重自己。然而，事實是殘酷的，時間是無情的，現代作家如果不主動為自己做點事情，他們肯定將淡出於人們記憶的模糊區，被人遺忘。天狼星詩社出版《憤怒的回顧》，目的大概就是要證明現代文學的存在與尊嚴。溫任平從史學的角度，

以撰史的方法作序，目的即是為了證明在這特定的時空裡，一股新的文學潮流已湧現，開始時是沉潛的，後來就慢慢受人注意，最後蔚為風氣並為許多年輕作者所接受。這種主動的作法出於對歷史或文學史的覺醒。現代文學要在馬華文壇留下注腳，出版書籍是可靠的方法，為現代文學撰寫文學史，更能為日後的馬華文學史留下具體事實。筆者不知道以後會不會有人重新撰寫馬華文學史，若有的話，作者必定會參考溫任平的序文及《憤怒的回顧》裡的文章與資料。這種文章與資料到了將來會成為非常寶貴的歷史文獻。

在同一篇序文裡，溫任平也談到其他事項。例如，在第二個部分，溫氏就強調收集資料的重要性。他舉例，像支持現代文學的蕉風月刊與學生週報，竟然沒有一個團體擁有一套齊全的蕉風月刊與學生週報。這對以後馬華現代文學史的撰寫，無疑是非常棘手的事情。由此觀之，溫任平對歷史的覺醒是明顯的，而他在序文提出的有關論點，目的不外乎讓人瞭解收集史料的重要，同時也鼓勵個人或團體認真有系統地收集馬華現代文學的資料。

第三部分敘述的是編輯過程。第四部分則是回顧現代文學時的感受。

一言以蔽之，這篇序文是溫氏所有序文中最特別的序文，因為他是用史學的方法來寫序。對溫氏而言，這是空前的做法，也可能是絕後的寫序風格，因為以後大概沒有什麼機會出版類似的書籍。我有個建議，溫任平既已為二十一年的馬華現代文學寫過發展史，他應該也可以在一九九八年為馬華現代文學四十年的發展作一交代與總結。

五、文學是條走不完的路

　　筆者要論述的溫任平之最後一篇序文是〈為什麼要從事文學創作？——序《走不完的路》〉。這篇序文是為一群年輕作者的合集而寫的。

　　從題目看，我們就知道他要談的主要內容。這篇序文的篇幅較短，他卻能成功地在有限的文字裡寫出個人對文學的目的及一些作品的看法。他引用了顏元叔及何懷碩的意見後，這樣寫：

　　　我認為從事文學創作，至少應懂得文學的目的，自己所從事
　　的工作底意義。文學的目的也許各家有各說，所謂周延性也
　　只是相對的而非絕對的。但萬變不離其宗，文學一定不能離
　　開人生，這人生不是理念抽繹了的人生，或觀念化了的人
　　生，而是真實的、本來的、你我共同生活於其間的、有血有
　　肉的人生，觀念化了的人生只是人生的一塊，或自某個觀察
　　所得到的人生的一角，而非人生的整體。……作家的任務在
　　於對人生整體的探索，因此他的心胸必須闊大，洞察力必須
　　深入，這樣他才能避免為某些抽象的觀念所圍。作家的任務
　　既是探索人生的整體，他便必須有勇氣去面對人生之全面，
　　他必須忠實他探索之所得，不能歪曲或竄改它來迎合某些人

的胃口，或某些既定的理則，故作家所從事的實在是一項無
比嚴肅與艱苦的工作。[16]

我們認為，溫任平在序文中不厭其煩地闡述文學的目的，一方
而肯定文學的意義，另一方面則能提醒合集的作者寫作是一項無比
嚴肅與艱苦的工作。溫氏的用心是良苦的。他不希望年輕作者把文
學當兒戲，更不希望他們只是抒發小我之感情而已。他要引導年輕
作者一起去關心社會人生。

〈為什麼要從事文學創作？〉一文的篇幅不長，內容集中，雖
然重點在論述文學的目的，溫氏也選擇了幾篇作品並加以分析評
論。這對有關作者重要，對全體作家亦有引導啟發的作用。就方法
而言，溫氏先用敘述法，後用分析法。

六、結論

溫任平這幾篇為詩選、作品合集、文學選所寫的序文風格各
殊，方法則同中有異，但卻保持他寫序文的一貫風格：認真、率
直、優劣並陳，提出改善方針。

研讀過溫氏的所有序文，我發覺他對馬華文學，尤其是馬華現
代文學是非常關心的。他在序文中雖然有直指現代主義的不是，現

---

[16] 溫任平：《文學觀察》，安順：天狼星出版社，1980，頁81-82。

代作者作品中的毛病與缺點，但是他都能在提出問題後列出改善的方法。換言之，他對作品的瞭解是十分透徹的。

參考書目：

1.沈穿心編，《天狼星詩選》，安順：天狼星出版社，1979。

2.溫任平編，《憤怒的回顧——馬華現代文學運動二十一周年紀念專冊》，安順：天狼星出版社，1980。

3.余光中：《井然有序》，臺北：九歌出版社，1996。

4.溫任平：《文學觀察》，安順：天狼星出版社，1980。

5.張默、朱沉冬、管管、沈臨彬合編：《新銳的聲音——當代25位青年詩人作品集》，臺北：三信出版社，1975。

6.張漢良：《現代詩論衡》，臺北：幼獅文化事業公司，1981。

第四輯

綜合評論

論溫任平對馬華現代主義文學的貢獻

一、馬華現代詩的祭酒

顏元叔認為余光中是臺灣現代詩壇的祭酒。[1]我則認為溫任平是馬華現代詩的祭酒。

溫任平至今出版過五本詩集。[2]他的詩作大概有兩百首。就詩作產量而言，溫任平的成就未臻理想，但其詩的份量不容忽視。一位詩人的成就不在其詩作的多寡，而在其詩作是否寫得出色。浪漫

---

[1] 顏元叔認為余光中先生應為中國現代詩壇的祭酒，理由是：一、余光中專心一致從事現代詩的創作，已經三十餘年，而且充滿活力地繼續在寫作；二、這三十多年是中國現代詩蓬勃發展的時代，而余光中在這個發展過程中，始終是主要的詩人之一；三、這三十年的詩壇歷經許多批評與理論性的論戰，這些論戰或多或少左右了這個現代詩的發展與方向，而余光中在若干論戰中扮演主要角色，在其他論戰中扮演主角之一或關切的旁觀者，也就是說，他總是參與或牽涉其中；四、余光中的詩風經過三十年的傳播，在中國現代詩壇上，造成了一種特殊的風格，吸引了大量的模仿者。當模仿者漸次形成自己的風格，脫離余光中的影響，他們的成熟是部分植根余光中的詩壤中；五、余光中自己的詩作，經過三十年的累積，質與量，都是中國現代詩上的一項主要成果。見顏元叔：〈中國現代詩的祭酒〉，臺北：中國時報，1985年10月2日。

[2] 這五本詩集是《無弦琴》、《流放是一種傷》、《眾生的神》、《扇形地帶》、《帶著帽子思想》，分別出版於1970年，1978年，1979年、2004年及2007年。

詩人濟慈（John Keats）的詩作產量也是有限，但不影響他在詩壇的地位。同樣的，臺灣詩人方旗也只有《哀歌二三》與《端午》兩本薄薄的詩集。兩本集子加起來的詩作約一百首，但是，他的許多好詩「皆能因句生句，因意生意，在略帶對仗與重疊的語法中，造成一種圓融巧熟蘊涵不盡的古典風味。」[3]溫任平的詩藝有目共睹，筆者將於後面的篇章深入討論。另外，他的成就或他對馬華現代詩的建樹，可以從其他方面看出。

溫任平可以說是馬華現代詩的祭酒。原因在於，他除了在創作上有一定的成就外，他這二十五年都在維護和推廣現代詩。說他是馬華現代詩壇的重要領導人，其實並不過分。這二十五年來的所有有關現代詩的論爭，溫任平都積極參與其盛，都積極地撰文討論。他有點像馬華現代詩的守護神，從不允許外來的力量傷害現代詩。

他創立的天狼星詩社就是馬華現代詩的一個大本營。在詩社裡，他栽培了不少新秀。許多年紀輕輕的學生，在他的指導之下，都能寫出頗出色的作品。例如林秋月，當年年僅十五就榮獲天狼星詩社主辦之第一屆大馬現代詩獎；張樹林獲得大馬華人文化協會主辦之第四屆現代詩獎；謝川成榮獲大馬華人文化協會主辦之第三屆文學評論獎及第七屆現代詩獎；林若隱得星洲日報主辦之第二屆花

---

[3]   余光中：〈玻璃迷宮──論方旗詩集《哀歌二三》〉，《望鄉的牧神》，臺北：純文學出版社，1977，頁231-246。

蹤文學獎之詩獎（主獎）。⁴其他如殷建波、黃海明、孤秋、沈穿心、鄭榮香等無不是在他的栽培及指導下成長的現代詩人。

　　除此之外，溫任平為了要讓本地讀者瞭解和欣賞現代詩，寫了不少現代詩理論及現代詩評論如〈電影技巧在現代詩裡的運用〉、〈曲徑幽通談現代詩〉、〈現代詩的欣賞〉等；在理論的實踐方面，他寫了不少現代詩詮釋的文章，引導讀者進入現代詩的堂奧。這些文章顯示溫任平對現代詩愛護有加，傳播有力。

　　為了使現代詩在馬華文壇建立典律地位，溫任平策劃出版《大馬詩選》⁵，把全馬二十七位現代詩人的作品彙編成詩選，以展示現代詩的力量。在八十年代，他領導的天狼星詩社，在他的推動下，出版了近二十本詩集，其中包括代表新生代之《大馬新銳詩選》⁶及以詩社為單位的《天狼星詩社》。⁷《大馬詩選》、《大

4　羅正文：〈反思與定位—華文文學的傳呈、遞嬗與創新〉，刊於馬來西亞留台校友會聯合總會主辦馬華文學國際學術研討會《論文與報告》，頁144-149，28-11-97。

5　溫任平主編：《大馬詩選》，美羅：天狼星出版社，1974。入選的二十七位詩人是：王潤華、方秉達、方娥真、艾文、李有成、李木香、江振軒、沙河、周喚、周清嘯、林綠、陳慧樺、淡瑩、黃昏星、梅淑貞、黑辛藏、溫任平、溫瑞安、紫一思、楊際光、賴瑞和、賴敬文、謝永就、謝永成、藍啟元、歸雁及飄貝零。

6　張樹林主編：《大馬新銳詩選》，安順：天狼星出版社，1978。入選的詩共二十三位，他們是：子凡、冬竹、亦筆、沈穿心、沙禽、何榮良、林秋月、林燕何、金葉子、洪而亮、殷建波、陳月葉、康華、黃海明、張瑞星、張樹林、漠北羊、楊百合、鄭玉禮、鄭榮香、潘天生、藍薇及蕭郁。

7　沈穿心、洪而亮及黃海明編：《天狼星詩選》，安順：天狼星出版社，1979。入選的三十七位詩人是：川草、戈荒、心茹、文倩、冬竹、江傲天、沈穿心、杜君教、林秋月、風客、洪而亮、哈哥、思逸文、陳強華、

馬新銳詩選》及《天狼星詩選》這三部詩選擲地有聲，不管讀者喜
歡不喜歡現代詩，他們都得承認現代詩的存在與成果。日後研究馬
華現代詩的學者，必須細讀這三部詩選，始能瞭解馬華現代詩的發
展脈絡。

　　溫任平在推廣現代詩時所用的方法是多元化的。除了上述幾
項策略外，溫任平還策劃出版了現代詩曲唱片及卡帶《驚喜的星
光》。他選了幾位天狼星詩社社員的作品，交由百囀合唱團的團員
譜曲，然後製作成唱片及卡帶。唱片及卡帶收錄了十二首詩曲，其
中還包括了天狼星詩社之社歌。溫任平這樣做的目的是希望「有井
水處即有人吟唱現代詩」。由此觀之，溫任平的理想是頗大的。他
在唱片的序文中這樣寫：「是的，現代詩同樣那麼引人尋思。它的
文字和意象的運用，它的氣氛和色彩的營造，它的語言節奏的調頻
與控馭，在在考驗著讀者的心智能力與感性幅度。把現代詩譜成
曲，唱成歌，應該有助於讀者消弭心理障礙，直接參與詩中的美感
經驗，進入一個新世界。」[8]音樂容易為人所接受，溫任平這項詩
曲聯姻的計劃在馬華文壇無疑是獨創的，前所未有的。[9]

桑霖子、凌如浪、張樹林、張麗瓊、黃海明、淡靈、溫任平、楊柳、楊劍
寒、堤邊柳、雷似痴、綠沙、鄭人惠、歐志仁、歐志才、劉吉源、燕知、
謝川成、藍啟元、藍薇、藍雨亭、飄雲及蘇遲。

[8]　溫任平：〈進入一個新世界──代出版前言〉，《驚喜的星光──天狼星
　　現代詩曲》。本現代詩曲唱片及卡帶由溫任平策劃，陳徽崇指揮，天狼星
　　文化事業公司出版，1978。

[9]　在這之前，臺灣作曲家楊弦在一九七六年把余光中的十三首詩譜成曲，並
　　且公開演唱，吸引了上萬的觀眾出席觀賞，後來還製作成唱片《中國現代

　　一言以蔽之，溫任平從事這麼多與現代詩有關的工作，目的是單純和神聖的，即推介現代詩。在二十多年鍥而不捨的努力下，現代詩的地位已鞏固下來，馬華文學界對現代詩這個名詞也不再陌生。

　　以上幾項就是促使我把溫任平喻為馬華現代詩祭酒的原因。

　　在一九八四年，溫任平還通過他領導的文化團體馬來西亞華人文化協會霹靂州分會主辦「全國現代文學會議」，邀請了六十位現代作家參與其盛。這樣的歷史性的會議是少見的。有人在會議中建議推選溫任平為馬華傑出或重要的現代詩人，與會者大多表示贊同，但溫任平礙於自己的成就未臻理想而婉拒提名。由此可見，溫任平推動現代詩現代文學並非為了求名，也不是為了牟利，純粹是為了馬華現代詩運或現代文學運動的推展宏揚。

二、溫任平對本地創作思維的貢獻

　　溫任平對本地創作思維的最大貢獻在於積極的提倡和推動現代主義文學。現代主義是世界性的文學思潮，它具有主知，試驗及懷疑三大精神。[10]主知精神幫助作者對事物及現象作哲學性的思考，然後

民歌集》。一九七八年，新加坡南洋大學學生張泛等人，把杜南發、王潤華等人的詩作譜成曲，並在校園裡開了一個史無前例的《詩樂》演唱會。可惜的是，有關演唱會並未製作成唱片或卡帶，筆者只是有緣聆聽演唱會現場錄音之卡帶而已。

[10] 謝川成：〈捉住現代主義的三大精神〉，南洋商報，1988年6月16日。另外，主知原是古典精神之一。艾略特在二十世紀初提出這個觀點，目的是為了糾正浪漫主義的縱情。那是因為浪漫主義的末流往往淪為傷感主義。

將思考所得通過戲劇化的文學表現技巧寫成文學作品。這與顏元叔教授提倡的「文學是哲學的戲劇化」主張是相同的。試驗精神則鼓勵作者多方面嘗試。這種嘗試不只是技巧的多變，也包括開拓不同的內容。懷疑精神則促使作者更加仔細，更加深入地探討現實世界，以找到現象的底蘊及社會事件發生的原因。換言之，這種精神引導作家拉開熟悉的現實面紗，以便探討及研究面紗後面的各種因素。

溫任平要革新本地作家的文學創作思想，主要是因為五十年代的馬華詩歌體制、技巧、文字表現因襲五四新文學運動的各種特徵，變革遲鈍與建樹缺缺。馬華詩人所用的技巧及所創作的詩歌體制與五四階段的情況如出一轍，殆無二致。

在體制方面，馬華詩歌多是四五行為一節的豆腐乾體詩，有些則是僵化的十四行詩。這類詩歌形式太過工整，變化闕如，予人呆板，機械的印象。可以想像的是，整個詩壇瀰漫著這些死氣沉沉的豆腐乾體詩，我們的詩壇還有什麼希望呢？因此，溫任平認為馬華作家應該改革，而推介形式自由的現代詩。

上述豆腐乾體詩的另一個特點是押韻。詩人非常注重詩行的韻腳是否相同，往往做到生硬地押韻，而不理會所選擇之韻腳是否能與主題思想感情配合，其實，每個韻部所表達的感情都不一樣，因此，我們不能為了押韻而押韻，一定要肯定所選之韻部能幫助表達詩歌的內容。溫任平曾就這一點提出批評。他認為，「詩的押韻，本

詳見余光中：〈現代詩的名與實〉，《望鄉的牧神》，臺北：純文學出版社，1977，頁163-173。

來無足非議，可是詩除了應該注意到字面上的音響的諧和之外，應該還需注意到與情緒的起伏相契和的語言節奏。字面上的音韻的諧和只是『外在的音樂形式』，這形式在古典詩詞是一種固定的格式。詩體自胡適《嘗試集》始，便解放了，自由了，詩的音樂性的要求變成是如何以文字的音響來支持或突出字的意義，成為意義的一部分。」[11]

《隨園詩話》作者袁枚說：「欲作佳詩，先選好韻。」這裡所謂的好韻是由構成詩的內容之一的感情所決定的。凡與詩的情思相配合音韻都可稱為好韻。一般而言，表現昂揚、冗奮的情緒，詩人應該選用「洪量級」的韻；反之，抒發抑鬱的情感，則最好採用「細微級」的韻。早期詩人所用的韻大多是為了押韻而押韻，很少注意到是否與詩中的感情契合，顯示對用韻尚未具備基本知識。

這些早期的馬華詩歌，在溫任平看來，只能算是劉大白、聞一多、朱湘的仿製品，寫得較為生動的活潑多變的也只是接近徐志摩或何其芳。[12]尤其是徐志摩，由於曾到外國留學，受西洋文學的影響，寫詩時採用了融合了文言文，白話文及歐化句法的新語言。這種在白話文的句式裡適當融入文言片語及歐化句式的三合一的新語

---

[11] 溫任平：〈詩的音樂性及其局限〉，香港：《純文學月刊》第十六期，頁4-35。

[12] 這些作品在技巧手法的運用上，仍停留在五四時代那種稀鬆平淡的表現層次上，呆板單調，流於平鋪直敘。這些詩歌的文字缺乏伸縮性與變化，也欠缺試驗精神，給人的感覺是詩質淡薄。見溫任平：〈馬華現代文學的意義和未來的發展——一個史的回歸與前瞻〉，《文學‧教育‧文化》，安順：天狼星出版社，1980，頁5。

言[13]，和其他詩歌創作的技巧，我們早期的馬華詩人到的學到了多少？溫任平閱讀了許多早期的詩歌劣作，在語言上自我調整，嘗試推陳出新。

　　在技巧的運用上，馬華早期的詩歌仍然呆板單調，流於平鋪直敘，「說出」多過「演出」，滯留於五四時代那種稀鬆平淡的表現層次上。這些詩歌的文字缺乏變化與伸縮性。在溫任平看來，馬華詩壇五十年代的整體表現予人「散文的分行」的印象，詩質淡薄，缺乏咀嚼之餘地。

　　五十年代的馬華詩作者，由於因襲五四創始期的詩風，重彈五四詩人的老調，成就受到局限。馬華詩人這種做法，借用溫任平的話，是一種相當嚴重的文學開倒車。以溫任平為首的馬華現代文學作者要革新的正是當時流行詩壇的那種一點也不新的所謂新詩。這種革新從以下幾方面著手：

　　（一）體制的從自囿到自由舒展，詩節的行數變得不規則，
　　　　　須視詩的內在需求而增加或減少行數，每一行順乎情
　　　　　思的要求而增長或縮短，打破了豆腐乾或準豆腐乾體
　　　　　詩那種不必要的外在形式的拘束。

---

[13] 余光中認為適度地在白話文的架構裡加入文言和歐化的詞句或語氣，可以大大增進節奏的彈性和變化。五四初期的新詩，在文字上顯得淺顯，單調而沒有餘味。一些較成功的詩人如徐志摩，在詩中會運用一些歐化的句法，其他如李金髮等更在歐化之外，融入文言的成分。余光中把這種一白話為主一歐化文言為輔的語言稱為三合土。余光中：〈現代詩的名與實〉，《望鄉的牧神》，臺北：純文學出版社，1977，頁164-165。

（二）技巧運用之趨於多樣化，除了慣用的明喻、暗喻、對
　　　比等手法外，更用到了象徵、時空交揉、物象轉位等
　　　表現手法。現代詩勇於向電影、繪畫、音樂借鏡，獲
　　　得了技巧上不少寶貴的突破。

（三）語言文字方面的推敲經營，相對於所謂「新詩」的平
　　　直無餘意，現代詩人力求的是曲折深蘊有歧義。五十
　　　年代的馬華新詩，文字四平八穩，守成有餘，創意則
　　　不足，現代詩在這方面的力矯其弊。

（四）內容方面容納性的拓展，詩的題材應該無所不包，其
　　　範圍是「上窮碧落下黃泉」，可以悲歌慷慨，亦可低
　　　回沉吟。素材本身沒有所謂積極性或消極性。五十年
　　　代的詩雖然也允許個人抒情之作，但大致的趨勢較傾
　　　向於提倡所謂「謳歌光明面，詛咒黑暗面」。現代詩
　　　顯然沒有這種題材的偏食習慣。現代詩人也認為這
　　　種題材的限制對作者的才思發揮是一種莫大的束縛。
　　　總的來看，現代詩比新詩來得繁富，來得濃煉，文字
　　　的密度大，內涵伸向多樣性。最顯著的特徵除了一反
　　　新詩「散文式結構」的鬆弛，便是它企圖把經驗中相
　　　斥的分子冶於一爐。現代詩強調「想像的統一」，因
　　　此它要做到的是「調整各種未具形的、異質矛盾的材
　　　料，持續地重建他的世界為一個有機的整體」。

溫任平所提倡的創作思想在七十年代初可謂大膽新穎。上述各項改革意見未必獲得馬華作者的贊同與接受。因此，他寫了一系列文章，一方面介紹現代主義文學的理論，另一方面則找了一些單篇作品作深入的詮釋，提高讀者的欣賞水平，也為作者提供借鏡的實例。溫任平介紹理論時，喜舉例說明，這些推介理論的文章如下：

1. 論詩的音樂性及其局限
2. 電影技巧在中國現代詩的運用
3. 中國文字的示意作用與中文詩
4. 「分段詩」初探並舉例
5. 現代詩的語言現象
6. 抒情與敘事之間
7. 現代詩的欣賞
8. 曲徑幽通看現代詩
9. 散文的寫實與寫意
10. 從楊牧的年輪看現代散文的變
11. 天為山欺，水求石放——以張曉風、方娥真為例，略論現代散文的重要趨向

單篇作品的詮釋如下：

1.析文愷的〈走索者〉

2.論介葉維廉的〈愁渡五曲〉

3.析溫瑞安的〈性格〉

4.析鄭愁予的〈當西風走過〉

5.析淡瑩的〈迎風的人〉

6.論林梵的〈失題〉

7.析余光中的〈長城謠〉

8.〈江雪〉與〈寒江雪〉

9.評郭青的一首「戲劇詩」

10.哭泣的樣子是怎樣的？

11.詩的隨想：談席慕蓉

12.詩人寫孤獨

13.詩的隨想：鄭愁予的「大男人主義」

14.丘雲箋的兩種風格

15.談鄭愁予的〈衣缽〉

這些文章加起來約數十萬字。由此可見，溫任平對馬華現代文學所持的信念與態度，所下的功夫及所費的精神。這種吃力不討好的工作，若無堅強的意志與信念，不易完成。

三、溫任平在推動、發揚馬華現代文學方面的工作　　及活動的貢獻

（一）創立神話王國天狼星詩社

在一九七三年，溫任平創立了天狼星詩社。這個文學組織，十多年來，培育出不少優秀的馬華作者。在溫任平的領導下，天狼星詩社已經成為馬華現代文學的重鎮，在馬華文學史上有著一定的地位。天狼星詩社也是馬華現代文學的守衛者。

訓練文學新秀是天狼星詩社的主要任務之一。作為詩社的領導人，溫任平不斷策劃各種不同的活動，從多方面訓練新秀。首先是發掘新人，繼之是文學知識的灌輸與文學創作的訓練。他們在社內展開的活動，根據該社社長溫任平在《天狼星詩選》序文〈藝術操守與文化理想〉裡所敘述的情況如下：

> 舉辦專題演講。這方面的活動多由社內創作經驗較豐富，對理論有相當認識的成員主持。所講述的題目包括文學藝術的、美學的、心理學的，甚至文化學方面的，所涉及的文類包括詩，散文，小說，戲劇及文學評論。這種演講對甫入門的年輕作者啟導的效用是相當大的，從而為新秀奠下必要的基礎。

　　文學座談會及研討會。在天狼星詩社，文學座談會是非定期的
活動，但文學研討會則為定期性的月常活動。文學座談先由主催人
擬定提名，再找個地方邀約社員聚面，讓大家發表意見。這樣的座
談，出席的人數從五六人到十數人不等，座談會記錄有些刊登在社
員編輯的手抄本上，有些投去國內的報章雜誌刊佈出來，像溫任平
主催的散文座談會記錄便發表在二四六期的《蕉風月刊》。

　　　　文學研討會是自一九七八年才開始的更嚴格訓練。每次研討
　　　會都有兩位主講人，主講者是事先以抽籤方式選出來的，誰
　　　也不許推搪。主講人非但得講，還需提呈論文。[14]

　　為什麼要主辦座談會和研討會呢？溫任平說：「其實座談會，
研討會的舉辦，一方面固然是為了打好社員們的文學根底，另一方
面我也有一個附帶的目的，就是希望借此能訓練出一批能言善辯之
士，能把自己的文學知識或文學觀點在大庭廣眾，眾目睽睽下，鎮
定從容地表達出來。我覺得這不失為一個普及文學教育的辦法。文
學教育的普及不可能一蹴即至，文學的推廣需要長遠的眼光，持之
以恆地身體力行，一點一滴的成績都是值得珍惜的。我們抱歉的是

---

[14] 溫任平：〈藝術操守與文化理想——序《天狼星詩選》〉，《天狼星詩
　　選》，安順：天狼星出版社，1979，頁4-8。

我們的力量很有限，不能貢獻出比現在更多的。我們的座談會及研討會的影響力或許微不足道，我們數十個人的心聲在馬華社會的偌大廳堂幾近啞不可聞，但我們是談了，表達了，而且將以此為職志，通過我們的作品，透過我們的言論繼續與廣大的群眾交流。」[15]

溫任平還有另一套訓練的方法。他要社員編壁報，出版手抄本，油印本。這也是一種毅力與信念的具體表現。像《振眉詩牆》、《藝林》、《綠流》等以壁報、週刊、月刊的形式出版，觀賞者往往只有詩社同仁與文學界好友。手抄本如《綠洲》、《綠野》、《綠流》、《綠湖》、《綠島》、《綠園》、《綠叢》等期刊的出版，主編得把來稿重抄在原稿紙上，再配以標題及其他插圖設計，最後才裝訂成冊。整個抄寫，設計和裝訂的過程相當吃力，非常費時費事，而每次出版僅有一厚冊，雖有傳給文友們閱讀，仍無可能流傳廣遠，讓更多人看到。[16]

天狼星詩社也常主辦文學聚會。在三天兩夜的聚會裡，溫任平及他的助手安排多種不同的文學活動，目的是開拓新生代的視野及訓練他們創作。其中一項節目是「限時創作」。所有參加者必須在限定的時間內寫出一首詩或一篇散文。溫任平相信稿是逼出來的，他希望通過這種方式培養年輕人的寫作習慣。

---

[15]　如上，頁7-8。
[16]　如上。

溫任平創立天狼星詩社，除了訓練新秀外，還有其他的宗旨。簡單地說天狼星詩社的工作與宗旨，歸納起來有下列六項：

1. 繼承《海天》、《荒原》、《銀星》等刊物未完成的使命，繼續推廣宏揚現代文學。
2. 栽培文學的新生代，盡可能獎掖提攜後進，為文學界提供新的血輪。
3. 建立一種以文學藝術為事業與職志的生命信仰。
4. 在文學界樹立一座不顧現實的考慮、孜孜於文學藝術追尋之典範。
5. 在我們能力做到的範圍內，盡可能普及文學教育，使文學在文化格局中發揮更大的潛移默化的功能。
6. 維護文學作為一門藝術的尊嚴。文學並非政治的附庸，作家的任務不是充當某種政治教條的傳聲筒，而是客觀地、忠實地、全面而深入地去探究現實與人生。[17]

（二）擔任馬來西亞華人文化協會語言文學組主任

溫任平曾經擔任馬來西亞華人文化協會語言文學組主任。在任期間，他極力在文化協會的理事會爭取主辦文學活動的機會。在一

---

[17]　如注14，頁11-12。

九八二年，在溫任平的爭取下，文化協會主辦了余光中教授的現代詩講座會，講題為：〈現代詩的新動向〉。那是余光中第一次來馬演講。

除此之外，他也爭取到文學獎的主辦。文化協會總共主辦了七屆馬華文學獎。之後，文化協會由於一些因素而停止頒發文學獎。

在文化協會裡，溫任平還為馬華文學做了一件具有重大意義的事，即出版《馬華當代文學選》，收集二十年（六十年代及七十年代）來的各類作品。這套文學選共分四冊，那就是散文選，小說選，詩選及評論選，由溫任平擔任總編輯，張樹林、馬崙、陳川興、謝川成擔任四部選集的主編。可惜的是，小說選和散文選出版之後，文化協會以經濟問題為理由而放棄出版另外兩部選集。

（三）擔任馬來西亞華人文化協會霹靂州分會主席

溫任平不僅在文化協會總會擔任語言文學組主任，他也領導文化協會霹靂州分會。在他的領導下，文化協會霹靂州分會在短短的幾年內主辦了三項重要的文學活動。這三項活動是：

1.第一屆文學工作營。一九八二年八月假邦咯島海景酒店舉行，參加者共達五十一位。受邀作專題演講的作家包括永樂多斯博士，陳應德博士及謝川成。

2.第二屆文學工作營。一九八五年十二月假安順安蘇加大酒店
　舉行，參加者共達六十位。永樂多斯、方娥真、傅承得及謝
　川成是專題演講的主講人。

上述兩項文學工作營旨在訓練文學新秀。由此可見，溫任平這些年
來一直不斷地為馬華文學界訓練接班人。

3.全國現代文學會議。文化協會霹靂州分會在一九八四年四月
　十五及十六日假怡保怡東的酒店主辦了令人矚目的全國現代
　文學會議。共有六十位作家受邀出席，與會者除了聆聽專題
　演講之外，還從多方面探討了馬華現代文學的各項問題。受
　邀提呈論文者包括溫任平、溫瑞安、陳徽崇及永樂多斯。

　　這個文學會議的開銷頗大。作為霹靂州分會主席的溫任平曾到
處籌款。當時，馬華公會的黨爭已經爆發，有些人士答應捐款，但
要溫任平表態。溫任平沒有表態。他積極地從其他方面籌款，結果
籌到一萬三千元，剛好足夠應付會議的開銷。

　　六十位作家都住在怡東酒店，一切住宿及膳食費皆由主辦當局
負擔，以這麼大型的活動來慶祝二十五周年，文化協會霹靂州分會
已經為馬華現代文學立下重要而顯著的里程碑。

　　全國現代文學會議結束以後，主辦當局還安排了一個現代詩發
表會。多位現代詩人在臺上自誦作品，其他節目包括詩曲演唱。

（四）主編多部選集

溫任平主編過多部選集，在發揚和推動馬華現代文學方面立下不少功勞。這幾部選集如下：

（1）《大馬詩選》

溫任平主編《大馬詩選》可謂用心良苦。這是第一部馬華現代詩選，共收錄了二十七位現代詩人的詩作，展示了現代詩力量，也提供了不少史料。現在，任何人要研究馬華現代文學尤其是大馬現代詩，他不能不讀《大馬詩選》。

（2）《馬華文學》

這本書於一九七四年由香港文藝書屋出版。溫任平編這本書，目的是想國外人士注意和研究馬華文學。他這種努力可謂成功。

（3）《憤怒的回顧》

《憤怒的回顧》是馬華現代文學運動二十一周年紀念專冊。主編溫任平寫了一篇題為〈馬華現代文學的幾個重要階段〉，為馬華現代文學理出了一個清晰的歷史輪廓。

《憤怒的回顧》共分三大部分：第一部分為論述，收錄了五篇論文，第一篇是張樹林的〈馬華現代散文三重鎮〉；第二篇是藍啟元的〈馬華現代文學新生代作者的困境〉；第三篇是

沈穿心的〈馬華現代詩的中心主題試探〉；第四篇是謝川成的〈以宋子衡、菊凡為例──略論馬華現代短篇小說的題材與表現〉；第五篇是溫任平的〈馬華現代文學的意義與未來發展：一個史的回顧與前瞻〉。第二部分是訪談，編者訪問了十位人士。受訪者針對現代文學的一些事項發表了自己的看法。最後一部分是資料，收錄了天狼星詩社七十年代的大事記。

（4）《馬華當代文學選》

這部文學選共分四冊，每冊四百多頁。這四冊分別為詩選，散文選，小說選及評論選。溫任平是這套文學選的總編輯。

《馬華當代文學選》共收錄了一九六〇至一九七九年一百零八位作家的各類作品，為馬華當代文學立下了鮮明的旗幟，也為文學史提供了寶貴的資料。

（五）到各地演講，撒播文學種子

溫任平時常受邀作專題演講，演講的範圍包括文學，教育及文化，不過，還是以文學為主，他每次演講都準備工作論文，而這些論文已收錄在他的評論集《文學‧教育‧文化》。

《文學‧教育‧文化》收錄了十六篇研討會工作論文，其中九篇談的是文學課題。該書出版之後，溫任平仍以演講方式繼續傳播文學資訊。以下是他的另外三個演講：

（1）〈大學生、文學、社會〉

　　主辦者：理科大學華文學會

　　日期：一九八七年一月四日

（2）〈衣袖漸寬終不悔〉

　　主辦者：吉蘭丹青運分會與吉蘭丹各源流中學華文學會

　　日期：一九八八年九月一日

（3）〈燈與鏡：文學批評的評價問題〉

　　主辦者：馬大中文系

　　日期：一九八八年十月八日

文學需要傳播。溫任平到處演講、散播到各地的文學種子不可謂不多。這種散播文學種子的效果，在短期內也許不能看到。也許過一些時間，種子發芽成長時，我們就可以看到幼芽成樹，樹林成蔭了。

（六）策劃出版現代詩曲《驚喜的星光》

　　《驚喜的星光》是天狼星現代詩曲，也是馬華文壇第一個以現代詩譜成曲並製作成唱片及卡帶的詩樂結合的計劃。這個計劃乃由溫任平策劃，陳徽崇指揮。作品由天狼星詩社的社員提供、譜曲的工作則由陳徽崇及其高足負責，並由百囀合唱團演唱。

　　溫任平在唱片及卡帶的代出版前言裡說：「把現代詩譜成曲，唱成歌，應該有助於讀者消弭心理障礙，直接參與詩中的美感經

驗，進入一個新世界。現代詩需要普遍化，天狼星詩社願意看到有
井水或自來水處，都有人會吟唱現代詩。」這是溫任平與陳徽崇出
版唱片及卡帶的原因和動機。

　　唱片及卡帶出版後頗受各界注意。現代詩從此以後不再予人高
深莫測的感覺，因為它可以譜成曲，讓人們掛在嘴邊。這無疑是推
廣現代詩的有效步驟。

（七）策劃出版《多變的繆斯》

　　《多變的繆斯》是一本天狼星中英巫詩選。[18]這是一項大膽的
嘗試，因為這是馬華文壇前所未有的詩選。

　　本書由溫任平策劃。我們看出溫任平不但積極推廣現代詩，
他還注重文學交流的問題。在好多年前，溫任平曾撰文討論文學交
流的偏差。他只看到馬來文學作品被譯為中文，很少看到中文作品
被譯成馬來文。溫任平策劃出版這本詩選，目的自然是要糾正這種
偏差。

　　《多變的繆斯》由溫任平策劃，謝川成主編，潛默、張錦良巫
譯及陳石川英譯。

---

[18] 溫任平策劃，謝川成主編：《多變的繆斯》，安順：天狼星出版社，
　　1985。

（八）長期從事文學直銷工作，培養文學幼苗

溫任平是一名中學教師。他每到一間中學執教，都會從事文學直銷的工作。他在教華文的時候，逐步向學生灌輸文學常識，並舉當代作品實例加以討論和分析。他借書給學生閱讀，鼓勵他們創作，並替他們批改稿件。比較好的作品，他就推薦給華文學會的壁報，更好的還推薦到報章發表，以資鼓勵。除此之外，他也鼓勵學生出版自己的刊物，以擁有自己的發表園地。

溫任平從事文學直銷的工作多年，成績最好的該是在冷甲和金保執教的時期。在冷甲拿督沙咯中學執教時，他就培養了多名現代詩人，如殷乘風、黃海明、林秋月、陳月葉、歐志仁、歐志才、凌如浪、葉錦來等。在金保培元中學執教時，他培養了程可欣、林若隱、游以飄、張嫦好、鄭月蕾等。這些年輕的詩人或詩作者，有些已熄火停工，有些還在創作。

年輕的學生都有創作的激情。雖然畢業之後，他們未必繼續創作，但教師的啟蒙與指導是非常重要的。溫任平這二十多年的努力花了不少心血。當他重讀學生的作品及看到他們在文壇上的成就，那種喜悅是文字所無法形容的。他不後悔這樣做。在留台聯總主辦的文學研討會中，他這樣表白：「我每到學校，都會忍不住向學生推銷文學。我的內心似乎有一股力量推著我去做，這也許是一種業力吧！」我認為，溫氏內心的力量不是業力的牽引，而是使命感的

推動。這種使命感的顯現在溫任平推動文學活動時更加清楚。從這一點，我們更可以看出溫任平對馬華現代詩的愛戴。也許是太過熱愛這片寸土文壇，他從不考慮到臺灣發展。借用他的詩句，他對馬華現代詩的愛是「執著而肯定」的。

四、結論

溫任平寫詩已近三十載。這些年來，他並非只專注於寫詩而已，還挑起推廣和維護馬華現代詩、馬華現代文學的責任。這種明知不可為而為之的作風，體現了儒家君子的精神。

另外，溫任平的文字事功多種多樣，觸鬚所及面極廣。他不僅從事文學創作與研究，也探討文化、宗教、教育、玄學等課題。更難得的是，他在各種領域都有不俗的表現。

在文學創作方面，溫任平在七十年代已為國際文壇所矚目。他的詩技巧多變，試驗性強，成就客觀，因而受邀出席在臺北舉行的第二屆世界詩人大會。他的散文，在余光中，楊牧和張曉風三大散文家以外，另塑自己獨特的風格，以內容深廣，技巧新穎多變見稱，獲得臺北幼獅文化公司垂青，出版他的第二本散文集《黃皮膚的月亮》。他的文學評論，尤其是詩論，更具創見，影響深遠，甚受港臺文壇的重視，臺北長河出版社出版了他的詩論集《精緻的鼎》。

簡言之，溫任平除了在個人創作方面有卓越的成就之外，他對馬華現代文學的貢獻也有目共睹。本文所探討的只是他的貢獻的概

況，目的是拋磚引玉。我希望更多人重視本地作者的表現與貢獻，
並全面地研究，以開拓馬華文學評論的新氣象。

文學越界人

——論溫任平的文字事功

一、緒論

　　馬華作家溫任平祖籍廣東梅縣，1944年生於馬來西亞霹靂州怡保。小學至高中都在美羅受教育，高中畢業後到怡保一所英校就讀，之後即進入師範學院接受師資培訓。1966年開始在彭亨州淡馬魯埠執教，1973年調到霹靂州的冷甲服務，1981年又調到金寶培元國民型中學。五年後由於搬家之故，他申請調職到怡保育才國民型中學執教，89年於吉隆坡尊孔國中執教，以迄1993年申請提前退休。他曾在星洲日報及南洋商報各寫一個專欄，前者專欄名稱是「靜中聽雷」，後者是「線裝情結」。目前在中國報撰寫專欄。

　　溫任平是馬華現代詩人、散文家、文學評論家，也是文化評論家。他本來是純粹的文學人，後來「不務正業」[1]，越過文學的界域，登陸文化評論。傅承得在替他的專欄文集《靜中聽雷》寫序時

---

[1]　溫任平曾說：「我對自己的瞭解是，我有不務正業（如果文學是正業）的傾向。」見溫任平：〈自序〉，《文化人的心事》，馬來西亞：大將出版社，1999，頁8。

這樣評論：「我相當熟悉文學的溫任平，那是影響深遠的馬華文學現代派大家，曾呼風喚雨的天狼星詩社的掌門人。他是詩、散文和文學評論的高手，詩作〈流放是一種傷〉經陳徽崇譜曲，更曾打動許多敏感的心靈。」[2]傅承得的評論頗為貼切，但可能需要更加詳細的論述始能讓人瞭解箇中底蘊。溫任平出版過五本詩集，每一本詩集都顯示風格的蛻變；他也是有企圖的散文家，兩本散文集基本上反映他在散文創作上多方面之嘗試；他更是文學評論的一枝健筆，七十年代就享譽臺灣文壇，被列當代文學批評新銳之一。他的文字事功多元而繁富，展現出來的是璀璨的四色筆。[3]他注重通識通才的教育，自己雖然沒有機會踏入學術象牙塔，但是他勤於多方面閱讀，內容廣泛，也因此他所寫的專欄文章觸及的題材廣泛多元，逾越文學本位。他自己說：「吾非通才，卻有越界的企圖和野心。」[4]題材多樣化是他幾個專欄的特色。總的來說，不管是詩歌、散文、文學評論還是文化評論，溫任平總給人新鮮的感覺，不是技巧的創新，知識的新穎，就是視角之獨特。

　　溫任平是早期馬華作家，屬四字輩人物。所謂四字輩，指的是在1940-1949之間誕生的創作者。他二十多歲開始寫作，不只寫詩，也寫散文，後來還從事文學評論，並成為馬華文學評論的

2　傅承得：〈越界：心事與本事〉，序溫任平著《靜中聽雷》，吉隆坡：大將出版社，2004，頁3。

3　黃維樑編輯第二本余光中作品評論集是就以「璀璨的五色筆」為書名，這裡借用他的詞句，不敢掠美。

4　溫任平：〈自序〉，《文化人的心事》，吉隆坡：大將出版社，1999，頁8。

健筆。他也主編過不少選集。他對文學的熱忱從未消滅，偶爾停頓，也未對文學失去興趣。他的詩歌技巧多變，散文亦然，都有自己獨特的風格，只可惜評論他的作品的人不多[5]。到目前為止，溫任平出版過五本詩集[6]，兩本散文集[7]，四本評論集[8]，兩本專欄文集[9]，主編過多部詩選及文學選集[10]。未結集出版的文學評論包括：〈天狼星詩社與馬華現代文學運動〉[11]（1997）、〈與柏楊談「馬華文學的獨特性」〉[12]（1997）、〈與張錦忠談「典律建構」〉[13]

---

[5] 到目前為止，評論溫任平詩歌的只有楊百合、張錯、李瑞騰、何乃健以及謝川成五位，評論他的散文則有楊升橋、賴瑞和、張樹林及謝川成。

[6] 這五本詩集是：《無弦琴》，霹靂：駱駝出版社，1970；《流放是一種傷》，安順：天狼星出版社，1978；《眾生的神》，安順：天狼星出版社，1979；《傘形地帶》，吉隆坡：千秋事業，2000；《戴著帽子思想》，吉隆坡：大將出版社，2007。

[7] 這兩本散文集是：《風雨飄搖的路》，霹靂：駱駝出版社，1970；《黃皮膚的月亮》，臺北：幼獅文化事業，1977。

[8] 這四本評論集是：《精緻的鼎》，台南：長河出版社，1978；《人間煙火》，吉隆坡：馬來西亞華人文化協會，1978；《文學觀察》，安順：天狼星出版社，1980；《文學・教育・文化》，安順：天狼星出版社，1986。

[9] 這兩本專欄文集是：《文化人的心事》，吉隆坡：大將出版社：1999；《靜中聽雷》，吉隆坡：大將出版社：2004。

[10] 這五本選集是：《大馬詩選》，美羅：天狼星出版社：1974；《馬華文學》，香港：香港文藝書屋，1974；《憤怒的回顧》，安順：天狼星出版社，1980；《憤怒的回顧——馬華現代文學運動二十一周年紀念轉冊》，安順：天狼星出版社，1980；《馬華當代文學選》（第一輯：散文），吉隆坡：馬來西亞華人文化協會，1985；《馬華當代文學選》（第二輯：小說），吉隆坡：馬來西亞華人文化協會，1985。

[11] 溫任平：〈天狼星詩社與馬華現代文學運動〉，刊於江洺輝編《馬華文學新解讀》，吉隆坡：馬來西亞留台校友會聯合總會，1999，頁153-176。

[12] 溫任平：〈與柏楊談「馬華文學的獨特性」〉，文刊《星洲日報》（1997年12月7日）。

[13] 溫任平：〈與張錦忠談「典律建構」〉，文刊《星洲日報》（1997年12月

（1997）、〈佳作鉤沉：天狼星詩社作品研讀〉[14]（1997）、〈與陳應德談「第一首現代詩」〉[15]、〈馬華文學發展之二律背反〉[16]（2001）、〈文藝復興二三事〉[17]（2002）〈幻想與想像——南洋書寫內在的辯證性〉[18]（2003）、〈當馬華文學遇到陌生詩學〉（2003）、〈混沌理論與文學聯想〉[19]（2003）、〈碎塊評論——微觀隱藏宏觀〉[20]（2003）、〈菲菲主義的奔月藝術〉[21]（2003）、〈在語言的剃刀邊緣：讀《有本詩集》張景雲序〉[22]（2003）〈文化詩學與語言自覺〉[23]（2003）、〈當前華文文學

14日）。

[14] 溫任平：〈佳作鉤沉：天狼星詩社作品研讀〉，文刊《星洲日報》（1997年11月30日）。

[15] 溫任平：〈與陳應德談「第一首現代詩」〉，文刊《星洲日報》（1997年12月28日）。

[16] 溫任平：〈馬華文學發展之二律背反〉，文刊《星洲日報》（2001年1月7日及1月8日）。

[17] 溫任平：〈文藝復興二三事〉，文刊《星洲日報》（2002年10月27日）。

[18] 溫任平：〈幻想與想像：南洋書寫內在的辯證性〉，文刊《星洲日報》（2003年3月23日）。

[19] 溫任平：〈混沌理論與文學聯想〉，文刊《星洲日報》（2003年4月6日）。

[20] 溫任平：〈碎塊批評：微觀隱藏宏觀〉，文刊《星洲日報》（2003年6月1日）。

[21] 溫任平：〈菲菲主義的奔月藝術〉，文刊《星洲日報》（2003年6月29日）。

[22] 溫任平：〈在語言的剃刀邊緣：讀《有本詩集》張景雲序〉，文刊《星洲日報》（2003年9月7日）。

[23] 溫任平：〈文化詩學與語言自覺〉，文刊《星洲日報》（2003年12月28日）。

的另類書寫——兼及文學生產與消費的公眾趨向〉[24]、〈詩人海子：文化悲劇英雄〉[25]（2004）、〈經典議論：李有成詩集《鳥及其他1966-1969選集》〉[26]、〈揭開游川的三個面目〉、〈心事重重的詩——《言筌集》解讀〉、〈與沈鈞庭談1981-88的馬華詩壇〉[27]（2004）、〈文學堂廡裡的垃圾〉（2004）、〈《別再提起》的家族相似性〉[28]（2004）、〈《別再提起》再議〉[29]（2004）、〈假牙式極限寫作〉[30]（2005）、〈詩是公開的隱藏〉[31]（2006）等。

在馬華文壇，溫任平是個爭論性的人物。他創立的天狼星詩社，以推廣現代文學為使命，成為現實主義者圍剿的對象。現實主義作者不喜歡溫任平，而同是現代派的一些作家也不完全認同他的

---

[24] 溫任平：〈當前華文文學的另類書寫——兼及文學生產與消費的公眾趨向〉，收錄於《「21世紀世界華文文學的展望」研討會論文集》，吉隆坡：星洲日報，2003，頁30-41。

[25] 溫任平：〈詩人海子：文化悲劇英雄〉，文刊《星洲日報》（2004年12月4日）。

[26] 溫任平：〈經典議論：李有成詩集《鳥及其他1966-1969選集》〉，文刊劉俊峰編：《華文文學》，2004年6月，中國廣東：汕頭大學，中國世界華文文學學會華文文學編輯部，2004，頁28-30。

[27] 溫任平：〈與沈鈞庭談1981-88的馬華詩壇〉，文刊《星洲日報》（2004年6月20日）。

[28] 溫任平：〈《別再提起》的家族相似性〉，文刊《星洲日報》（2004年10月10日）。

[29] 溫任平：〈《別再提起》再議〉，文刊《星洲日報》（2004年10月24日）。

[30] 溫任平：〈假牙式極限寫作〉，文刊《星洲日報》（2005年10月9日）。

[31] 溫任平：〈詩是公開的隱藏〉，文刊《星洲日報》（2006年6月18日）。

觀念和做法。因此，他似乎兩邊不討好，像一條拔河用的繩子，兩邊都受力，然而他還是堅持自己的理念，通過作品來證實現代文學的實力，也通過評論來維護和推廣現代文學。為了馬華現代文學，他努力撰寫評論來推介，積極栽培文壇新秀，主辦各類文學活動散播文學種子，創立天狼星詩社凝聚現代派的力量，面對批評或有文學論戰，他必定撰文力挺現代文學，駁斥謬論。他不退縮，也沒有打算到臺灣發展[32]。他忠於馬來西亞這個祖國，他忠於馬華文壇這個小小的華文文壇。在那個年代，馬華文壇類似一個險灘，他要做險灘的守護者。

　　本文將論析從溫任平的詩歌，散文，文學評論，文化評論並兼及他推廣馬華現代文學的努力。

二、從零派別到現代派領導人

　　溫任平自稱「詩的浪子」，60年代開始從事詩歌創作。當時他還沒有受到現代主義的洗禮，認為自己並不屬任何派別。他說：「如果有人問起我的詩屬什麼派別的，我的答案是：我的詩並不隸屬任何詩派或團體。我對新詩發生興趣，純屬偶然。少年時代的我，因為讀了向朋友借來的《燕語》、《高原的牧鈴》（力匡

著），而狂熱地愛上這種新穎的創作方式。」[33]從這幾句話，我們不難看出早期的溫任平完全沒有現代文學的薰陶或洗禮。他只是喜歡詩歌這種創作方式而開始從事詩歌創作。他後來也讀了大陸現代詩人如艾青、徐志摩、聞一多、臧克家等人的作品。除此之外，馬華詩人如鍾祺、周粲、慧適、憂草的詩歌也成了他的詩學養分。因此，溫任平早期的詩歌沒有後期創作那種試驗性，比較富於浪漫色彩，雖然用到一些比喻，語言整體而言是平淡的，明朗的。如《無弦琴》中的主題詩〈無弦琴〉，除了最後一句點出主題，用到暗喻之外，其他句子都比較散文化：

　　沾滿灰塵的陳舊　無弦琴

　　有一闋無聲的哀曲

　　破碎的回憶，姑娘的圓臉啊

　　少年郎誰不沉湎

　　聽！遠處〈歸來吧〉又再唱起

　　多麼深沉的喟息、抑鬱

　　呵，我的歌哀感而愁傷

　　我的心是那無弦琴

最後一句，本體是「我的心」，喻體是「無弦琴」，通過實物來說明我的心。「心」是抽象的，鄭愁予在〈錯誤〉一詩中就用了幾個

---

[33] 溫任平：《無弦琴》，霹靂：駱駝出版社，1970，頁3。

喻體來寫「心」。如「你的心如小小的寂寞的城／（你的心）恰若青石的街道向晚／你的心是小小的窗扉緊掩」。這幾句的「城」、「街道」以及「窗扉」都是具體的東西，詩人用來描寫抽象的本體「你的心」，讀者比較能夠體會其中的奧妙與變化。同樣的，在〈風鈴〉一詩中，余光中用「七層塔簷上懸掛的風鈴」來描寫「我的心」，也是具體生動。溫氏的喻體沒有定語，鄭愁予和余光中詩中的喻體都有定語，多了一些聯想的暗示，而溫任平的「無弦琴」，前面沒有描繪性的定語，讀者只能從「無弦琴」的形狀，所發出的聲音等來探索溫任平的「我的心」，聯想空間似乎更大。

　　《無弦琴》詩集共收52首詩歌，創作年份是從1961到1969，可以說都是六十年代的作品。詩集分為四輯，各收13首詩。詩歌的主要內容是作者生活中的一些遭遇與感受，有些詩歌洋溢著一種憂鬱的氣氛，不過，溫任平卻很自覺，認為他自己「絕對不是傷感主義，故意裝腔作勢，痛苦流來博取別人的同情憐憫。」[34]溫任平在自序文中也道出他寫詩的目的在「傾吐自己內心的秘蘊。」[35]通過詩歌來表達感情是詩歌創作的常事，也是中國文學的抒情傳統，無可厚非，但是過於宣洩感情難免造作，也難以感動讀者。至於這本詩集的水準，論者認為那個時期的作品有點像詩人的習作，令人驚喜的篇章不多，而作者也有自知之明地說：「我在六九年至七一年

---

[34] 溫任平：〈自序〉，《無弦琴》，霹靂：駱駝出版社，1970，頁3。
[35] 如上注。

間發表的詩不在少數，唯多屬糟粕。」[36]講的雖然是後來的創作，用於《無弦琴》時期的作品，亦無不可。

　　溫任平詩歌創作風格的改變乃在他接觸到覃子豪、余光中、瘂弦等人的詩作之後才正式開始的。在六十年代末，他受到一些朋友的影響，讀了外國詩人如彭斯（Robert Burns）、朗費羅（Longfellow）、艾略特（T.S.Eliot）的詩作，而且還嘗試翻譯濟慈（John Keats）、威廉・華滋華斯（William Wordsworth）等浪漫詩人的詩章。他的現代文學之洗禮大概就是在閱讀與翻譯詩歌的活動悄悄進行的。六十年代的馬華文壇還是現實主義文學的天下，現代文學雖然在五十年代末已經登陸馬華文壇，在六十年代陸續發展，但是參與的作家不多，而詩風現代的一些詩人及作家又不想掛上現代派的標籤。因此，當時的現代派尚未成氣候。經過現代主義洗禮的溫任平不滿意當時的馬華詩歌，並認為馬華詩歌的「保守傾向可以見諸於詩的體制、技巧、文字表現之與五四新運動時期的殆無二致，毫無變革、建樹可言。體制方面，多是四、五行為一節的『豆腐乾』體詩，十四行詩，通常還押了韻腳。這些『格律詩』只能算是劉大白、聞一多、朱湘的仿製品，寫得較為活潑的也只能使我們想起徐志摩或者何其芳。在技巧手法的運用上，仍然滯留在五四時代那種稀鬆平淡的表現層次上，呆板單調，流於平鋪直敘。文

---

[36]　溫任平：〈後記〉，《流放是一種傷》，安順：天狼星出版社，1978，頁159。

字缺乏伸縮性，缺乏變化，也甚少實驗的精神。馬華詩壇五十年代的整體表現給人的印象是類似『散文的分行』，詩質淡薄。」[37]溫任平對這種詩歌十分不滿，並建議從多方面去改革。在那時候只能算是現代覺醒的醞釀時期，尚未能夠獨撐現代派的大旗。

　　在這本詩集中，〈晚濤〉是溫任平詩歌創作的轉捩點。全詩如下：

> 莊嚴且肅穆，教堂鐘聲響了
> 晚禱聲喃喃，一如滿空碎星底絮語
>
> 別冥想夜的寂寞
> 圓月普照，啟示和平美好
> 眾生於禱聲中寧靜安睡
> 有刺耳的蟲鳴，劃破安謐底夜闌
>
> 而禱語漸低沉而不可聞了
> 露滴閃耀著晶瑩於曙色朦朧中
>
> 黑夜隱匿了呵　　昨夕
> 那吵雜的夜亦終歸消失

---

[37] 溫任平：〈馬華現代文學的意義和未來的發展：一個史的回顧與前瞻〉，文刊《文學·教育·文化》，安順：天狼星出版社，1978，頁159。

　　這世間仍然洋溢著歡笑美好

　　前夜的晚禱僅為憑弔一個惡夢的飄逝

　　這首詩完成於1963年8月，發表於1967年5月份的《蕉風》月刊。
詩的語言平淡穩重，驚喜不多，第二句的比喻也不見得特別好。就
詩的表現來看，這首詩只能算是四平八穩的創作，詩人自己也承認
這一點，並說「它的史的價值遠勝於文學本身的份量。」[38]溫任平
非常清楚自己的創作風格，而對自己詩風的改變，也很自覺。〈晚
禱〉無疑是他的詩風轉變的起點。他的現代化傾向在這之後就可以
在他的創作中略顯端倪。這些詩歌收入在他後來的兩本詩集，即
《流放是一種傷》與《眾生的神》。

　　《流放是一種傷》出版於1978年的國慶日[39]，在臺北印刷，收
入詩人的52首詩，分為三卷，卷一收入16首詩，卷二15首，卷三
21首。讀這本詩集，讀者不難看到展現在他們面前的是一個不斷
嘗試，不願意自囿於某種寫法或技巧的詩魂。卷一的〈越南玫瑰〉
寫的是妓女的迎送生涯，在題材上頗為大膽，用語也一反常人印
象中的優美詩歌語言，用上了一些妓女的生活詞彙。例如詩的第
二節：

---

[38] 如注36，頁159。
[39] 馬來西亞的國慶日是8月31日。

　　有一兩下子緊捏頗像媽媽的寵疼

　　爸爸的影子是一株被踢下床去的被

　　他媽的男人才是水做的

　　濕漉漉的唾液就攤在乳溝裡

　　流成一道黏膩的運河[40]

「他媽的」就是典型的妓女生活用語，這樣的日常粗俗的詞語進入詩中卻也適當，沒有破壞詩歌的美感。溫任平不相信文學作品的內容必須健康正確，因為現實生活中的醜，可以經過藝術的轉化而昇華，成為藝術的美。〈越南玫瑰〉寫的是現實的醜，表現出來的卻是另一種美感經驗，正如馬華詩人艾文閱後寫給作者的信中所言：「那是建築於醜的美。」[41]

　　卷一的16首詩中，還有兩首詩值得一提，即〈記憶紙船〉和〈第一交響詩〉。前者以短篇小說的結構入詩，故事性濃厚。第一和第二節是詩中人物的內心獨白，到了第三節，行動才開始：

　　他曾一口氣摺了許多紙船

　　大的，中等的，最小的

　　輕輕推到蕩動的水面

---

[40]　溫任平：《流放是一種》，安順：天狼星出版社，1978，頁23-24。
[41]　如注36，頁160。

　　看它們簇擁著，在回流裡旋轉著

　　看大滴滴的雨把它們打沉

　　然後才去接聽廳上哀叫了很久的電話[42]

　　這些動作的背景是：電話響了，詩中人物不想去接聽，反而一口氣摺了許多形狀不一的紙船，並推到動盪的水面，看紙船在水中的遭遇，最後才去接聽「哀叫了很久的電話」。這幾行詩句頗為戲劇化，而其中的動作已經不是純然的動作，而具備象徵意味了。詩的題目是〈記憶紙船〉，顧名思義，詩的內容和記憶離不開關係，而「電話」則是現代生活的象徵。從這個角度去看，詩中人物摺紙船的動作象徵他回想童年和青年時期比較愉快的生活，由於沉湎於記憶中，他抗拒去接聽響了很久的電話。他這種抗拒心理實際上來自他對現代生活，人際交往等的厭倦。這首詩分三節，第一節寫童年，第二節寫青年，第三節寫婚後的生活。三節以順敘的寫法進行，情節也按不同的年齡展開。最後才讓人明白詩中人物對目前生活的厭倦。

　　卷一的另一首詩〈第一交響詩〉更能看出溫任平創作技巧的變化。「交響詩」其實是音樂的一種體裁。詩人以第一交響詩為題，很顯然的他是嘗試用音樂性的結構來寫這首詩。這種嘗試使我想起了二十世紀大詩人艾略特的〈四個四重奏〉（**The Four**

---

[42] 如注40，頁36。

Quartets），也是用音樂的結構入詩。兩位詩人採用了不同的樂章結構，實驗性的意圖，不言而喻。

古典樂章有第一主題和第二主題。一般而言，前者如果是快板（Allegro），那麼第二主題通常節奏明快。這種安排目的有助於造成情緒的對比，導致快速的調子顯得更有生氣，緩慢的調子更加柔婉抒情。基本上，〈第一交響詩〉以這種樂章結構作為詩的形式，不難見出詩人的企圖心以及實驗精神。讀這首詩的時候，讀者最好是先讀單數的詩節，過後再讀雙數的。單數詩節的人物是第二人稱的「你」：「你是尋鏡子的人／你守住全人類精神的出口／你失落於永恆的守望中／你用你瘦瘦的手去彈一闋漢賦／去歌一種很少人聽懂的歌／你抓起一把斷刀，拼命地磨著／切斷地詛咒著／你是你自己的陪審官，你是因犯／所以你的吶喊是沒有回音的／啊，你尋覓鏡子的人／你溫文典雅的言語／能否強得過用鐵路下賭注的賭徒呢」[43]。這是個人理想的追尋，從中可看出「你」經歷了不少困難。雙數詩節呈現的卻是現實世界的不同場面，是社會的，眾人的。例如：第二節寫的是許多人在新開張的館子討論分期付款以及咖啡濃或不濃的問題；第四節則寫妓女的生活；第六節強調色情街道主角在一天結束前的景象；第八節重點在突出城市發展的種種；最後的第十節則以一些人的生活哲學暗示生命的無奈。簡言之，單數詩節與雙數詩節呈現了兩個截然不同的世界，它們猶如交響曲樂

---

[43] 如注40，頁41-46。

章中的兩個主題交織而出，造成鮮明的戲劇性對照，兩個世界的隔閡感更加突出。質言之，從第四到第七節，詩人嘗試通過古典樂章中的第一主題和第二主題的交錯穿插，成功對比了兩種不同的情緒，也表現了外在的現象界和內在的心靈世界。這兩個互為悖逆的世界在特殊的音樂架構中，一次又一次地撞擊衝突，使到詩歌的戲劇性以及對抗的尖銳形態更為明顯。

　　卷二的15首詩更能看出溫任平多變的詩藝。〈事件〉語言淺白簡易，以兩代之間的代溝為主題。詩人摒棄意象，用詩中人物的外在行動來反映內在的思想感情。詩中的情節是這樣的：主述者從街上回來，父親詰問，他開始不願回答，先坐下來喝茶，過了一陣子（父親的詰問與主述者回答之間隔了七行），才淡淡且含糊地回應了一聲，然後他又梳頭上街。整首詩猶如小小的劇場，詩人通過詩中人物的行動把兩代的問題在讀者面前演示出來，並在詩行間提供線索，讓讀者去體會兩代之間的冷淡與隔膜。這是舞臺技巧的牛刀小試，而戲劇性的效果讓溫任平有了新的啟發，進而在〈甲蟲與女人〉、〈風景〉以及〈變遷〉大膽使用了電影技巧。

　　〈甲蟲與女人〉基本上是一首劇詩，共有四個場景，時間則從晚上七點到晚上十一點。晚上七點，場景是地點A；晚上九點，場景是地點B；晚上十一點，場景則有兩個，一個是地點C，一個是地點A。最後的場景回到第一個地點，事情的開始與結束都在這裡。借用戲劇手法來寫詩是溫任平的一大嘗試，其試驗意味十分明顯。〈風景〉延續這種技巧，乃意象與蒙太奇的結合。詩中的每

一節都是各自具足的意象，詩人把它們並列在一起，起了互相投射，相互充盈的鏡頭效果。卷二最後一首詩〈變遷〉形式類似〈風景〉，不過卻加上了凍結動作的大鏡頭。這個鏡頭出現在第四節的兩行詩：

　　大合唱突然中止
　　指揮的手僵住

這裡用到的是電影技巧中「凍結動作」。詩歌的開始是指揮的手在揮動，大合唱正在進行，接下來則是大合唱突然中止，指揮的手在空中僵住。詩人沒有交代指揮的手為什麼會僵住，大合唱為什麼會中止，留下了許多想像的空間讓讀者自己去填補。在詩中，詩人抓住了那種遽變的瞬間，把最富有戲劇性的剎那描繪了下來。這種凍結動作帶來的突然的靜止，看似與主題「變遷」衝突。其實不然，因為從演奏到突然停止其實也是一種變遷。本詩共有六節，開首五節寫的都是人、事、物的變遷。只有最後一節比較不同：

　　河水輕輕流動
　　滿山的猿吟依舊

這兩句表現了流水之不變以及猿吟之依然，與之前的五節變遷構成強烈的對比。「流水」和「猿吟」都屬大自然，所以這首詩對比意

象的矛頭指向人事的變遷與大自然的永恆。最後一節的逆轉最能突顯詩中情況的強烈對比。

卷三有21首詩，其中四首可以明顯看出詩人技巧多變的特色。這裡僅就其中兩首稍作分析。〈嫁〉共有15行，第一行和最後一行只有六個字，而且結構相同。第一句是「長睫微微抬起」，末句是「長睫輕輕合攏」，都是主謂結構，第三和第四個字都用了疊詞，排列卻不同，首句由上而下，末句則從半中間而下。第一句與最後一句之間的13行詩展示詩中人物意識流動的心靈世界。換句話說，本詩採用的技巧是現代小說中的意識流手法。〈隨手抓來的一把詩〉，形式如散文，內容卻是詩，可以稱為分段詩或散文詩。溫任平認為：「詩實在不必拘泥於每行不超過二十個字那種格式，用這種分行法來決定是詩非詩，已蔚為慣例，習焉而不察。」[44]溫氏的話道出了當時馬華文壇的現象，他不滿意也不同意，因此就寫了這首詩歌，以示抗議。

一九七六至一九七八年間，溫任平的創作數量不算豐富，尤其是七七年至七八年這一年內，他的創作更陷於低潮。這是因為溫任平的詩又進入另一個階段了，其風格也有了新的突破。新詩集《眾生的神》顯示溫任平寫個人感情的年齡已經過去，而中年的心智已經在現實社會中成熟。他關心周遭環境所發生的事情，他面臨的是許多令人震驚的社會現象，他必須謹慎地把這些粗糙的素材給予藝

---

[44] 如注36，頁165。

術的淨化。溫任平關心的不再是個人情感的得失，他處理的是從現實生活中所獲取的人生經驗，對人生的批判，以及他這有生之年所需完成的使命。

《眾生的神》共分二輯，第一輯「船與傘」收12首詩，第二輯「河想」則有13首詩，全書總共25首詩而已。

這是一本薄薄的詩集，卻能顯示溫任平在詩歌創作的企圖，那就是謀求主題的多樣化以及技巧的多變性。例如，〈牆〉與〈船與傘〉，據詩人所說「是生活中的真實事件」[45]，技巧卻不相同。〈牆〉從廢鎖寫到門，從門寫到牆，再從牆寫到屋，從屋寫到故里，空間設計非常明顯，層遞修辭的運用使到詩歌從眼前之物逐步聯想到遙遠的故里，最後把空間與情感結合，把「曾經愛過與放棄過」的情感以及掙扎賦予廣大的「故里」，情與景在最後一句交融在一起；〈船與傘〉主題是錯過的因緣，通過戲劇性的對話以及兩組比喻呈現出來。對話的主體是第一人稱的「我」和第二人稱的「你」。兩組比喻是「兩艘相識而不相遇的船」和「兩把相遇而不相識的傘」，寫出錯過因緣的蒼涼與滄桑。現實感比較濃厚的是〈某新任議員〉和〈尋找房子〉，前者用的是曲筆，加上對比和恰當的比喻把主題襯托出來，諷刺入骨，毫不留情；後者的反覆回增法把找尋房子的人那種惶急之情有效地表現出來。〈斷簡〉與〈殘

---

[45] 溫任平：〈中庸詩觀〉，《眾生的神》代自序，安順：天狼星出版社，1979，頁4。

篇〉語言斷斷續續，恰當地表達主題「斷」與「簡」。〈浮生〉以小我喻大我，小我的失落感有點像陳子昂的〈登幽州台歌〉，然而詩中流露的悵惘卻是大我的，宇宙的。〈河想〉以擬人修辭入詩，自我投射的意味濃厚；〈雨景一帖〉大膽使用電影技巧，發揮了鏡頭的作用。〈江湖〉與〈刺客〉是武俠詩，風格獨特。〈草稿〉一詩全無標點，用的是不加標點的長句，語言與別的詩作不同。〈舞者〉是本詩集最值得深究的一首詩，因為其技巧的圓熟，藝術表現近臻完善，是詩人創作生涯中一個重要的注腳。尤其重要的是詩末的警語，乃詩人的現實經驗，洞察力與想像力三體融合所煉成的結晶。另外，〈鬼節三題〉和〈聊齋新寫〉無論是內容還是技巧都與其他詩歌不太相同。總的說來，讀這本詩集中的25首詩，我們不難窺出溫任平詩歌題材多樣化與技巧多變性的特點。

溫任平的第四本詩集是《傘形地帶》，收集了作者的40首詩歌。這是一本雙語詩選，巫譯方面由潛默與張錦良擔綱。40首詩歌中，大部分是作者的舊作，70年的作品都已收入於《流放是一種傷》和《眾生的神》中；八十年代和九十年代的詩作則收集在本詩集的第二和第三個部分。

80年代的作品如〈文學〉、〈社會學〉、〈人類學〉其實是溫任平組詩的其中三首，另外兩首是〈美學〉和〈地質學〉。這一組詩語言明朗輕快，意蘊則由於象徵手法的運用而深邃，值得進一步探討。除此之外，80年代最後兩首詩〈與陶潛論田園〉和〈與阮籍談思緒〉同樣是組詩〈從古人游，並抒塊壘〉中的其中兩首。

組詩共有6首小詩，其他詩作包括：〈與韓愈論道〉、〈與梁啟超談群治〉、〈與譚嗣同論沖決〉和〈與大刀王五談刀藝〉。這組詩中的六首小詩風格各異，各有可取之處。〈與陶潛論田園〉始於四個陳述句，緊接下去的則像蒙太奇手法，一句一鏡頭，綜合呈現詩人的思想感情，七、八兩句實為對偶句，予人工整之餘，又為「你終於仰臥成巍峨」鋪路。寥寥數行，句法句型多變。〈與阮籍談思緒〉則以超現實手法創造一個動作意象。讀者可以從詩中「金黃色葉片閃身隱沒於字裡行間」這個動作意象去領會全詩主旨。〈與韓愈論道〉有禪詩的味道，要以迦葉拈花微笑的頓悟去感覺，詩人在這首詩中亦不忘幽了韓老夫子一默。後面三首詩，溫任平使用反覆修辭，以相同句型及相似句法造成某種語勢，強化語言的表達效果。

　　《傘形地帶》裡的〈聽海〉值得一提。詩只有14行，全詩如下：

　　　面對海何如傾聽海

　　　傾聽大自然脈搏的起伏

　　　起伏的浪濤滾滾來去

　　　來去無蹤是那時間的舯舮

　　　舯舮負載幾許期待與悲哀

　　　悲哀化作淚水尋找歸宿

　　　歸宿在眾生競逐的天涯

　　　天涯在日落月升的海角

　　　海角正值燈火淒迷

淒迷終於點滴落下成微雨

微雨淅瀝是海的呼吸

呼吸延綿成歷史

歷史興衰似海洋

讓我匍匐傾聽你[46]

　　這首詩意味雋永，意境迷人，內容與形式可謂融合無間。詩人以「海」作為中心意象，所要表達的是一種對時間、生命、歷史甚至宇宙的哲思。詩人探索「大自然脈搏的起伏」的同時也在探究生命的神祕。在過程中，詩人沒有沉迷於玄想，他想到的是歷史，其實他要關懷的是超越自我的大生命。這種精神就是現代主義裡的主知精神。

　　生命的延續、歷史的興衰、「浪濤的滾滾來去」都是沒有間斷的。由於內容所需，詩人採用頂真修辭，以詩行的句式模擬海濤的來去，其中有許多想像的空間，讀者可以細細咀嚼。

　　進入90年代，溫任平的詩歌產量減少，1998年算是一個豐收。第三個千禧年的首三年，溫任平的創作量驚人，詩歌數量近70首，大部分是20行以內的小詩，題材多元，寫法靈活自在，少了70，80年的試驗性，多了自然與瀟灑。這個時期的作品已收入他的新著《戴著帽子思想》，由於篇幅關係，將留待日後另文評析。

---

[46] 溫任平：《傘形地帶》，吉隆坡：千秋事業社，2000，頁97。

三、散文創作：另闢蹊徑

溫任平是現代散文的一座奇峰。到目前為止，他出版了兩本散文集，一本是《風雨飄搖的路》，另一本是《黃皮膚的月亮》。

《風雨飄搖的路》在1968年由馬來西亞駱駝出版社出版，收入溫氏24篇散文。這些作品極大部分都曾在報刊上發表，只能算是作者的散文習作，無論是思想內涵以及寫作的技巧都有待進一步提升。

《黃皮膚的月亮》在1977年由臺灣幼獅文化事業公司出版，因此本地很難找到。要研究溫氏的散文，必須先找到這本散文集。由於他自己手頭上的書籍有限，無法交到書店去擺賣，臺灣的出版社也不可能過來賣書，因此，有心研究溫任平散文的人也感到資訊難得，不易著筆。

溫任平除了在詩歌創作上力求創新之外，在散文創作方面也是野心勃勃的。研究他的散文，不能不從《黃皮膚的月亮》著手。這本散文集共分四輯，第一輯收19篇散文，第二輯12篇，第三輯2篇，第四輯16篇，共49篇。第一輯之前有作者的自序，分五個部分，第一部分論述散文的地位，第二部分的重點則指出散文批評與理論的貧乏，第三部分綜論張愛玲、葉珊、余光中三大散文家，第四部分特別論述鼎足三家以外的張曉風，第五個部分夫子自道說明自己在散文方面的嘗試。除此之外，書末還附錄了賴瑞和詮釋他的

散文〈散發飄揚在風中〉的論文，以及他與溫瑞安企圖為散文定位的對話錄。

　　溫任平讀透張愛玲、余光中、葉珊和張曉風的散文，因此感覺四大影子籠罩著他，在創作散文時有很大的壓力。還好，他具備知性的工具，能夠大刀闊斧地修正自己的散文，有別人影子的他修改，陳腔爛調必定改過，技巧呆板的也嘗試用另一種表述方式。他要寫自己的散文，他「不滿足於一種表現形式，或執著於一種技巧，要多方試驗，要旁敲側擊，才可以敲擊出熠亮的星花。」[47]他對自己的散文頗有期許，認為他的散文是一匹黑馬，但是對自己的散文表現比預期的差，並希望文壇前輩與文友能夠以「不以人廢言，不以言舉人」的態度來評論他的散文。

　　《黃皮膚的月亮》整本散文集呈現了溫任平散文創作的實驗與認真求變的精神。這種精神導致他的散文風格多樣，不是一以貫之千遍一律的寫法。第一輯的〈夾縫中的小草〉處理人與人之間的疏離感，頗有存在主義的意味；與這篇散文內容相關的〈存在手記〉夾議夾敘，抒情寫意兼而有之，風格獨特；同在第一輯的〈散髮飄揚在風中〉以詩的語言來寫散文，如一首散文詩，堪稱溫任平的散文經典；第二輯的〈疲乏的馬〉運用了小說的意識流手法；〈這是九月〉則用到了象徵小說的技巧；〈一個全圓〉運用了漢字特有的

---

[47] 溫任平：〈自序〉，《黃皮膚的月亮》，臺北：幼獅文化事業公司期刊部，1977，頁11。

節奏感使到整篇散文充滿音樂性，整體看來猶如一首交響詩；〈山的浪漫〉文字試驗不明顯，特點是借用了電影技巧：聲形轉位；第四輯的〈暗香〉和〈朝笏〉發揮了漢字的歧義性與伸縮性，語言句式別具一格，正如作者自己所言「無論在語言的運用上，通篇文字的結構上都是主觀的，抒情的，很多句法甚至是即興式的與著重自然的流露」；〈天問〉全篇以問題構成，不分段落，一個問號緊接另一個問號，造成急迫感，形式別有風味。楊升橋認為《黃皮膚的月亮》散文集中，至少有九篇是可以傳世的。它們是〈散髮飄揚在風中〉、〈死蛇的舌〉、〈一個全圓〉、〈黃皮膚的月亮〉、〈暗香〉、〈朝笏〉、〈明信片和詩〉、〈吉隆坡〉以及〈天問〉。[48]溫任平對自己的散文又有如何的評價呢？他說：「我覺得在這本薄薄的散文集子中，如果有三座里程碑，第一座是〈散髮飄揚在風中〉，那是建築在詩的架構上的；另一座是文句最富歧義、最引人尋思的〈暗香〉；第三座則是形式別致而旨意悲涼中不失豪邁的〈天問〉。」[49]論者認為，除了溫氏所列的三篇之外，〈一個全圓〉也應該包括在內，成為四個里程碑。

　　由於篇幅關係，論者選擇幾篇散文稍作評述。輯一的〈散髮飄揚在風中〉最值得推薦，也是早期有人評論的一篇。這篇散文讀起

---

[48] 楊升橋：〈現代散文的奇峰——評溫任平的散文〉，文刊謝川成編《馬華文學大系》（評論），吉隆坡：彩虹出版社，馬來西亞華文作家協會聯合出版，2004，頁316。

[49] 溫任平：〈後記〉，《黃皮膚的月亮》，如注47，頁286。

來有點像詩歌。在給《蕉風》主編的一封信中，溫任平說：「這篇散文，我企圖用的是詩意的結構，整篇就像一首長詩……。」（《蕉風》221）臺灣小說家王文興曾經主張：「想振興今天的散文文字，唯有向詩學習。詩是文字中的貴族，我們的散文太需要尊貴的血質了。」[50]作者的自述，王文興的主張足以幫助讀者進入這篇散文的意境。「散髮」是本篇散文的主要意象，暗示自由。文中的句子如：「而你的散髮，仍然不拘束地飄飛，你不再需要梳子，去珍惜這唯一的自由吧。……只是你仍活著，散髮如雲，在全無血色的庭院三聲呼嘯，你異國的聲浪淒厲如山魈夜哭，足以震動萬哩外黃土下悲憤的屈夫子的陰魂。冉冉升起，葉落無盡，滿眼是幽冷的意象。」[51]賴瑞和這樣評論：「這一段具有鬼氣森森的美的文字，彌漫著莫索斯基（Mussorgsky）的〈荒山之夜〉那首交響曲詩中鬼哭神嚎的淒厲氣氛。」[52]除此之外，這段文字多用比喻以及視覺意象、聽覺意象和觸覺意象來表達主題，手法宛如詩歌。這就是溫氏的嘗試。散文的其他段落都可以看到作者的努力與用心。這篇散文的其他特色，讀者可以參閱賴瑞和的評論。

　　輯二的〈一個全圓〉節奏優美，是溫任平散文中最有音樂性的一篇。這篇散文的語言特色是通篇文章往返重複使用的句子交織互

---

[50] 王文興：〈序〉，《新刻的石像》，臺北：仙人掌，1986，頁20。

[51] 溫任平：《黃皮膚的月亮》，如注47，頁42。

[52] 賴瑞和：〈釋《散髮飄揚在風中》〉，文刊溫任平著《黃皮膚的月亮》，如注47，頁245。

錯，像是一首交響詩的形式，而在這當中，以「樂聲四起」的反覆運用來突出散文的主模題。主題是婚禮，文中不少句子都在你我之間形成，如：「我走進廳堂，你挽著我的右臂。」、「你的柔荑般的小手透過白色的手套把溫暖牽掛在我的手臂。」、「你不用說謝謝，我也把謝謝藏在心裡，在形式上它是一個全圓，在表現上它是一種境界。」楊升橋評論這篇散文時說「不僅要用眼睛去看，也須用耳朵去聽；全篇就像一首抑揚頓挫的結婚進行曲。」[53]張樹林則認為〈一個全圓〉在「他（溫任平）的散文作品中，最富音樂性的典型作」[54]。論者認為楊、張二位的評語堪稱恰當。

　　〈暗香〉是溫任平的代表作，主題是中華文化與海外精神浪人的情緒狀況。這篇散文的古典情韻在恰當的語言策略下表達得淋漓精緻。在這篇散文中，溫任平的遣詞用字最具風格。「不論中英文，寫得平實清楚最好。第二步才追求味道氣勢不遲；那要多年的功力和閱歷才行。寫文言像文言，寫白話像白話，那是基本功；文白夾雜而風格自現，那是造詣。」[55]〈暗香〉以白話寫成，但文中頗多文言的詞法句法，四字詞語，都能巧妙地融入白話架構裡，堪稱典雅清麗。〈暗香〉的語言策略包括四字格詞語的大量選用、文化典故詞語、文言詞語、比況短語、比喻、對偶排比。〈暗

---

[53] 如注48，頁317。

[54] 張樹林：〈馬華現代散文三重鎮〉，文刊謝川成編：《馬華文學大系》（評論），吉隆坡：彩虹出版社，馬來西亞華文作家協會聯合出版，2004，頁329。

[55] 董橋：《細長黃色水果，瀏覽這樣的中文》，香港：明窗出版社，1997。

香〉成功地運用了這些語言策略，達到了暗示和間接呈現主題的目的。[56]

四、文學評論：新批評的實踐與推動

溫任平的文學評論包括詩評論以及散文評論。在詩評論方面，他最顯著的貢獻是新批評的實踐與推動。新批評那種字質研究，就文學論文學的文本詳細研究，對溫任平有很大的啟示。於是，他研究新批評並運用在詩歌鑑賞上。

他這方面的努力可從他分析單篇現代詩看出。《精緻的鼎》這本詩論集的第二輯各文章都是新批評的嘗試，共有10篇文章，即〈析文愷的《走索者》〉、〈論介葉維廉的《愁渡五曲》〉、〈析溫瑞安的《性格》〉、〈析鄭愁予的《當西風走過》〉、〈析淡瑩的《飲風之人》〉、〈論林梵的《失題》〉、〈析余光中的《長城謠》、《江雪》與《寒江雪》〉、〈析郭青的一首戲劇詩〉以及〈哭泣的樣子是怎樣的？〉。除此之外，在後來出版的研討會工作論文集《文學‧教育‧文化》中，溫任平也收錄了其他這類型的文章，其中包括：〈「分段詩」初探並舉例〉、〈現代詩的語言現象〉、〈抒情與敘事之間〉、〈現代詩的欣賞〉、〈曲徑幽通

---

[56] 詳見謝川成：〈那一方褐色的古印──論溫任平散文〈暗香〉的主題與語言策略〉，文刊《華文文學》，2005年第4期，中國：廣東汕頭大學，中國世界華文文學學會，2005，頁46-54。

看現代詩〉、〈談鄭愁予的〈衣鉢〉、〈丘雲箋的兩種風格〉等。
這些文章從不同的角度與側面突出現代詩的藝術特點，為詩心提供
了鑒賞的焦距。除此之外，他在替年輕詩人的詩集寫序文的時候，
採用的方法也是新批評。他的每一篇序文都是一篇詩歌評論。這些
作品包括：〈序《紫一思詩選》〉、〈燈火總會被繼承下去的——
序《大馬新銳詩選》〉、〈修飾性與真摯性——序《魚火吟》〉、
〈道德意識與時空意識——序《煙雨月》〉。[57]

　　明顯的，溫任平撰寫新批評詩論目的在讓本地讀者瞭解和欣賞
現代詩。他的文章引導讀者進入現代詩的堂奧，揭開現代詩的迷
宮，把現代詩的本質以及特色，通過大量的實例，呈現在讀者眼
前。這些文章不下十萬字，可見他對馬華現代詩所持的信念與態
度，所下的功夫和所費的精神。這些詮釋文章都把現代詩視為審美
研究的客體。他本身很清楚這是一項吃力不討好的工作，他說：
「詩的鑒賞是一種直覺的感染，那是最直接的，也是最真的，而
利用批評的工具去剖析詩的時候，往往就戕傷了詩的本體……」[58]
他那股「知其不可為而為之」的精神在這句自我表白的話中可見一
斑。他努力讓讀者瞭解詩歌的形式如何冶於一爐，詩節與詩節之
間，詩行與詩行之間如何互相配合，詩人如何把文字控馭得當，使
到文字跌宕抑揚，交響成文字的大合奏，以有效地引發讀者美感的

---

[57] 這幾篇序文收錄於溫任平著：《文學觀察》，安順：天狼星出版社，
　　1980，頁13-51。
[58] 溫任平：《精緻的鼎》，台南：長河出版社，1978，頁2。

參與。新批評對現代詩所發揮的引導作用在溫任平的努力中明顯地實踐了。

　　除了單篇的詮釋，溫任平也寫了三篇重要的詩論：〈論詩的音樂性及其局限〉、〈電影技巧在中國現代詩的運用〉、〈中國文字的示意作用與中文詩〉。三篇論文中，第二篇最受歡迎，也得到文壇的重視，第一篇次之，第三篇的反應相對冷淡。〈電影技巧在中國現代詩的運用〉先在《中外文學》發表，過後被收錄於兩本重要的選集，一本是由陳慧樺、古添洪合編的《比較文學的拓墾在臺灣》，另一本是張漢良、蕭蕭主編的《現代詩導讀》的理論卷。可惜的是，本地讀者大多無緣閱讀這篇重要的現代詩理論，原因在於文章發表在臺灣的文學雜誌以及臺灣出版的書籍。這些書籍和雜誌在馬來西亞並不流通，雖然收入在其詩論集《精緻的鼎》，但這本書也是在臺灣出版，出版社寄給作者的數量也非常有限。

　　在〈電影技巧在中國現代詩的運用〉中，溫任平先對杜甫和李白作品中的鏡頭轉換技巧析論一番，過後才引錄馬華詩人賴瑞和的〈沙漠六變奏〉，新加坡詩人文凱的〈拾荒者〉，臺灣詩人林煥彰的〈貴陽街二段〉，管管的〈三個疊子〉等。他在論析中發現現代詩人所用到的電影技巧包括大特寫、淡入、淡出、溶接、疊攝、慢動作、凍結動作轉位等。簡言之，他這篇文章豐富了現代詩壇，為現代詩理論提供了全新的一頁。

　　〈論詩的音樂性及其局限〉發表於香港《純文學》月刊七二年三月號，過後才收錄於作者自己的詩歌論集。在文章裡面，溫氏列

舉了大量作品來討論詩的音樂性，而所舉的例子包括古典詩，新詩以及大量的現代詩。他把兩種不同藝術的相關性作出探索與研究，並指出詩的音樂性固然重要，但是太過偏重於追求文字的音樂美而忽略內容，對詩其實是危害性多過輔助性的。他認為，詩行的結構，語言的襯托所造成的音樂感千變萬化，足以構成一個廣大的世界。就此看來，溫文所探討的只能算是犖犖大端的一小部分而已。論者認為，這篇文章所討論的事項相當廣泛，而且還分析了音樂性的局限。最難得的是，他不迷信音樂性，並且很肯定地表明，「詩和音樂是兩門藝術，詩的創作不是為了譜成歌曲來唱的。」[59]他也認同梁實秋的看法：「文字究竟是文字，不能變成樂譜上的符號。一首詩無論怎麼鏗鏘，它不能成為音樂。」[60]這篇論文論證詳細，文字慎密，是一篇重要的詩論。

　　溫任平用新批評來詮釋現代詩達到了推廣現代詩的效果。讀者讀了《精緻的鼎》，對現代詩肯定會有更深一層的認識。論者年輕時候讀了這本書就得到了啟示，而後來從事現代詩的詮釋與評論可以說是受到溫任平的啟發以及受到他那種精神的感召。在他的鼓勵下，論者也寫了一些現代詩評論，並且出版了兩本現代詩評論集：〈現代詩詮釋〉和〈現代詩心情〉。[61]

---

[59]　溫任平：《精緻的鼎》，臺南：長河出版社，1978，頁44。

[60]　梁實秋：〈詩的將來〉，文刊梁實秋：《偏見集》，香港：香港文藝書屋，頁156。

[61]　謝川成：《現代詩詮釋》，安順：天狼星出版社，1980；《現代詩心情》，吉隆坡：馬來亞大學中文系畢業生協會，2000。

五、溫任平的散文評論

　　散文評論向來薄弱，馬華文壇如此，臺灣文壇亦然。尤其是在七八十年代，這方面的資料少之又少，從事散文評論和散文理論的作家學者寥若晨星。在臺灣方面，鄭明娳就曾出版《現代散文欣賞》、《現代散文縱橫論》等散文專論。其他作者如楊牧、余光中、黃維樑、王潤華都曾撰寫散文評論，唯數量不多，未能結集出版。

　　溫任平對散文有野心，認為散文是值得開拓的疆土。因此，他除了在創作散文時多方面嘗試之外，也從事散文評論以及散文理論的建立，企圖為這片貧瘠的土地多施肥料。就數量而言，他的散文評論遠遜於現代詩評論。

　　到目前為止，溫任平寫過的散文評論和理論有以下幾篇：（1）散文的寫實與寫意；（2）論思采的散文；（3）論張樹林的散文風貌；（4）從楊牧的《年輪》看現代散文的變；（5）天為山欺，水求石放──以張曉風、方娥真為例，略論現代散文的重要趨勢。數量雖少，他的貢獻卻不可忽視。

　　在〈散文的寫實與寫意〉中，溫任平認為散文大致上可以分為寫實的寫意的兩大類。前者重視實況的報導，偏重敘述，後者著重借物起興，強調語言節奏，傾向抒情。

　　溫任平非常留意現代散文的趨勢。讀了楊牧的散文《年輪》，
他看到現代散文的變化。他說：「近年來的散文，有跡象顯示它在
變，雖然它的變不似現代詩那般旗號鮮明，引人矚目。現代詩有所
謂的晦澀的、平易的、豪邁的、婉約的、鄉土的、超現實的，名目
十分繁多。相形之下，現代散文沒有那樣明目張膽，除了余光中的
自傳性抒情散文頗膾炙人口之外，我也想不起其他特殊的標籤。其
實，標籤或者旗號都不重要，重要的是能不能拿出貨色來，而拿出
來的貨色是不是第一流的。」接下來，溫任平引述楊牧對散文的要
求，並強調楊牧的求變之心。溫氏比較了楊牧散文集《葉珊散文
集》和《年輪》的風格，並認為：「《年輪》是一部相當難讀的散
文集……楊牧是用詩的結構去營造他這個階段的散文。」[62]這是一
個新發現，也是現代散文應走的方向。溫任平在論文中引述了許多
散文的段落以證明他的看法。溫氏在八十年代能夠提出這樣的看法
是難能可貴的。他至少為閱讀楊牧的《年輪》提供一個方向。

　　〈天為山欺，水求石放──以張曉風、方娥真為例，略論現代
散文的重要趨勢〉是一篇有創見、文字嚴密和理論清晰的論文。他
首先論述了張曉風和方娥真散文的三個共同點，那就是：歷史感與
現代感的結合融會、向現代詩汲取靈感、意象、巧思、奇想。之
後，他重點分析了兩位散文作者風格上的區別。他認為，張曉風的

---

[62] 溫任平：〈從楊牧的《年輪》看現代散文的變〉，《文學・教育・文
化》，安順：天狼星出版社，1986，頁21。

散文有英偉之氣，而方娥真的散文則婉約柔麗和閨秀，偶爾才出現一些剛勁之氣。

六、為書作序：文學觀察的結晶

序文是一種獨特的文體，功用不限於介紹作者或其文本。余光中說得好：「為人寫序，如果潦草成篇，既無卓見，又欠文采，那就只能視為應酬，對作者、對讀者、自己都沒有好處，成了『三輸』之局。反之，如果序文見解高超，文采出眾，則不但有益於文學批評，更可當做好文章來欣賞，不但有助於該書的瞭解，更可促進對該文類或該主題的認識。一篇上乘的序言，因小見大，就近喻遠，發人深省，舉一反三，功用不必限於介紹一本書，一位作者。」[63]余光中把序文的性質以及作序者的態度寫得非常清楚，與一般人把序文限於「廣告」作用，大不相同。

溫任平的第四枝筆用於替文友詩文集以及文學選集寫序。他的序文已經出版成序文專集。在1980年，馬華文壇尚未有任何人出版過序文集，港臺方面也只有林以亮的《前言與後語》，選入的是序文和跋文，性質不完全相同。如果說溫任平是馬華文壇甚至中國現代文壇第一位出版序文專集的評論家，相信不會有人反對。臺

---

[63] 余光中：《井然有序：余光中序文集》，臺北：九歌出版社，1996，頁6。

灣方面，要遲至1996年才看到余光中的《井然有序：余光中序文集》。[64]

溫任平的序文沒有朋友主義色彩，也看不出有任何的推銷意圖。反之，他的每一篇序文都是文學評論。他說：「我寫序或前言，不慣東拉西扯，總喜歡實話實說。我關心的是作品的好壞，好處在哪裡，壞處又在哪裡。」[65]

到目前為止，溫任平總共寫了21篇長短不一的序文，總類共有三種。第一種是為詩集而寫的序文，共有9篇；第二種為散文集、論文集而寫的序文，共有5篇；第三種是為詩選、文學選、合集、選集、作品特輯而寫的序文或前言，共有7篇。其中11篇已經收入於作者的序文集《文學觀察》，其他10篇分散在報章雜誌發表，尚未結集出版。

溫任平寫序的態度非常認真。他的序文由始至終都保持一貫之風格，即作家作品的優缺點並陳，同時提出建議讓作者思考依循改進。質言之，溫任平的序文內容扎實，方法多變，觀點獨特清新。這些特點可以說都來自作者認真的態度及其對文學藝術的關愛。[66]

溫任平為文友以及文壇後進撰寫文集序文，發生過序文被拒的

---

[64] 余光中：《井然有序：余光中序文集》，臺北：九歌出版社，1996。

[65] 〈《文學觀察》後記〉，《文學觀察》，安順：天狼星出版社，1980，頁115。

[66] 詳見謝川成：〈優劣並陳，啟發引路：論溫任平的序文〉，收入於江洺輝編：《馬華文學的新解讀》，吉隆坡：馬來西亞留台校友會聯合總會，1999，頁269-279。

難堪事件。這樣的事情頗為少見，根據資料，大概也只有三個個案吧了。第一件是余光中拒絕梁實秋只有三段格律詩的序文；第二件是余光中自己的序文被拒絕。余光中在他的序文集裡這樣敘述：「更有一次，索序人，得到我的序言，認為對他不夠肯定，出書之時竟不納入，足見他對我的人品文品毫無認識，更不尊重，平白耗去我一周的寶貴光陰，難道只因為要利用我的名氣嗎？然而那篇被索而又被棄之序，講的是真話，『拒序人』不聽，讀者未必不願意聽，後來我仍然當作書評，拿去單獨發表了。」[67]第三件序文被拒事件發生在馬華文壇，索序者是已故端木虹，被拒者是溫任平。

　　溫任平在序文中批評了端木虹詩歌語言中文白夾雜的情況、好多詩歌戲劇性不足，張力不夠，並建議端氏嘗試文白交融，再輔之以適度的歐化。溫任平的評論中肯，建議也實際，只可惜對方不能接受。索序者並沒有告訴溫任平序文不被採用，而是在寫給文藝版主編的信中提到序文被拒，表示不同意溫任平的看法，並打算另外撰文與溫氏討論詩歌語言的問題。溫任平接下來發表了〈寫序趣談〉，敘述了對方索序的來龍去脈。經過索序者的澄清，以及寫序者的「趣談」，這件小小的事情竟然變成了文壇大事。參與這項序文被拒風波的作者包括麥秀、江醉月、黎川、楊錯、韓振華、扁擔、孔方兄、潘國庭，發表的文章總共18篇。小小的事件最後演變

---

[67] 余光中：〈為人作序：寫在《井然有序》之前〉，《井然有序》，如注63，頁9-10。

成文壇公案，出乎溫任平和端木虹的預料。[68]

　　溫任平寫的第三種序文是為詩選、選集以及文學選所寫的前言，共有7篇，其中兩篇是為詩選而寫的，另外5篇則是為合集、作品特輯及文學選而寫的。

　　兩篇詩選的序文風格不同，重點亦相差甚遠，原因是兩本詩選的本質大不相同。《大馬新銳詩選》收入的是《大馬詩選》以後的新一代現代詩人的作品。在序文中，溫任平從兩個角度去分析和論述23位詩人的作品。他首先從眾多風格相異的詩作中，歸納出一個大部分詩人關心的中心主題，那就是文化的鄉愁。之後，他進一步分析各詩人表達這個主題的六種方法，即直抒胸臆式、從茫然流露微妙錯綜的矛盾情感、化鬱悶為孤苦聳拔的長柱意象、不落痕跡的心物交感法、古典浪漫法以及借他人之酒杯，澆自己胸中塊壘。《天狼星詩選》是一部同仁詩選，因此序文作重的是詩社的活動與宗旨，內容與風格與上一篇完全不同。序文共有五個部分，第一個部分說明了創辦天狼星詩社的立場和取向，第二個部分闡述了詩社的活動，第三部分敘述了詩社的特殊創作訓練方法，第四部分則交代了詩社的出版狀況，第五個部分探討的是天狼星詩社的六項工作與使命。[69]

68　詳見謝川成：〈優劣並陳，啟發引路：論溫任平的序文〉，如注66，頁275-279。

69　詳見謝川成：〈銓序一文為易，彌綸群言為難：論溫任平選集序文的方法〉，收入於黃靈燕編：《第一屆馬來西亞中文學述會議論文集》（二），吉隆坡：博特拉大學出版社，2001，頁27-43。

另外五篇序文也是各有重點，在此不贅，讀者可以參閱謝川成的評論。[70]

七、越界搶灘：溫任平的文化評論

溫任平八十年代開始在《南洋商報》和《星洲日報》寫專欄。前者的欄名是《第三隻眼》，後者的則是《星眼》。從1988年到1992年，溫任平在《南洋商報》撰寫「特約評論」，開始他的文化評論。1992年結束「特約評論」之後，他於93-94年在南洋商報寫「替城市看相」專欄，表達他對吉隆坡的觀察點滴。95年蟄伏一個時期，於1999年7月18日撰寫雙週刊出的「靜中聽雷」專欄。

「特約評論」專欄裡的文章已經出版成專書《文化人的心事》。這是溫任平的第10本個人結集，收入的是1988年以迄1992年的63篇文章。書的內容不按性質排列，而是順著發表日期編輯，目的是「讓自己與讀者看出這5年內個人觀察、思考的某些發展脈絡。」[71]作者的特別安排可謂用心良苦，而從這些專欄文章，讀者不難看出作者這幾年來走出文學的殿堂，越界搶灘的豐盛果實。用張景雲的話：「1988年到1992年的這系列文字，是他更刻意的跨

---

[70] 如上注。

[71] 溫任平：〈自序〉，《文化人的心事》，吉隆坡：大將出版社，1999，頁7。

出文學界域，企圖用一個文藝人的性情去關照華社若干社會文化
『世紀末情調』的努力。」[72]

　　溫任平是文學人，在「特約評論」中，他也寫了不少關於馬華
文學的文章，其中包括〈內憂外患的馬華文學〉、〈文學做秀意義
何在〉、〈「全國大專文學獎」評審有感〉、〈作家不是E.T.〉、
〈天狼星詩社：「神話王國模式」的興衰〉、〈三十而立的馬華現
代文學〉、〈核心文學細胞〉、〈我看馬大「校園文學」〉，共8
篇。如果把不那麼純文學論述的〈我看武俠小說〉、〈與姚新光談
相聲衣缽〉、〈演講活動的省思〉、〈華文出版業景觀〉，〈「機
會成本」舉例〉包括在內，則有13篇，占全書63篇不到五分之一。
因此，張景雲說「溫任平難免對文學情有獨鍾」或有誇張之嫌。不
過，他對溫任平論述文學課題的評論則切中肯綮：「他談文學作
『秀』、作家從政的『機會成本』、文學結社與同仁雜誌」、校園
文學以及文學出版事業，或言人所未言，或見解獨到，今天讀來仍
不失其意義，對將來的讀者也會有參考的價值。」[73]

　　溫任平的文化評論範圍廣大，觀察入微，充分表現出文學越界
人的猛態。他肯讀書，肯思考，而且跳出本行，觸鬚向多方面伸
展，並能在知識和觀念上不斷充電與保鮮，實屬難得。張景雲在序
文中也有如此看法。他說：「跨出文學界域的溫任平，在這60餘
篇短評裡討論的課題涵蓋幾個領域，如社會文化潮流、商業社會趨

---

[72] 張景雲：〈序〉，《文化人的心事》，如注71，頁4。
[73] 張景雲：如上，頁5。

勢與消費文化、微觀文化、馬華文學的內外條件、以及社會與生活觀念，跨度大固然是其整體特點，評論大多數越界課題時都保存作為文藝人的自性與本色，和而不同，又不著頭巾氣，這是尤為難能可貴之處。」[74]越界的溫任平談起各種課題，雖然不如各行大家之真知灼見，卻在在展示其洞見。

溫任平的有些評論除了見解獨到，視角獨特之外，有些像在「洩露天機」，把一些社會新趨勢新形態預先告知讀者，儼似預言更像未來學學者如Alvin Toffler、John Nasbitt的趨勢報告。文章如〈彈性工時與社會新形態〉、〈「感性消費」初探〉、〈復古潮流的社會誘因〉、〈文化社區：總體營造〉、〈一個文化人的兩件心事〉都是具體的例子。張景雲特別欣賞溫任平在〈一個文化人的兩件心事〉中建議把茨廠街一帶發展成為歷史保護區的看法。今天茨廠街看到的「老屋活用式保護法，賦古跡予現代社區生活意義」猶如他的建議得以落實，他的「預言」應驗了。

溫任平的越界表現在《靜中聽雷》中更為明顯。開始寫的時候，每篇文章在一千兩百字上下，後來的文章卻超越本來的字數，有些甚至逼近三千字。這些論述雖然並非篇篇啟聲震聵，讓人精神抖擻卻是毫無疑問的。他所跨越的領域包括文化現象學、文化消費、政治、電影、符號學、服裝倫理、全球化、資本主義、中國商機，高等教育等。從這些文章中，傅承得把溫任平歸納為「合格且

---

[74] 如上注，頁4。

合乎嚴格要求的觀察者與解讀者，尤其是文化領域。二十年前，他是馬來西亞第一（恐怕也是開山鼻祖），至今也是第一。」[75]傅承得這樣稱讚，可看出他對溫任平的欣賞。作者自己的省思，反而客觀謙虛：「收錄的文章，卑之無甚高論。我的許多看法，都是讀書心得再加上就在地情況的思考而寫成的，視之為作者的讀書筆記感想亦未嘗不可。」[76]比較中肯的看法是，溫任平勤於閱讀各種知識，並能內化為自己的資產，用於本土研究。他這方面的嘗試，從《文化人的心事》到《靜中聽雷》，不但一以貫之，而且不斷強化增益。

　　越界的溫任平難忘文學事，文學才是他獨鍾之情。75篇選文中，竟有25篇論述文學，篇幅剛好是全書的三分之一，其文學情懷不難窺見。他這裡談的文學，不僅是馬華文學，而且還涉及對外國學者的作品和觀點的分析與批評。例如對於中國的王安憶，他就寫了〈與王安憶談情欲小說〉和〈王安憶：「四個不要」的商榷〉。他也分析了當代文學批評家的批評模式，舉的例子是夏志清、李歐梵和劉再復。另外，他把混沌理論與文學聯想結合討論，是跨學科的嘗試，角度新穎，有新鮮感。難得的是，溫任平在專欄中慢慢地為神話王國揭開神祕的面紗。在「特約評論」裡，他寫了〈天狼星詩社：神話王國模式的興衰〉（1989），在「靜中聽雷」，他寫

---

[75] 傅承得：〈越界：心事與本事〉，《靜中聽雷》，吉隆坡：大將出版社，2004，頁4。

[76] 溫任平：〈游泳冠軍不懂游泳〉，《靜中聽雷》自序，如上注，頁6。

〈1980年代的文學紮根工程——天狼星詩社的角色扮演〉，從不同的角度論述天狼星詩社。讀者如果對天狼星詩社有興趣，可以讀了這兩篇文章之後，再延伸閱讀溫任平1997年在「馬華文學國際學術研討會」發表的論文〈天狼星詩社與馬華現代文學運動〉[77]以及1979年發表的〈藝術操守與文化理想——序《天狼星詩選》〉[78]，對天狼星詩社的宗旨、活動、在馬華文壇扮演的角色、其與馬華現代文學的關係，應該會有更完整的認識。神話王國至今不再神祕，而是擺在讀者面前，任由解讀。

溫任平的越界表現，在已出版的兩本專欄文集中已見成果，而是身體力行。借用傅承得的話來總結：「文學溫任平曾經燦爛如星；文化評論溫任平，在馬來西亞華文文字工作者當中，因為這樣的特殊書寫位置，耀眼如日。」誠哉傅老之言。

八、為馬華現代文學建構典律

文學創作是個人的表現，編輯選集則是集體表現。編輯選輯是溫任平為馬華現代文學建構典律的其中一個方法。七十年代的馬華現代文學尚處於萌芽時期，個別作者的創作表現難以抵抗現實主義文學集團的強大勢力。有鑑於此，溫任平在1971年毅然編輯《大馬

[77] 溫任平：〈天狼星詩社與馬華現代文學運動〉，刊於江洺輝編：《馬華文學新解讀》，吉隆坡：馬來西亞留台校友會聯合總會，1999，頁153-176。
[78] 溫任平：〈藝術操守與文化理想——序《天狼星詩選》〉，沈穿心編：《天狼星詩選》，安順：天狼星出版社，1979頁1-12。

詩選》，讓大馬現代詩人展現實力，以作品來印證自己的存在，同時也集體為馬華現代詩立下第一個里程碑。這本詩選原本預期在1972年出版，然而，事與願違，各種意想不到的因素導致詩選遲了兩年才與讀者見面。

收入這部詩選的共有27位現代詩人。[79]編者認為這27位詩人都有他們的代表性，在馬華文壇有不可抹煞的地位。他說：「他們都曾狂熱地從事過詩的探討，詩的創作，並且極大多數仍在不斷砥礪他們的詩藝，對繆斯的執著只有增無減，雖然其中一兩位寫詩的朋友目前已近乎熄火停工，但是他們在大馬現代詩壇的奠基上，曾做過非常寶貴的貢獻，他們貢獻的不是金錢不是物質，而是作品，而由於他們的作品，才漸漸蔚成今日略具雛形的大馬中文文壇的現代詩運。他們在十年前發表於文學刊物上的詩作在今天看來當然談不上成熟，甚至還牽著五四的辮子，拖著李、戴的馬褂，有為現代而現代之嫌，不過他們的影響與啟示卻是深遠的，這種影響與啟示與其說來自作品的藝術造詣，毋寧說來自作品的『啟蒙作用』，他們的進入詩選足可使詩選面貌更為完整。」[80]這番話反映了編者選擇詩人的標準。綜合起來，他的標準包括代表性、在文壇的地位、對

---

[79] 這27位詩人，以筆劃多寡為序，他們是：王潤華、方秉達、方娥真、艾文、李有成、李木香、江振軒、沙河、周喚、周清嘯、林綠、陳慧樺、淡瑩、黃昏星、梅淑貞、黑辛藏、溫任平、溫瑞安、紫一思、楊際光、賴瑞和、賴敬文、謝永就、謝永成、藍啟元、歸雁和飄貝零。

[80] 溫任平：〈血嬰──寫在《大馬詩選》編後〉，《大馬詩選》，美羅：天狼星詩社，1974，頁303-304。

大馬現代詩壇有奠基的貢獻、作品有深遠的影響與啟示。論者以為編者所列的標準都很客觀，對編選詩人有指導作用。

　　1974年以後，溫任平領導的天狼星詩社陸續出版不同的選集，聚集現代文學同道的作品，證明現代文學的存在。例如在1978年，他們出版了《大馬新銳詩選》。所謂新銳，主編張樹林的解釋是「新銳二字，不能以年齡的長幼來作準則，而是指後起而具有潛力的創作者。」[81]入選的23位新銳都未被收入《大馬詩選》，因此，他們繼《大馬詩選》之後的另一批馬華現代詩人。[82]無可否認的是，這本新銳詩選也是展現馬華現代詩的實力的，是馬華現代詩的第二個里程碑，與《大馬詩選》聯合來看，編選詩選的目的可謂昭然若揭。天狼星詩社在溫任平的領導繼續為馬華現代詩以及現代文學奮鬥，並於《大馬新銳詩選》出版後的第二年，即1979年，出版《天狼星詩選》，共收入37位詩人的170首詩，奠立了馬華現代詩的第三個里程碑。與上兩本選集不同的是，《天狼星詩選》是一個文學社群的實力展現。1981年，有感於馬華現代文學進入21周年紀念，溫任平策劃出版《憤怒的回顧──馬華現代文學運動二十一周年紀念專冊》。書分三個部分，第一部分是論述，共有五篇論文，

---

[81] 張樹林：〈新銳的聲音──寫在《大馬新銳詩選》編後〉，《大馬新銳詩選》，安順：天狼星出版社，1978，頁209。

[82] 這23位入選的詩人是：子凡（已故游川）、冬竹、亦筆、沈穿心、沙禽、何棨良、林秋月、金葉子、林燕何、洪而亮、殷建波、陳月葉、康華、黃海明、張瑞星、張樹林、漠北羊、楊百合、鄭玉禮、鄭榮香、潘天生、藍薇及蕭郁。

即張樹林的〈馬華現代散文三重鎮〉、藍啟元的〈馬華現代文學新生代作者的困境〉、沈穿心的〈馬華現代詩的中心主題試探〉、謝川成的〈以宋子衡、菊凡為例——略論馬華現代小說的題材與表現〉以及溫任平的〈馬華現代文學的意義與未來發展——一個史的回顧與前瞻〉。書的第二部分是訪談，由執行編輯和助編訪問了十位關心馬華現代文學的人士，根據七個問題暢談馬華現代文學。[83]受訪的人士包括姚拓、鍾夏田、王潤華、吳天才、鄭良樹、楊升橋、葉嘯、陳徽崇、李錦宗以及宋子衡。第三個部分是資料，收入的是天狼星詩社七十年代的大事記。本書還有主編溫任平寫的序文〈馬華現代文學的幾個重要階段〉。1984年，溫任平接受馬來西亞華人文化協會之委任，主編《馬華當代文學選》，並邀請馬崙、張樹林、沈穿心和謝川成分別擔任小說、散文、詩歌以及評論的編輯，而溫氏自己則擔任總編輯。

　　張錦忠認為溫任平編輯詩選，不管是自己編還是天狼星詩社別的成員編，都是一種企圖建構典律的行為，如同方修過去編的

---

[83] 這七個問題是：（1）1979年是馬華現代文學萌芽以來的第二十個周年，您是否贊同二十年來馬華現代文學的發展已取得一定的成就？（2）您認為二十年來的馬華現代文學，以哪一種文類的創作最豐收？原因何在？（3）對於馬華現代文學的創作與取材方面，您有何意見？馬華現代文學有何優點和缺點？（4）無可否認的，在馬華現代文學的發展過程中，曾有過不少阻礙與抗力，您認為這些阻礙與抗力的癥結在哪裡？（5）在可預見的將來，從事現代文學創作的作者，應該如何去克服上述癥結或難題？（6）我們時常可聽到「文學大眾化」的呼聲，就當前現代文學的趨向來看，您對這問題持何見解？（7）依您看，馬華現代文學的前景如何？

《馬華新文學大系》一樣。黃錦樹則認為：「溫任平的典律建構其實和方修的『大系』具有同樣的性質，仍然是某種文學史觀下的產物。」[84]我們的看法，溫任平所做的無疑是典律構建的工作，雖然溫氏本身在當時並沒有典律的概念。在〈與張錦忠談「典律建構」〉一文中，溫氏說：「你提出的多個觀點都十分精闢犀利，雖然說來慚愧，在1974年編《大馬詩選》時我根本不知道有典律建制（Literary Canon）這回事，所以完全沒有典律建制的自覺（我想方修也可能不懂這個詞彙），但我確有聚集文學界同道，所謂『同聲相應，同氣相求』的企圖。」[85]用語不同，其義一致。這種「建制化的行為模式」在七十和八十年代是必要的。方修主編的10大冊《馬華新文學大系》以及後來編輯的《馬華新文學大系》（戰後）（1979-1983）目的明顯，都是在強化現實主義文學典律地位。必須說明的是，方修編選作品完全刻意放棄現代派的作品，選的是清一色的現實主義篇章，立場十分偏頗。理由很簡單，為「自己人」做一些能夠見證於歷史的工作，那是很有意義的。借用黃錦樹的話，方修所編的大系也是「某種文學史觀下的產物。」因此，馬華現代派作者如果不主動做一些事情，肯定會被邊緣化的。這種典律焦慮促使溫任平著手編輯各種選集，文學選，以抗衡勢力龐大的馬華現實主義。

---

[84] 轉引自溫任平：〈與張錦忠談「典律建構」〉，文刊馬來西亞《星洲日報》（1997年12月14日）。

[85] 如上注。

　　溫任平為馬華現代文學建構典律，除了編輯選集以外，他還撰寫類似文學史的文章，進一步加強典律之建構。誠如張錦忠所言：「文學典律形成的兩個實際的主要建構元素為選集和論述。選集為典律形成之基本途徑，也是文本典律化的具體現象。」在溫任平的文字事功以及文學活動中，這兩個主要建構元素都存在。選集已如上述，在此不贅。而論述方面，溫任平則有幾篇重要的文章。這些文章的形式包括文學史的撰寫，如〈馬華現代文學的意義與未來的發展：一個史的回顧與前瞻〉[86]、〈馬華現代文學的幾個重要階段：代「編者的話」〉[87]；作家評論如〈論張樹林散文的風貌〉等；序跋如〈序《紫一思詩選》〉、〈燈火總會被繼承下去的：序《大馬新銳詩選》〉、〈修飾性與真摯性：序《漁火吟》〉、〈寫在《大馬詩人作品特輯》前面〉、〈綜論馬華文學的處境與背景：序《馬華文學選》〉、〈藝術操守與文化理想：序《天狼星詩選》〉等[88]；論戰文章如〈文學作品的外在偵察與內在研究：兼致

---

[86] 溫任平：〈馬華現代文學的意義與未來的發展：一個史的回顧與前瞻〉，文刊《蕉風月刊》317期，頁83-101；收入於溫任平研討會工作論文集《文學・教育・文化》，安順：天狼星出版社，1986年，頁1-20；也收入於鄭良樹、周福泰主編：《文學研討會論文集》，吉隆坡：馬來西亞華人文化協會，1980，頁85-109。

[87] 溫任平：〈馬華現代文學的幾個重要階段：代「編者的話」〉，收入於溫任平編：《憤怒的回顧：馬華現代文學運動二十一周年紀念專冊》，安順：天狼星出版社，1980，頁5-14。

[88] 這幾篇序文都收入于溫任平的序文集《文學觀察》，安順：天狼星出版社，1980。

史萬千、林子長兩位先生〉、〈與冰菱先生談文學的評價問題：兼及徐速、張愛玲等作家〉[89]。

　　以上文章乃張錦忠所謂的「文本被詮釋社群建制化的幾種論述形式」。他所列的形式還包括研討會。在這一點上，溫任平在他領導的馬來西亞華人文化協會霹靂州分會所籌辦的第一屆「全國現代文學會議」必須記上一功。這個會議在1984年假霹靂州怡保怡東酒店舉行，共邀請了60位馬華現代作家參與其盛。受邀提呈工作論文的作家包括永樂多斯、溫任平、溫瑞安和陳徽崇。研討會還包括分組討論，針對馬華現代詩、馬華現代散文、馬華現代小說25年來的成就作一番探討。大會過後，主辦當局還安排一項「現代詩發表會」，音樂家陳徽崇及合唱團成員演唱了〈流放是一種傷〉等詩曲。[90]天狼星詩社社員程可欣、林若隱等也發表了自己譜寫的幾首現代詩曲。除了詩曲表演，還有現代詩人的詩歌朗誦，參與的包括溫瑞安、謝川成等。從會議的命名，我們就可以看出其中的潛在目的。大會主席就是天狼星詩社社長暨馬來西亞華人文化協會霹靂州分會主席溫任平。為什麼召開這樣的會議？溫任平說這個會議「是為了替25周年的馬華現代文學的各種文類：現代詩、現代散文、現代小說作出評估，定位的『歷史性活動』。」[91]溫氏這句話明確道

---

[89] 這兩篇文章刊登在溫任平著：《人間煙火》，吉隆坡：馬來西亞華人文化協會，1978，頁31-37及67-72。

[90] 〈流放是一種傷〉，溫任平的詩，陳徽崇作曲。

[91] 溫任平：〈與陳應德談「第一首現代詩」〉，文刊《星洲日報》（1997年12月28日）。

出召開會議的典律建構企圖。總的說來，溫任平從1974年到1984年為馬華現代文學所作典律建構工程是有頗為完整的計劃的。從1974年《大馬詩選》、1978年的《大馬新銳詩選》、1979年的《天狼星詩選》、1981年的《憤怒的回顧──馬華現代文學運動21周年紀念專冊》到1984年的第一屆「全國現代文學會議」，活動或典律建構行為有其一貫的連續性。如果把這一系列的編輯活動，召開會議的舉動，再配合溫任平在這10年中所發表的典律建構之論述，我們無法否認他的用心與苦心，說他是馬華現代文學的代言人其實並不過分，雖然他本身從未這樣認為，只是努力地去做一些自己認為應該做，值得做以及不可不做的事情。

在溫任平為馬華現代文學建構典律的過程中，必須一提陳應德企圖拆解典律、修正典律的努力。溫任平在〈馬華現代文學的意義和未來發展：一個史的回顧與前瞻〉的第二部分提到馬華第一首現代詩〈麻河靜立〉：「馬華現代文學大約崛起於1959年，那年3月5日白垚在學生週報137期發表了第一首現代詩〈麻河靜立〉。關於這首詩的歷史地位，最少有兩位現代詩人──艾文和周喚──在書信表示了與我同樣的看法。如果我們的看法正確，馬華現代文學迄今（1978年）一近20載。」[92]對於馬華第一首現代詩，陳應德持不同的看法。他在不同的文章否定了溫任平的看法，並提出馬華第

---

[92] 溫任平：〈馬華現代文學的意義和未來發展一個史的回顧與前瞻〉，收入於《憤怒的回顧──馬華現代文學運動二十一周年紀念專冊》，安順：天狼星出版社，1980，頁65。

一首現代詩可以追溯得更早。針對溫陳的意見，張錦忠從建構典律的角度來看，認為「溫任平意圖建立的是馬華現代文學的典律，並從文學史書寫的角度，追本溯源，刻畫現代文學典律的系譜。陳應德的考掘拆解了溫任平所建構的典律，替馬華現代詩找到一個新的起點，重新結合了現代詩和新詩原本斷裂的歷史淵源。」[93]過後的一些論述都提到陳應德否定溫任平的意見，卻很少提到溫任平曾就這個議題寫了一封公開信給陳應德〈與陳應德談「第一首現代詩」〉。[94]在這篇文章裡面，溫任平全面否定了陳應德所提出的幾首詩如滔流的〈保衛華南〉、鐵戈的〈在旗下〉、雷三車的〈鐵船的腳跛了〉、傅尚果的〈夏天〉、威北華的〈石獅子〉作為馬華現代詩起源的可能性。溫任平從詩歌背景、未來派傾向、比喻用法、象徵主義及現代的自覺分別否定了上述幾首詩歌成為馬華第一首現代詩的可能性。論者以為，論述陳應德拆解溫任平的典律建構必須參照溫氏後來發表的書信論學，否則論述以及分析都不可能完整。

---

[93] 張錦忠：〈典律與馬華文學論述〉，收入於江洺輝主編：《馬華文學的新解讀》，吉隆坡：馬來西亞留台校友會聯合總會，1999，頁233。

[94] 溫任平：〈與陳應德談「第一首現代詩」〉，文刊《星洲日報》（1997年12月28日）。

九、結論

　　溫任平馳騁文壇逾30年，文字事功多樣繁富又精彩，是個典型的文學越界人。他有四枝璀璨的筆。第一枝寫詩，第二枝寫散文，第三枝寫評論，第四枝寫文化評論。他有本事越界，而且越界之後戰果斐然。

　　在70年代和80年代，他為馬華現代文學從多方面建構了典律。不管這些建構工作是否已經完成，其中之成敗得失如何，然而沒有人能夠否定他付出的努力與貢獻。

後記

　　出版《馬來西亞天狼星詩社創辦者：溫任平作品研究》是我開始撰寫文學評論以來的心願。我的文學修養不足，在研究溫任平作品時常感到力不從心。在70年代末，我寫了〈詩人靈魂的多面性──論溫任平的詩風的特色〉，刊登在馬來亞大學1980年度的畢業刊。[1]那是我的第一篇研究溫任平的文章。那篇文章學術性不高，既沒有嚴謹的理論架構，也沒有很深入的探討，只是自己在閱讀溫任平詩作時候的一些觀感和體悟，並化為文字而已。

　　我在修讀馬大二年級的時候，曾立下一個志願，要在一年以內完成一本關於現代詩詮釋的專書。那一年，亦即1980年，我每天凌晨四點起床開始寫作，直到早上八點才吃早點趕到校園上課。上完課回來，晚上八點又再投入閱讀和寫作當中。經過幾個月奮鬥，《現代詩詮釋》一書的稿件宣告完成，並於一九八一年二月出版。這些書稿當中，其中四篇是關於溫任平詩歌的。首三篇屬實用批評，詮釋了溫任平的〈獵人〉、〈某新任議員〉和〈事件〉。另外一篇是比較長篇的論文，題為〈現代屈原的悲劇：論溫任平詩中的

---

[1]　謝川成：〈詩人靈魂的多面性〉，葉慧仙編：《馬來亞大學中文系以及一八零八一年度畢業紀念刊》，1980，頁207-215。本文後來收錄在拙著：《現代詩心情》，吉隆坡：馬大中文系畢業生協會贊助出版，2000。

航行意象與流放意識〉。前三篇文章是短篇的詮釋文章，就沒有再收錄在這本書。

　　大學畢業之後，我繼續撰寫詩論，但是不知為什麼很少再論及溫任平的詩，只在一九八八年寫了〈海的呼吸與歷史的興衰——評溫任平的《聽海》〉[2]，和一九九六應南洋商報《南洋文藝》「溫任平特輯」之邀寫了短文〈不知是微喜還是悲傷——溫任平近作概覽〉[3]，之後就沒有再研究他的詩。不僅是詩，連他的散文我也甚少談論。一九八九年天狼星詩社結束所有的活動之後，我的文學創作幾乎熄火停工，只是偶爾寫一兩篇文學評論。一九九七年，馬來西亞留台聯總主辦文學研討會，我也受邀參加，於是就寫了一篇關於溫任平為別人文集所寫的序文的論文，題目是〈優劣並陳，啟發引路——論溫任平的序文〉。溫任平的序文不止這種類型而已，還有好多篇是為詩選、文學選所寫的序文。於是就繼續研究他的的的序文，寫成另外一篇論文〈銓序一文為易，彌綸群言為難——論溫任平選集序文的方法〉。

　　溫任平除了對現代詩關注以外，對現代散文也有意見，在創作上也頗有野心。他出版過兩本散文集，第一本《風雨飄搖的路》，風格比較保守，驚喜不多；第二本散文《黃皮膚的月亮》，收集的

---

[2]　謝川成：〈海的呼吸與歷史的興衰——評溫任平的《聽海》〉，南洋商報：1989年2月20日。

[3]　謝川成：〈不知是微喜還是悲傷——溫任平近作概覽〉，南洋商報《南洋文藝》，1996年12月11日。

是他經過現代主義洗禮後所寫的散文。這些散文風格多樣化，內容也複雜，不容易分析。他的散文不容易讀，也不好理解，我只是在80年代中寫過一篇短文〈溫任平散文中的憂患意識〉。散文集中有好多篇文章都很不錯，可惜沒有能力去分析。印象中，評論他的散文的只有楊昇橋寫過〈現代散文的奇峰——評溫任平的散文〉[4]。2001年，我轉到馬來亞大學漢語語言學系執教，所授的課都是語言學專業的。當時，我有個想法，希望能夠從語言學的角度研究文學。開始的時候，我對這種想法信心不大，後來閱讀了竺家寧的《語言風格與文學韻律》[5]才瞭解這兩個學科是可以結合的。去函竺家寧表示自己有意往這方面進軍，他很快地回覆說他很高興知道馬來西亞也有人嘗試研究文學風格學。我於是寫了〈對質與對話：《大馬詩選》、《赤道形聲》（詩部分）量詞的比較研究〉，於二〇〇三年在新加坡的研討會上發表。這是我的第一篇文學語言學的論文。2004年，馬來西亞華文作家協會在中國山東大學主辦第二屆馬華文學國際學術研討會。我參與了該研討會，並於會中發表了論文〈那一方褐色的古印——論溫任平《暗香》的主題與語言策略〉。這是我第二篇嘗試用語言學的理論來研究文學的論文。這

---

[4]　楊昇橋：〈現代散文的奇峰——評溫任平的散文〉，南洋商報，1991年7月13日，後來收錄於謝川成編：《馬華文學大系・評論》吉隆坡：馬來西亞華文作家協會，彩虹出版有限公司，2004，頁316-319。

[5]　竺家寧：《語言風格與文學韻律》，臺北：五湖圖書出版公司，2001。

篇文章在研討會上發表之後，獲得《華文文學》主編的青睞，刊登在1985年的《華文文學》。

《暗香》這篇散文很早就想研究了，苦於找不到切入的地方。語言學提供了一個角度，論文才得以完成。2008年，南寧中國民族大學主辦第十四屆世界華文文學研討會，我寫了一篇研究溫任平散文觀的文章。文章過長，後來一分為二，第一篇寫溫任平七十年代到二〇〇〇之前的散文觀；第二篇探討的是溫任平二〇〇年以後的散文觀《語言與文體》，發表在二〇〇九年的《亞洲文化》。

本書最後一篇文章《文學越界人》，本是應何國忠博士邀請而寫的。當時他的老師趙毅衡有意出版一本刊物，內容包括馬華作家的介紹，國忠找我介紹溫任平，這篇文章是在這樣的因緣下寫成的。後來，建議中刊物胎死腹中，我只好為這篇文章另謀出路。2011年，我得知老友陳富興主編霹靂文藝研究會的刊物，於是把文章寄給他，以示支持。這篇文章後來刊登在《清流》第86期和87期。

《馬來西亞天狼星詩社創辦者：溫任平作品研究》的內容還不全面。我心目中還要寫的文章所在多有。然而，這幾年來，馬大要求我們攻讀博士學位，因此忙於收集資料和撰寫博士論文，心中要寫的文章只好放下。我不知道在半攻讀的情況下，何年何月才能夠完成論文。要等到完成博士論文之後再撰寫上述所列的幾篇文章，然後才出版《馬來西亞天狼星詩社創辦者：溫任平作品研究》，我恐怕沒有時間等下去了。明年是溫任平的70歲華誕，選在明年出版

《馬來西亞天狼星詩社創辦者：溫任平作品研究》，時間是最適合的，至少我本身認為如此。

　　人生總會有遺憾，這是人生的實相，不完美自有其存在的意義。《馬來西亞天狼星詩社創辦者：溫任平作品研究》不是甚麼大書，不足難免，遺憾更多，但這是我對溫任平的尊敬，對他為馬華現代主義文學所做的貢獻略盡綿力，希望達到拋磚引玉之效。感謝臺灣文學館前館長暨臺灣中央大學的李瑞騰教授，中國浙江越秀外國語大學副校長的朱文斌教授在百忙中抽空賜序。

稿於二〇一三年七月一日

文學視界72　PG1234

馬來西亞天狼星詩社創辦人：
溫任平作品研究

作　　者／謝川成
責任編輯／黃姣潔
圖文排版／姚宜婷
封面設計／王嵩賀

發 行 人／宋政坤
法律顧問／毛國樑　律師
出版發行／秀威資訊科技股份有限公司
　　　　　114台北市內湖區瑞光路76巷65號1樓
　　　　　電話：+886-2-2796-3638　傳真：+886-2-2796-1377
　　　　　http://www.showwe.com.tw
劃撥帳號／19563868　戶名：秀威資訊科技股份有限公司
　　　　　讀者服務信箱：service@showwe.com.tw
展售門市／國家書店（松江門市）
　　　　　104台北市中山區松江路209號1樓
　　　　　電話：+886-2-2518-0207　傳真：+886-2-2518-0778
網路訂購／秀威網路書店：http://www.bodbooks.com.tw
　　　　　國家網路書店：http://www.govbooks.com.tw

2014年11月　BOD一版
定價：330元

國家圖書館出版品預行編目

馬來西亞天狼星詩社創辦人：溫任平作品研究 / 謝川成著. --
一版. -- 臺北市：秀威資訊科技, 2014.11
　　面；　公分. -- (語言文學類 ; PG1234) (文學視界 ; 72)
BOD版
ISBN 978-986-326-302-9 (平裝)

1. 溫任平 2. 馬來文學 3. 文學評論

850.92　　　　　　　　　　　　　103021540

讀者回函卡

感謝您購買本書，為提升服務品質，請填妥以下資料，將讀者回函卡直接寄回或傳真本公司，收到您的寶貴意見後，我們會收藏記錄及檢討，謝謝！如您需要了解本公司最新出版書目、購書優惠或企劃活動，歡迎您上網查詢或下載相關資料：http:// www.showwe.com.tw

您購買的書名：＿＿＿＿＿＿＿＿＿＿＿＿＿＿＿＿＿＿＿＿＿＿＿

出生日期：＿＿＿＿年＿＿＿＿月＿＿＿＿日

學歷：□高中 (含) 以下　　□大專　　□研究所 (含) 以上

職業：□製造業　□金融業　□資訊業　□軍警　□傳播業　□自由業
　　　□服務業　□公務員　□教職　　□學生　□家管　　□其它＿＿＿

購書地點：□網路書店　□實體書店　□書展　□郵購　□贈閱　□其他

您從何得知本書的消息？

　□網路書店　□實體書店　□網路搜尋　□電子報　□書訊　□雜誌
　□傳播媒體　□親友推薦　□網站推薦　□部落格　□其他＿＿＿＿＿

您對本書的評價：(請填代號　1.非常滿意　2.滿意　3.尚可　4.再改進)

　封面設計＿＿＿　版面編排＿＿＿　內容＿＿＿　文／譯筆＿＿＿　價格＿＿＿

讀完書後您覺得：

　□很有收穫　□有收穫　□收穫不多　□沒收穫

對我們的建議：＿＿＿＿＿＿＿＿＿＿＿＿＿＿＿＿＿＿＿＿＿＿＿

＿＿＿＿＿＿＿＿＿＿＿＿＿＿＿＿＿＿＿＿＿＿＿＿＿＿＿＿＿＿＿

＿＿＿＿＿＿＿＿＿＿＿＿＿＿＿＿＿＿＿＿＿＿＿＿＿＿＿＿＿＿＿

＿＿＿＿＿＿＿＿＿＿＿＿＿＿＿＿＿＿＿＿＿＿＿＿＿＿＿＿＿＿＿

11466
台北市內湖區瑞光路 76 巷 65 號 1 樓

秀威資訊科技股份有限公司　　　收

BOD 數位出版事業部

⋯⋯⋯⋯⋯⋯⋯⋯⋯⋯⋯⋯⋯⋯⋯⋯⋯⋯⋯⋯⋯⋯⋯⋯⋯⋯

（請沿線對折寄回，謝謝！）

姓　　名：＿＿＿＿＿＿＿＿　年齡：＿＿＿＿　性別：□女　□男

郵遞區號：□□□□□

地　　址：＿＿＿＿＿＿＿＿＿＿＿＿＿＿＿＿＿＿＿＿＿＿

聯絡電話：(日)＿＿＿＿＿＿＿＿＿＿　(夜)＿＿＿＿＿＿＿＿＿

E - m a i l：＿＿＿＿＿＿＿＿＿＿＿＿＿＿＿＿＿＿＿＿＿＿